위쳐

2 │ 경멸의 시간 하

This publication has been supported by the ©POLAND Translation Program
이 책은 폴란드 북 인스티튜트의 지원을 받아 제작하였습니다.

2 | 경멸의 시간 하

초판 1쇄 | 2018년 6월 25일
초판 6쇄 | 2021년 12월 20일

지은이 | 안제이 사프콥스키
옮긴이 | 이지원

펴낸이 | 서인석
펴낸곳 | 제우미디어
출판등록 | 제 3-429호
등록일자 | 1992년 8월 17일
주소 | 서울시 마포구 독막로 76-1 한주빌딩 5층
전화 | 02-3142-6845
팩스 | 02-3142-0075
홈페이지 | www.jeumedia.com

ISBN | 978-89-5952-653-6
         978-89-5952-511-9(set)
• 파본은 구입하신 서점에서 교환해드립니다.

제우미디어 네이버 포스트 | post.naver.com/jeumediablog
제우미디어 페이스북 | facebook.com/jeumedia

만든 사람들
출판사업부 총괄 손대현 | **편집장** 전태준 | **책임 편집** 성건우 | **기획** 홍지영, 장윤선, 박건우, 안재욱, 조병준
디자인 총괄 디자인수 | **영업** 김금남, 권혁진 | **도움주신 분** 강신후, 김기범, 이민수, 임예원, 최광민

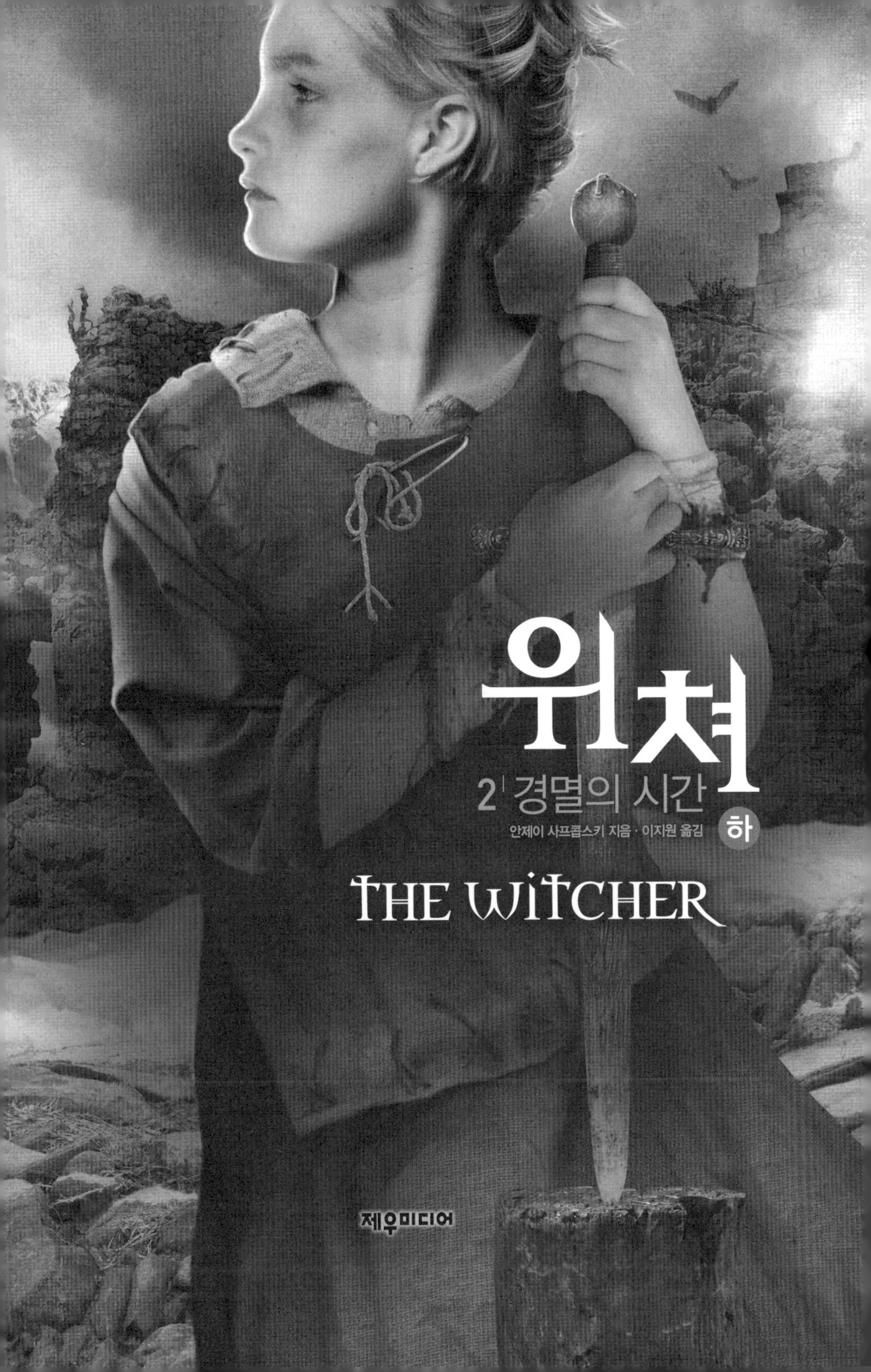
위쳐
2 경멸의 시간
하
안제이 사프콥스키 지음 · 이지원 옮김
THE WITCHER
제우미디어

라르바의 텔레포트는, 그것을 발견한 사람의 이름을 따서 베나벤트 포탈이라고도 불린다. 타네드 섬, 갈매기의 탑 마지막 층에 위치한다. 언제나 그곳에 있지만 드물게 작동된다. 그 작동의 원칙은 알려지지 않았다. 어디로 통하는지도 알려지지 않았다. 아마도 스스로 소멸되며 그 경로가 휘어지거나, 여러 갈래로 갈라지거나 분산되는 통로일 가능성이 높다.

주의: 이 텔레포트는 매우 혼란스러우며 생사가 갈릴 정도로 위험함. 여기서의 실험은 금지되어 있다. 갈매기의 탑이나 근처에서 마법을 쓰는 것, 특히 텔레포트 마법을 행하는 것은 엄격하게 금지되어 있다. 대위원회는 토르 라라로의 접근과 텔레포트에 대한 시찰을 특별히 관리하고 있다. 이를 위한 신청서를 작성할 때에는 이미 시작된 선행 연구를 덧붙이고 이 주제에 대한 전문성을 입증해야만 한다.

참고문헌: 조프리 몽크 《옛 인류의 마법》, 이마누엘 베나벤트 《토르 라라의 포탈》, 니나 피오라반티 《텔레포트의 이론과 실제》, 란산트 알바로 《비밀의 문》

프로히비타 (금지된 유적들 목록)

아르스 마기카, Ed. LVIII

제 4 장

처음엔 심장이 뛰는 듯한, 번쩍번쩍 뒤죽박죽된 상황과 쏟아지는 장면들, 뒤엉켜 구르는 듯한 소음과 사람들의 목소리가 가득한 심연. 시리는 하늘 끝까지 닿아 있는 탑과 그 꼭대기에서 춤추는 번개들을 보았다. 맹금류의 외침, 그러나 시리 자신이 그 새였다. 무서운 속도로 날면서 시야에 들어오는 것은 성난 바다였다. 헝겊 조각으로 만든 작은 인형, 그리고 곧장 그 인형이 되었다. 주위를 둘러싼 것은 귀뚜라미 소리에 흔들리는 어둠이었다. 커다랗고 하얀 고양이를 보고는 갑자기 그 고양이가 되었다. 주위로는 음산한 집 한 채와 검게 변한 나무 벽, 초와 고서적의 냄새가 풍겼다. 누군가 몇 번이나 자신의 이름을 말하는 것을, 자신을 부르는 것을 들었다. 은빛의 연어들이 폭포수를 뛰어오르는 소리를, 나뭇잎을 때리는 빗소리를 들었다. 그러고는 이상한, 길게 이어지는 예니퍼의 비명 소리. 그리고 시리를 시간도 공간도 없는 심연에서 깨운 것은 바로 그 비명 소리였다.

부질없이 꿈을 기억해내려고 하는 지금, 류트와 플롯 그리고 탬버린의 작은 소리와 노랫소리, 웃음소리밖에 들리지 않았다. 단델라이온과 우연히 합류하게 된 시인들이 아직도 복도 끝 방에서 신나게 놀고 있는 중이었다.

창문을 통해 달빛 한 줄기가 들어와 마치 꿈속 같은, 록시아의 방을 차지한 어둠을 조금 밝히고 있었다. 시리는 시트를 걷어찼다. 땀에 젖은 채 머리카락이 이마에 붙어 있었다. 밤에 오랫동안 잠들지 못했고, 창문이 비스듬히 열려 있었는데도 공기가 부족한 느낌이었다. 왜 그런지는 알고 있었다. 게롤트와 나가기 전, 예니퍼가 방에 마법의 보호막을 걸어놓았던 것이다. 누구도 못 들어오게 하려는 조치 같았지만, 시리의 생각엔 못 들어오게 하려는 것이 아니라 나가지 못하게 하려는 것이 아닐까 의심하고 있었다. 시리는 감금된 것이었다. 예니퍼는 게롤트와의 만남이 분명 반가운 것 같았지만, 시리가 하이룬덤으로 감행했던 정신 나간 탈주를 잊지도, 용서하지도 않았다. 그 덕분에 이런 만남이 가능했음에도 말이다.

게롤트와의 만남은 시리에게 슬픔과 실망이 되어 돌아왔다. 그는 말이 없었고, 긴장해 있었으며, 불안해하고 시리를 솔직하게 대하지 않았다. 둘의 대화는 끊어지고 막히기 일쑤였으며, 다 끝내지 못한, 말하지 못한 문장과 질문들 사이에서 맴돌았다. 게롤트의 눈길과 생각은 시리를 피해 멀리 달아나고 있었다. 시리는 그곳이 어디인지 알고 있었다.

복도 끝 마지막 방에서는 드디어 혼자가 된 단델라이온의 작은 노랫소리와 류트의 울림이 마치 자갈에 흐르는 작은 시냇물처럼 들려오고 있었다. 시리는 이 음악이 며칠 전부터 단델라이온이 만들고 있는 노래라는 것을 알았다. 단델라이온이 몇 번이나 이를 자랑했던 것이다. 발라드의 제목은 '잡을 수 없는'이었고, 이 노래가 바로 늦가을 바르트부르그에서 열릴 방랑 시인들의 노래 제전에서 우승을 가져올 노래라고 했다. 시리는 가사를 주의 깊게 들었다.

젖은 지붕들 위로 당신은 날고 있어

노란빛 개연꽃 사이를 유영하며

하지만 나는 당신을 이해할 거야

물론, 내가 시간에 맞게……

말발굽 소리가 울려 퍼지고, 기수들은 말을 달리고 지평선 너머 하늘은 불이 난 듯 밝아 보였다. 맹금류가 날카로운 소리를 내며, 다시 날아오르기 위해 날개를 퍼덕거렸다. 시리는 누군가가 몇 번이나 자신의 이름을 부르는 것을 들으며 다시 한 번 꿈속으로 빠져들었다. 한 번은 게롤트, 다음에는 예니퍼, 이어서 트리스, 그리고 마지막에는 시리가 모르는, 비쩍 마른 금발 머리의 슬픈 표정을 한 소녀가 뿔과 청동으로 만든 작은 액자 속에서 시리를 바라보고 있었다.

그러고는 검정색과 흰색이 섞인 고양이와 마주쳤고, 다음 순간 그 고양이가 되어 고양이의 눈으로 세상을 보고 있었다. 옆에는 처음 보는, 음울한 집이 자리하고 있었다. 책이 가득한 거대한 책장과 몇 개의 촛대로 밝혀진 독서대, 그리고 독서대 위에 놓인 두루마리 문서 앞에 몸을 숙이고 있는 두 남자가 보였다. 그중 한 명은 연신 기침을 하며 손수건으로 입술을 닦고 있었다. 다른 한 명은 머리가 아주 큰 난쟁이처럼 보였는데, 바퀴가 달린 의자에 앉아 있었다. 두 다리는 없었다.

펜은 한숨을 쉬며 거의 가루가 되어 바스라지려는 양피지를 눈으로 훑었다.

"특이하군. 믿을 수가 없을 지경이야. 이 서류는 어디서 난 거지?"

"내가 말해줘도 믿을 수 없을 거야. 이제 신트라의 공주, 시릴라가 누구인지 알겠어? 고대 혈통의 아이…… 그 저주받은 증오의 나무에서 나온 마지막 곁가지라고. 마지막 가지, 그리고 그 끝에 맺힌 마지막 독사과……."

코드링거는 힘겹게 기침을 했다.

"고대 혈통…… 그렇게나 멀리…… 파베타, 칼란테, 아달리아, 엘렌, 피오나……."

"그리고 팔카."

"신들이시여! 이건 불가능해! 첫째, 팔카는 아이가 없었다고! 둘째로, 피오나는 정실의 후손……."

코드링거는 펜의 말을 끊고 기침을 진정시키며 말을 이었다.

"첫째로, 팔카의 젊은 시절에 대해 알려진 바는 전혀 없어. 둘째로, 날 웃기지 마, 펜. 정실 같은 소리는 듣기만 해도 내가 웃겨 죽는 걸 잘 알면서. 난 이 서류를 믿어. 왜냐하면 내가 보기엔 진짜고, 진실을 말하고 있으니까. 파베타의 고조할머니 피오나는 인간의 탈을 쓴 괴물 팔카의 딸이었던 거야. 맙소사, 지금까지 그 미친 예언자들의 예언 따위 믿어본 적이 없는데, 하지만 지금 와서 이틀린느의 예언을 되새겨보자면……."

"더럽혀진 피?"

"더럽혀진, 못쓰게 된, 저주받은, 뭐 여러 가지로 해석할 수 있겠지. 기억이 날지 모르겠지만, 전설에 따르자면 바로 그 팔카는 저주를 받았어. 왜냐하면 라라 도렌 아엡 시아달이 그 어머니에게 저주를 걸었고……."

"그건 그야말로 동화야, 코드링거."

"자네 말이 맞아, 동화지. 하지만 언제 동화가 더는 동화가 아닌 게 되는지 알아? 누군가 그것을 믿게 될 때야. 그리고 고대 혈통에 대한 동화를 누군가가 믿고 있다고. 특히나 팔카의 피에서 옛 세상을 파괴하고 그 폐허 속에 새로운 세상을 세울 복수자가 나온다는 바로 그 부분 말이지."

"그럼 그 복수자가 시릴라라는 거야?"

"아니. 시릴라가 아니야. 시릴라의 아들이지."

"그리고 시릴라를 찾고 있는 건……."

"에미르 바 엠레이스, 닐프가드의 황제. 이제야 이해하겠어? 시릴라는 자기 의지와는 상관없이 다음 왕위를 이어줄 아이의 어머니가 되어야 한다고. 대공, 어둠의 대공, 악마와 같은 팔카의 후손이자 복수자. 학살, 그 뒤에 닥칠 세상의 재건, 이 모든 것은 내가 보기엔 누군가의 조종과 제어로 닥쳐오는 중이라고."

코드링거는 차갑게 말을 맺었다.

펜은 오랫동안 아무 말도 하지 않은 채 생각에 잠겨 있다가 마침내 입을 열었다.

"그렇다면 이 문제에 대해서 게롤트에게 말해줘야 하는 거 아냐?"

"게롤트에게?"

코드링거의 입술이 비뚤어졌다.

"그게 누군데? 혹시 얼마 전에 나에게, 자기는 이익을 위해서 움직이지는 않는다고 말한 그 애송이? 그 말은 믿어. 자신의 이익을 위해 그가 움직이는 건 아니라는 걸 말이야. 하지만 다른 이의 이익을 위해 움직이지. 그것도 자기도 모르는 사이에 말이야. 누군가에게 조종이나 당하는 리엔스를 쫓고 있지만, 자기 목에 무슨 목줄이 채워져 있는지는 모르고 있어. 게롤트에게 말해줘야 한다고? 자기들이 황금알을 낳는 닭을 직접 조종해서 에미르를 협박하거나, 에미르의 총애를 얻고 싶어 하는 자들을 그런 식으로 도와야 한다고? 아니, 펜. 난 그런 얼간이가 아니야."

"게롤트의 목에 목줄이 채워져 있다고? 목줄의 주인이 누군데?"

"생각해봐."

"젠장!"

"아주 정확하게 고른 단어지. 단 한 사람, 게롤트에게 영향력을 행사하는 단 한 명. 위쳐가 믿는 자. 하지만 나는 그 여자를 믿지 않아. 단 한 번도 믿은 적이 없고. 나도 이 노름판에 끼어 있다고."

"이건 위험한 노름이야, 코드링거."

"안전한 노름 같은 건 없어. 초를 켜고 기도 드릴 만한 노름과 그렇지 않은 노름이 있을 뿐이지. 펜, 형제여, 우리 손에 무엇이 떨어졌는지 모르겠어? 황금 닭이라고! 다른 이들이 아니라 우리에게 황금으로 된 거대한 알을 낳아줄 엄청난 황금 닭!"

코드링거는 기침을 계속했다. 손수건을 떼자 그 위에 핏자국이 남아 있었다.

"황금도 병을 고칠 순 없어. 그리고 나에게 다리를 돌려줄 수도 없고."

펜이 코드링거의 피 묻은 손수건을 보며 말했다.

"그걸 어떻게 알겠어?"

그때 누군가 문 앞에서 서성거렸다. 펜은 바퀴 달린 의자 위에서 불안하게 몸을 움직였다.

"누가 오기로 했어, 코드링거?"

"물론이지. 내가 타네드로 보낸 사람들이야. 황금 닭을 데려오라고."

문을 열지 마! 시리는 비명을 질렀다. 그 문을 열면 안 돼! 그 문 뒤에는 죽음이 있어! 문을 열지 마!

"열어드릴게요, 열어드린다니까요."

코드링거는 소리치며 빗장을 당기고는 요란하게 야옹거리는 고양이를 향해 말했다.

"넌 조용히 하고 있어, 이 짐승아."

그러다 갑자기 말을 멈추었다. 문 앞에 서 있는 이들은 그가 기다렸던 이들이 아니었다. 문 앞에는 낯선 남자 셋이 서 있었다.

"코드링거 씨입니까?"

"주인님은 출장으로 안 계십니다."

코드링거는 바보 같은 표정을 짓고는 약간 새된 목소리로 대답했다.

"저는 주인님의 하인 글롬브, 미카엘 글롬브라고 하는데요. 나리들, 제가 뭘 도와드릴까요?"

"아무것도. 코드링거 씨가 안 계시다니. 그럼 편지만 남기겠습니다. 이게 편지요."

셋 중 키가 큰 하프엘프가 말했다.

"꼭 전달해드리겠습니다."

코드링거는 어리숙한 하인 역할을 훌륭하게 해내며 몸을 깊숙이 굽혀 절을 하고는 빨간 실로 묶인 두루마리 서한에 손을 뻗었다.

"주인님께 뭐라고 전할까요?"

그 순간 두루마리를 감고 있던 빨간 실이 마치 살아 있는 뱀처럼 풀리더니 채찍처럼 코드링거의 손목에 휘감겼다. 큰 키의 하프엘프가 그 실을 세게 잡아당겼다. 코드링거는 중심을 잃고 앞으로 휘청거리면서도 하프엘프 쪽으로 쓰러지지 않기 위해 왼쪽 손으로 가슴을 밀었다. 하지만 그 자세로는 그의 배를 찌르는 단검을 피할 수 없었다. 먹먹한 외마디 비명을 지르고는 뒤로 비틀비틀 물러났지만, 손목에 감긴 새빨간 마법의 줄은 풀리지 않았다. 하프엘프는 코드링거를 자기 쪽으로 끌어당기더니 다시 한 번 깊숙이 단검을 찔러 넣었다. 몸속에 박힌 채 빠지지 않을 만큼 깊숙이.

"이게 바로 리엔스로부터의 전갈이다."

키가 큰 하프엘프는 단검을 위로 세차게 잡아당기며 물고기의 배를 가르 듯 코드링거의 배를 가르며 외쳤다.

"지옥으로 떨어져, 코드링거. 지옥으로!"

코드링거는 그렁그렁 소리를 냈다. 단검의 칼날이 갈비뼈와 쇄골을 가르 며 부수는 것이 느껴졌다. 바닥에 쓰러진 코드링거는 온몸을 둥글게 말았 다. 펜에게 경고의 비명을 지르고 싶었지만 그저 새된 소리가 새어나올 뿐 이었고, 그 소리마저 쏟아지는 피에 가려졌다.

하프엘프는 시체를 넘어 안쪽으로 걸음을 옮겼고 나머지 두 명도 그 뒤를 따랐다. 뒤따르는 두 명은 인간이었다.

펜이 눈치채지 못하게 다가갈 수는 없었다.

경보용으로 설치된 줄이 소리를 냈고, 침입자 중 하나는 이마에 쇠로 된 공을 맞고는 쓰러졌다. 펜은 바퀴 달린 의자를 밀며 다시 한 번 떨리는 손으 로 석궁을 조준하려고 애썼다.

하프엘프가 그에게 달려들어 바퀴 달린 의자를 걷어차 넘어뜨렸고, 펜은 바닥에 떨어진 종이 사이로 내동댕이쳐졌다. 작은 팔과 다리의 흔적만 남아 있는 빈약한 하체로 버둥거리는 모습은 상처 입은 거미를 연상케 했다.

하프엘프는 석궁을 발로 차 펜의 손에서 멀리 떨어뜨렸다. 바닥을 기느 라 노력하는 펜을 본 척도 하지 않은 채 하프엘프는 독서대 위에 놓인 서류 들을 재빨리 훑어보았다. 그의 주의를 끈 것은 뿔과 놋쇠로 된 액자에 들어 있는 금발 머리 소녀의 초상이었다. 하프엘프는 작은 초상화에 붙어 있는 설명과 함께 그것을 집어 들었다.

두 명의 인간 중 하나가 석궁에서 발사된 공을 떼어내고는 독서대로 다가갔다. 하프엘프가 무언가를 묻는 듯 눈썹을 치켜세우자 인간은 고개를 저었다.

하프엘프는 금발 소녀의 초상과 독서대 위에 놓인 몇몇 서류를 움켜쥐었다. 그리고는 잉크병에서 깃털 펜들을 꺼내 촛대에 놓인 촛불에 가져다 댔다. 깃털 뭉치에 불이 잘 붙도록 천천히 시간을 들인 후, 널려 있는 두루마리들 사이로 툭 던졌다. 삽시간에 불이 일었다.

펜은 있는 힘껏 소리를 질렀다.

하프엘프는 이미 뜨거워지고 있는 책상에서 잉크 자국을 지우는 수정액을 꺼내, 꿈틀거리는 펜의 몸에 그 액체 전부를 쏟아부었다. 펜은 긴 비명을 질렀다. 인간 침입자 중 하나가 책꽂이에서 두루마리를 한 아름 꺼내 펜의 왜소한 몸 위에 차근차근 쌓았다.

독서대에서 시작된 불은 서까래까지 치솟고 있었다. 다른 수정액 병이 불길에 닿자 펑 소리를 내며 터지고, 번져가는 불길이 이글거렸다. 두루마리 뭉치, 서류와 책들에 불이 붙자 우그러들면서 활활 타오르기 시작했다. 펜은 비명을 질렀다. 키가 큰 하프엘프는 불타오르는 독서대에서 물러나, 종이를 말아서 불을 붙였다. 인간 침입자는 송아지 가죽으로 만든 값진 두루마리 한 아름을 쓰러져 있는 펜 위에 더 쌓아 올렸다.

펜은 애처롭게 비명을 질렀다.

하프엘프는 손에 불타는 종이 뭉치를 들고서 펜 앞에 섰다.

코드링거의 고양이는 밖으로 나와 근처 담벼락에 옮겨 앉았다. 노란 눈 속에 안락했던 밤의 풍경이 끔찍한 광경이 되어 담겼다. 어느새 밖에서도 비명 소리가 들려오기 시작했다. 불이야! 불이야! 물! 사람들은 '코드링거와 펜, 컨설팅과 법률 자문'이라는 간판이 붙어 있는 건물을 향해 뛰어갔다. 고양이는 꼼짝하지 않고, 이들을 이상하다는 듯 바라보았다. 저 바보들 좀 보라지. 내가 간신히 도망쳐 나온 불구덩이로 향하고 있네.

코드링거의 고양이는 그러거나 말거나 상관없다는 듯 피투성이가 된 앞발을 핥았다.

시리는 온몸이 땀에 젖은 채 시트를 꽉 쥐고 있는 손의 통증과 함께 깨어났다. 주위는 고요함과 가느다란 달빛 한 줄기가 지나가는 어둠뿐이었다.

화재. 살인. 피. 악몽…… 아무것도 기억나지 않아, 아무것도.

시리는 선선한 저녁 공기를 한껏 들이마시며 숨을 내쉬었다. 답답했던 느낌은 가셨다. 그 이유도 알았다. 마법의 보호막이 사라진 것이었다.

무슨 일이 일어난 거야? 시리는 침대에서 내려와 서둘러 옷을 입었다. 단검도 찼다. 칼은 없었다. 예니퍼가 빼앗아 단델라이온에게 맡겨놓았기 때문이었다. 단델라이온은 자고 있는 것이 분명했다. 록시아에는 정적뿐이었다. 시리는 단델라이온을 깨울까 잠시 고민했다. 그때 귀에서 심장이 뛰는 소리와 함께 피가 몰리는 것이 느껴졌다.

창문으로 들어오는 가는 달빛 한 줄기가 갑자기 길이 되었다. 그 길 끝에는 문들이 있었다. 문들이 하나하나 열리면서, 그곳에는 예니퍼가 서 있었다.

이리 와.

예니퍼의 뒤쪽으로 다른 문들이 계속 열리고 있었다. 하나하나씩 끝없이 열리는 문들. 잘 보이지 않는 어둠 속으로 검은 기둥들이 보였다. 아니, 기둥이 아니라 동상일까…… 나는 꿈을 꾸고 있는 거야. 시리는 이 상황을 현실로 받아들일 수 없었다. 나는 꿈을 꾸고 있는 거야. 이건 길이 아니야. 빛일 뿐이야. 빛줄기. 빛줄기가 길이 될 수는 없어…….

이리 와.

시리는 예니퍼의 목소리에 복종했다.

게롤트의 바보 같은 도덕관이 아니었다면, 도움 될 것 하나 없는 원칙들이 아니었다면, 앞으로 일어날 많은 일들은 전혀 다르게 전개되었을 것이다. 아니, 이중 많은 일들은 아예 생기지도 않았을 것이다. 그랬다면 세상의 역사는 달라졌을 것이다.

하지만 세상의 역사는, 그렇게 일어난 대로 일어났다. 그리고 그 유일한 이유는, 게롤트가 도덕심이 있었기 때문이었다. 새벽에 일어나 요의를 느꼈던 바로 그때, 다른 이들처럼 했더라면 – 그러니까 게롤트는 발코니로 나가 한련꽃이 핀 화분에 소변을 보지 않았던 것이다. 왜냐하면 도덕심이 있었으니까 – 역사는 분명 달랐을 것이다. 게롤트는 곤히 잠든 예니퍼를 깨우지 않도록 조용히 옷을 입고, 숨죽인 채 움직임을 자제하며 방 밖으로 나섰다. 연회장의 창문에는 아직도 불이 켜져 있었고, 아트리움과 모란꽃 화단으로 불빛이 새어나오고 있었다. 게롤트는 좀 더 멀리 떨어진, 빽빽한 수풀로 다가가 보랏빛으로 점점 밝아오는 새벽하늘을 바라보았다.

볼일을 끝내고 방으로 돌아오면서 중요한 일들에 대해 생각할 때, 그의 목에 걸린 메달이 세차게 흔들렸다. 게롤트가 손으로 메달을 붙잡자, 그 떨림이 온몸을 관통하듯 전해져왔다. 의심의 여지가 없었다. 아레투자에 누군가가 마법을 건 것이었다. 게롤트는 귀를 쫑긋 세우고 궁전 왼편 복도에서 들려오는 소음과 목소리, 그리고 흐릿한 비명 소리를 들었다.

다른 사람들 같았으면 아무것도 듣지 못한 척 서둘러 방향을 틀어 갈 길을 갔을 것이다. 그랬더라면 세상의 역사는 다르게 흘러갈 수도 있었다. 하지만 게롤트는 도덕심이 있었고 현명하지 못한 자신의 원칙대로 행동했다.

그가 궁전 복도에 다다랐을 때, 그곳에서는 싸움이 한창이었다. 회색 하인 옷을 입은 몇 명의 침입자들이 그리 크지 않은 체구의 마법사 한 명을 바닥에 쓰러뜨려 제압하고 있었다. 제압을 지휘하고 있는 것은 르다니아의 정보국장 딕스트라였다. 게롤트가 무슨 행동을 취하기도 전에, 그 역시 제압당하고 말았다. 회색 옷을 입은 다른 두 명의 침입자들이 게롤트를 벽에다 몰아붙이고 또 다른 한 명이 가슴에 짧은 삼지창을 갖다 댄 것이다.

침입자 셋은 모두 르다니아의 독수리가 새겨진 방패 모양의 메달을 가슴에 달고 있었다.

"이런 걸 바로 '똥 밟았다'라고 하지."

딕스트라가 가까이 다가오며 조용히 경고했다.

"그리고 자네는 그런 쪽으로 타고난 재능이 있는 것 같아. 조용히 하라고. 다른 이들의 주의를 끌지 않는 게 좋을 거야."

르다니아인들은 쓰러져 있는 마법사를 완전히 제압한 후 그의 양손을 잡고 일으켜 세웠다. 최고위원회의 일원인 아토드 테라노바였다.

이 모든 것을 세세히 볼 수 있을 만큼 주변이 밝은 건, 여자 마법사인 키이라 메츠의 머리 위에 떠 있는 빛나는 구(球) 때문이었다. 게롤트가 연회에서 이야기를 나누었던 금발의 마법사였다. 하지만 간신히 알아볼 수 있었다. 얇은 튈 드레스에서 단단한 남자 옷으로 갈아입은 상태였고, 왼쪽에는 단검을 차고 있었기 때문이었다.

"수갑을 채워."

키이라 메츠가 짧게 명령했다. 손에는 푸른빛으로 된 금속 수갑이 쩔렁거렸다.

"나에게 그걸 채울 생각은 하지 마라! 키이라 메츠! 꿈도 꾸지 말라고! 난 최고위원회의 일원이야!"

테라노바가 소리쳤다.

"그랬었지. 이제는 그냥 배신자일 뿐이야. 그에 맞게 배신자 취급을 받는 거고."

"그러는 당신이야말로 값싼 창녀지. 당신은……."

키이라는 한 걸음 물러나더니 골반을 슬쩍 틀면서 온몸의 힘을 모아 주먹으로 테라노바의 얼굴을 쳤다. 테라노바의 머리가 옆으로 하도 심하게 돌아가서 게롤트는 잠시 그의 머리가 떨어지는 것은 아닌가 했다. 테라노바는 입술과 코에서 피를 흘리며 그를 붙들고 있는 사람들 손에 축 늘어졌다. 키이라는 손은 들었지만 두 번은 때리지 않았다. 게롤트는 키이라의 손가락 사이에서 놋쇠 너클이 번쩍이는 것을 보았다. 놀라지는 않았다. 키이라 메츠는 몸집이 작았고, 저 정도의 한 방을 맨손으로 날렸을 리는 없었다.

게롤트는 움직이지 않았다. 침입자들은 그를 꽉 붙들고 있었고 삼지창 끝이 가슴팍을 찌르고 있었다. 사실 몸이 자유롭다 해도 움직였을지는 의문이었다. 뭘 해야 할지 알 수 없는 상황이었으니까.

르다니아인들은 뒤로 돌린 테라노바의 양손에 수갑을 채웠다. 테라노바는 악을 쓰고 격렬하게 몸부림을 치더니 마치 구토라도 하듯 급작스럽게 몸을 비틀었다. 게롤트는 그제야 그 수갑이 무엇으로 만들어진 것인지 알 수 있었다. 디메리티움이라고 하는 흔치 않은 광석과 철을 혼합한 것으로, 디메리티움은 마법의 능력을 억제하는 광물이었다. 그러한 억제는 마법사들에게 매우 해로운 부작용을 일으켰다.

키이라는 머리를 들고 머리카락을 넘겼다. 게롤트를 본 것은 그때였다.

"이자가 여기서 뭘 하고 있는 거지? 젠장, 어쩌다 여기에 나타난 거야?"

"어쩌다가. 원래 아무 데나 나타나는 데 재능이 있는 자요. 이자를 어찌 해야 할까?"

딕스트라가 감정이라고는 없는 건조한 말투로 말했다.

키이라는 얼굴이 어두워진 채 높은 구두의 뒤축으로 몇 차례 땅을 찼다.

"잘 감시해. 지금 난 시간이 없어."

그러고는 서둘러 자리를 떠났다. 그 뒤로 테라노바를 질질 끌고서 르다니아인들이 따라갔다. 빛나는 공 모양의 빛이 키이라 메츠의 뒤를 따랐지만, 이미 새벽이 되어 날이 밝아오고 있었다. 딕스트라의 손짓에 침입자들은 게롤트를 풀어주었다. 딕스트라는 가까이 다가와 게롤트의 눈을 똑바로 응시했다.

"어떻게 되건 일단 평정을 유지하게나."

"여기서 도대체 무슨 일이……?"

"그리고 절대 침묵할 것."

키이라 메츠가 잠시 후 돌아왔지만 혼자가 아니었다. 어제 연회에서 게롤트가 데스몰드라고 소개를 받았던 아마빛 머리칼을 한 마법사와 함께였다. 데스몰드 역시 게롤트를 보자 욕설을 내뱉으며 주먹으로 손바닥을 쳤다.

"젠장! 이 작자가 예니퍼가 골랐다는 자야?"

"리비아의 게롤트야. 문제는 예니퍼가 어떤지……."

키이라의 말에 데스몰드가 어깨를 으쓱했다.

"그건 나도 모르는데. 어쨌거나 이자는 이미 말려든 거야. 필리파에게 데려가. 필리파가 결정하게. 손에 수갑을 채워."

"그럴 필요는 없습니다. 이자는 제가 책임지죠. 가야 하는 곳으로 데려가 겠습니다."

겉으로 보기엔 졸려 보이는 듯한 딕스트라가 말했다.

"잘됐군요. 왜냐하면 우리는 시간이 없거든. 이리 와, 키이라. 저 위쪽에 서는 문제가 복잡해지고 있어."

데스몰드는 키이라와 함께 자리를 떠났다.

"신경들을 곤두세우고 있군."

딕스트라는 멀어지는 두 마법사를 바라보며 말했다.

"일을 해본 적이 없어, 딴 게 아니야. 쿠데타나 정변은 어린 비트로 만든 흐워드닉*과 같아. 차갑게 먹는 거지. 게롤트, 가자고. 그리고 기억해. 편안 하게, 위엄 있게, 문제를 일으키지 말고. 당신에게 수갑을 채우거나 묶지 않 은 걸 내가 후회하도록 만들지 말란 소리야."

"여기서 무슨 일이 일어나고 있는 거요, 딕스트라?"

"아직도 짐작을 못했단 말인가?"

딕스트라는 게롤트 옆에서 걷고 있었고 세 명의 르다니아인들은 그 뒤를 따르고 있었다.

"솔직히 말해봐, 위쳐 양반. 도대체 여기에는 어쩌다 나타나게 된 건가?"

"한련꽃이 시들까봐 걱정이 돼서."

딕스트라는 얼굴을 찡그린 채 게롤트를 바라보았다.

"이봐, 지금 머리로 똥을 밟은 거라고. 입은 똥물 위에 동동 떠 있지만,

---

* 흐워드닉(Chłodnik): 요리용 비트로 만들어 차갑게 먹는 수프.

발은 아직도 똥구덩이 바닥을 딛지도 못하고 있어. 누군가 자기도 똥통에 빠질 위험을 무릅쓰고 당신에게 도움의 손길을 뻗은 거라고. 그러니 그 바보 같은 농담은 집어치워. 예니퍼가 당신더러 이리로 가보라고 한 거지, 그렇지?"

"아니. 예니퍼는 따뜻한 침대에서 자고 있소. 이렇게 말하니 안심이 되는지?"

거대한 몸집의 딕스트라는 몸을 획 돌려 게롤트의 어깨를 붙들고 복도 벽으로 밀어붙였다.

"아니! 전혀 안심이 안 돼, 이 멍청이 같으니."

딕스트라는 씩씩거렸다.

"아직도 이해를 못했단 말인가, 얼간이 위쳐 양반. 제대로 된 왕들에게 충성하는 마법사들은 오늘 밤 한잠도 못 잔 것을? 아예 침대에 눕지도 못했다는 것을? 따뜻한 침대에서 자고 있다는 건 닐프가드에 매수당한 배신자들뿐이라고. 본인들이 정변을 계획했지만, 실행을 서두르지 않은 자들이지. 이들은 누군가가 자신들의 계획을 알아채고 그 의도를 내다보고 있다는 것을 몰랐어. 그래서 그들을 따뜻한 이불에서 끌어내고, 얼굴에 너클을 날리고, 손에 디메리티움으로 만든 쇠고랑을 채우는 거라고. 배신자들은 끝이야, 알아듣겠나! 만약 당신도 그들과 함께 바닥으로 떨어지고 싶지 않다면, 아무것도 모르는 척은 그만둬! 어제저녁 빌게포츠가 당신을 끌어들이던가? 아니면 그 전에 예니퍼가 포섭을 했나? 말해, 빨리! 왜냐하면 똥이 이제 입까지 차오를 테니까!"

"어린 비트로 만든 흐워드닉이요, 딕스트라. 필리파에게 날 데려가시오. 편안하고 위엄 있게, 문제를 일으키지 말고."

게롤트의 말에 딕스트라는 그의 어깨를 놔주며 한 발 물러섰다. 그러고는 차갑게 말했다.

"좋아. 저 계단 위쪽으로 가자고. 하지만 내가 약속하건대, 이야기는 반드시 끝내야 할 거야."

네 개의 복도가 합쳐지는 곳, 궁륭으로 떠받치는 기둥 아래는 등불과 마법의 구들로 환했다. 그곳에는 르다니아인들과 마법사들이 잔뜩 모여 있었다. 마법사 중에서는 위원회의 일원들도 있었다. 래드클리프와 사브리나 글레비식. 사브리나는 키이라 메츠처럼 회색의 남자 옷을 입고 있었다. 게롤트는 눈앞에서 일어나고 있는 이 정변에서 옷으로 편을 구분할 수 있다는 걸 알아챘다.

바닥에는 트리스 메리골드가 무릎을 꿇고 있었다. 피로 된 웅덩이 옆 시체 앞에 몸을 숙이고 있었다. 리디아의 시체라는 것을 알 수 있었다. 머리카락과 비단으로 된 드레스 덕분이었다. 얼굴로는 알아볼 수가 없었다. 왜냐하면 얼굴은 이미 얼굴이 아니었기 때문이었다. 얼굴은 이빨과 엉망으로 맞춰진 턱이 간신히 붙어 있는, 끔찍한 해골로 변해 있었다.

"얼굴을 가려줘. 숨이 끊어지면서 일루전이 사라진 거야. 젠장, 뭔가로 가려."

사브리나가 낮은 목소리로 말했다.

"어떻게 이런 일이 일어난 거지, 래드클리프?"

트리스는 리디아의 새골 아래 박힌 항금 단검의 손잡이에서 손을 거두며 물었다.

"어떻게 이런 일이 생길 수 있어? 아무도 죽지 않는다고 했잖아!"

"우리를 공격했어."

래드클리프가 고개를 떨구며 중얼거렸다.

"빌게포츠를 데려왔을 때, 우리에게 달려든 거야. 잠시 난리가 났었어. 나도 모르겠어, 어쩌다…… 저건 리디아의 단검이라고."

"저 얼굴을 가려!"

사브리나가 버럭 소리를 지르고는 휙 돌아섰다. 게롤트를 본 사브리나의 맹수 같은 눈이 석탄처럼 타올랐다.

"저자는 어쩌다 여기 온 거야?"

트리스가 얼른 몸을 돌려 게롤트에게 달려들었다. 게롤트의 얼굴 바로 앞에 트리스의 손이 있었다. 곧이어 번쩍하는 빛이 보이더니 모든 것이 어둠 속으로 사라졌다. 게롤트는 옷깃에서의 손길과 누군가 자신을 마구 흔드는 것이 느껴졌다.

"이자를 잡아, 안 그러면 쓰러지니까."

트리스의 목소리는 부자연스러웠고, 가짜 분노가 섞여 있었다. 또다시 게롤트를 흔들었지만, 그건 잠시라도 그를 옆에 두기 위해서였다.

"용서해요. 이렇게 할 수밖에 없었으니까."

트리스의 낮고 재빠른 속삭임이 들렸다.

딕스트라의 부하들이 게롤트를 붙들었다.

게롤트는 머리를 움직였다. 그리고 다른 감각을 집중시켰다. 복도에서는 움직임이 가득했고, 공기는 소란스러웠으며 불쾌한 냄새가 몰려왔다. 그리고 목소리들이 들려왔다. 사브리나는 욕설을 퍼부어댔고 이를 트리스가 달래고 있었다. 마구간 냄새를 풍기는 르다니아인들이 비단으로 바스락거리는 축 늘어진 시체를 바닥에서 끌고 가고 있었다. 피 냄새. 그리고 오존 냄새. 마법의 냄새. 높아진 목소리. 발자국 소리. 높은 구두들이 또각또각 부딪치는 소리.

"서둘러! 시간이 많이 지체되고 있어! 이미 가스탕에 가 있어야 했다고!"

필리파 에일하트였다. 그녀는 화가 나 있었다.

"사브리나, 마티 소더그렌을 빨리 찾아와. 침대에서 끌어내서라도 데려와. 게딤데이스는 상태가 나빠. 발작인 것 같아. 마티에게 게딤데이스를 치료하라고 해. 하지만 아무 말도 하지 마, 마티에게도, 마티와 같이 자고 있는 사람에게도. 트리스, 도레가라이와 드리텔름, 카르두인을 찾아서 가스탕으로 데려와."

"뭘 하려고?"

"왕들을 대표하니까. 에타인 왕과 에스테라드 왕도 우리의 행동과 그 결과에 대해 알게 해. 그들을 다…… 트리스, 손에 피가 묻었잖아! 누가……?"

"리디아."

"젠장맞을. 언제? 어쩌다가?"

"어쩌다 그렇게 됐는지가 지금 중요해?"

차갑고 차분한 목소리였다. 티사이아 드 브리스였다. 사각거리는 드레스. 티사이아는 아직 연회 드레스 차림이었다. 정변을 일으킨 쪽의 복장이 아니었다. 게롤트는 귀를 쫑긋 세웠지만 디메리티움 수갑 소리는 들리지 않았다. 티사이아가 차가운 목소리로 말을 이었다.

"신경 쓰는 척하는 건가? 걱정되는 척하는 거야? 혁명을 일으킬 때, 밤중에 무장한 침입자들을 모셔올 내는 희생자가 생기리라는 선 예상했어야시. 리디아는 죽었어. 헨 게딤데이스는 죽어가고 있고. 좀 전에는 얼굴이 엉망이 된 테라노바를 봤어. 희생자가 앞으로 얼마나 더 나와야 하지, 필리파 에일하트?"

"몰라. 하지만 물러서진 않을 거야."

필리파가 강한 어조로 대꾸했다.

"물론이지. 넌 어떤 것 앞에서도 물러서지 않으니까."

공기가 떨리고, 높은 굽이 익숙한 리듬으로 바닥에 부딪쳤다. 필리파가 다가오고 있었다. 어제 아레투자의 연회장에서 캐비어 시식을 위해 함께 걸을 때의 그 신경질적인 발소리의 리듬을 게롤트는 기억하고 있었다. 계피와 식물 에센스의 향기도 기억했다. 지금은 그 향기에 소다 냄새가 섞여 있었다. 게롤트는 정변인지 혁명인지에 자신이 가담하는 것을 아예 배제하고 있었지만, 만약 자신이 정변에 가담하게 된다면 그 전에 이를 닦을 것인지에 대해 생각해보았다.

"저자는 당신을 보지 못해요, 필리파. 아무것도 보지 못하고 아무것도 못 봤죠. 저 아름다운 머리의 여자가 눈을 멀게 했어요."

여전히 졸린 듯한 목소리로 딕스트라가 말했다.

게롤트는 필리파의 숨소리를 들었고, 몸동작 하나하나를 느꼈지만, 마치 아무것도 모르겠다는 듯 고개를 움직였다. 하지만 필리파는 속지 않았다.

"모르는 척하지 말아요, 게롤트. 트리스가 눈을 어둡게 했지만, 당신의 이성을 뺏은 건 아니니까. 도대체 어쩌다 여기까지 오게 된 건가요?"

"어쩌다 보니. 예니퍼는 어디 있죠?"

"아무것도 모르는 이들은 축복받은 자들이죠."

필리파의 목소리에 조롱의 감정은 조금도 섞여 있지 않았다.

"아니면 더 오래 살게 될 자들이든지. 트리스에게 감사해요. 이건 약한 마법이라 눈이 안 보이는 증상은 곧 사라질 거예요. 하지만 당신은, 당신이 보지 않았어야 하는 것은 보지 않은 거죠. 딕스트라, 게롤트를 감시해요. 난 곧 돌아올 거예요."

다시 한 번 움직임. 목소리들. 키이라 메츠의 울림이 좋은 소프라노 목소리와 래드클리프의 콧소리 섞인 베이스. 르다니아제 구두들의 발소리. 그리고 티사이아 드 브리스의 높아진 목소리.

"그녀를 놔줘! 어떻게 이럴 수가 있지? 어떻게 이렇게 할 수가 있어?"

"그 여자는 배신자였어!" 콧소리 섞인 베이스, 래드클리프.

"절대로 믿지 않겠어!"

"물이 아니라 피지." 차가운 목소리, 필리파 에일하트.

"에미르 황제는 엘프들에게 자유를 약속했어. 또한 자신들의 독립된 나라도. 여기, 이 땅에서 말이야. 물론 사람들을 처리한 후지. 우리를 바로 배신하게 된 건 그걸로 충분했어."

"대답해! 그녀의 말에 대답하라고, 프란체스카!"

티사이아가 감정을 담아 소리쳤다.

"대답해, 프란체스카."

디메리티움 수갑이 부딪치는 소리. 그리고 노래하는 듯한 엘프 특유의 악센트를 가진 프란체스카 핀다베어, 골짜기의 데이지, 이 세상에서 가장 아름다운 여인의 목소리.

"바 보르트 아 메. 도이네. 나엔 테 아 디첸."

"이제 충분해, 티사이아?"

필리파의 목소리는 마치 짖어대는 것만 같았다.

"이제야 날 믿을 수 있겠어? 당신, 나, 우리 모두가 이 여자에게는 언제나 도이네였던 거야. 인간, 아엔 쉐이드인 이 여자가 아무 할 말도 없는 바로 그런 인간. 그렇다면 당신은, 퍼카트? 빌게포츠와 에미르 황제가 배신을 결심한 당신에게 약속한 건 무엇이었지?"

"악마에게나 가, 변태 같으니."

게롤트는 숨을 참았지만 턱을 날리는 너클 소리는 들려오지 않았다. 필리파는 키이라보다 훨씬 더 자제력이 강했다. 아니면 너클이 없었는지도.

"래드클리프, 배신자들을 가스탕으로 데려가! 데스몰드, 티사이아 님을 부축해드리고. 먼저 가. 나도 곧 따라갈 테니."

발자국 소리. 계피와 식물 에센스 냄새.

"딕스트라."

"난 여기 있어요, 필리파."

"당신 부하들은 이제 필요 없어요. 록시아로 돌려보내요."

"정말 확실히……."

"록시아로, 딕스트라!"

"명령을 받들겠습니다, 마법사님. 하인들은 물러나죠. 이미 할 일은 다 했으니까. 이제 남은 건 마법사님들끼리의 일일 테니까요. 그러니 저 역시, 이곳에 더 이상 지체하지 않고 당신의 아름다운 눈앞에서 사라지겠습니다. 도와준 것에 대한 감사, 그리고 정변에 함께 참여할 거라고는 생각도 못했지만 어쨌든 마법사님께서 저에 대한 고마움을 갖고 있으시리라 생각되네요."

딕스트라의 목소리에는 빈정거림이 담겨 있었다.

"미안해요, 딕스트라. 도와줘서 고마워요."

"천만의 말씀, 제가 즐거웠습니다. 어이, 보이미르, 사람들을 모아. 다섯은 나랑 같이 있고. 나머지는 아래 '스파다' 호에서 모이도록 해. 하지만 조용히, 발자국 소리도 내지 말고, 아무 소리도 없이, 사고 치지 말고. 옆 통로만 사용하도록 해. 록시아에서나 항구에서나 입 뻥긋도 하면 안 된다는 걸 잊지 마라. 자, 움직여!"

"아무것도 보지 못한 거예요, 게롤트. 아무것도 듣지 못한 거고. 빌게포츠와는 아무 이야기도 나누지 않은 거고. 딕스트라가 지금 당신을 록시아로 데려갈 거예요. 당신을 그곳에서 다시 찾을게요. 이 모든…… 이 모든 게 끝나면 말이죠. 어제 당신에게 약속한 것이 있고, 난 약속을 지켜요."

필리파는 게롤트 앞에서 계피와 식물 에센스와 소다 냄새를 풍기며 속삭였다.

"예니퍼는?"

"이 사람 무슨 강박증 있는 거 아냐?"

딕스트라가 빠른 걸음으로 다가왔다.

"예니퍼, 예니퍼…… 지겨울 정도로군. 필리파, 이자에게 신경 쓰지 말아요. 더 중요한 문제들이 있으니까. 빌게포츠 옆에서 발견되어야 할 것은 발견되었나요?"

"물론이죠. 자, 이건 당신 거예요."

종이가 펼쳐지는 소리.

"오호, 좋군요! 디욱 니테르트. 아주 멋져요. 공작이라니……."

"조심성 있게, 이름은 쓰지 말고. 그리고 부탁인데, 트레토고르로 돌아가서 곧장 처형부터 시작하지는 말아요. 쓸데없이 스캔들을 만들지 말라는 거예요."

"걱정 마시죠. 닐프가드의 금을 그토록 탐냈던, 이 명단에 나오는 사람들은 안전합니다. 일단은 말이죠. 이들은 다루기 쉬운 줄로 만들어진 저의 소중한 마리오네트 인형이 되겠죠. 그런 후에 그 줄을 목에…… 궁금해서 묻는데, 다른 명단도 있요? 케드웬이나 테메리아나 에이단의 배신자 명단 같은? 잠시 볼 수 있다면 아주 좋을 텐데요. 아주 잠깐만이라도…….”

“물론, 당신이 좋아하리라는 건 잘 알고 있어요. 하지만 그건 당신의 문제가 아니에요. 그 명단은 래드클리프와 사브리나가 받아갔고, 그들을 어떻게 해야 할지 이미 알고 있을 거예요. 이제 가시죠. 바쁘니까요.”

“필리파.”

“왜요?”

“위쳐 양반에게 시력을 돌려주세요. 계단에서 넘어지지 않게.”

아레투자의 무도회장에서는 아직도 연회가 계속되었지만, 이미 그 형식은 좀 더 전통적이고 솔직한 모양새로 바뀌어 있었다. 식탁들은 밀려나 있었고, 여자 마법사와 남자 마법사들이 어디선가 가져온 소파와 의자들을 늘어놓고서 그 위에 앉아 여러 가지 유흥을 벌이고 있었다. 그 유흥 중 대다수는 고상치 못했다. 싸구려 술이 가득 담긴 커다란 통 주위에 둘러앉은 무리들은 그 술을 마시고 웃음을 터뜨리며 이야기를 하고 있었다. 좀 전까지만 해도 은으로 된 자그마한 포크로 우아한 안주를 조심스럽게 찔러 먹던 이들이 지금은 아무것도 상관하지 않은 채 두 손으로 고기를 뜯고 있었다. 몇몇은 주위 상황에 개의치 않은 채 카드놀이에 빠져 있었고, 잠들어 있는 마법사들도 있었다. 구석에서 한 커플이 서로에게 진한 키스를 해댔고, 그 열기로 봐서는 키스에서 끝나지 않을 게 분명했다.

“저자들을 좀 보라고, 게롤트.”

딕스트라가 복도 난간에 몸을 숙인 채, 높은 곳에서 마법사들을 내려다

보며 말했다.

"저렇게 흥겹게 놀다니, 상상이나 해봤나? 그런데 이들의 위원회라는 것이 최고위원회 전체를 닐프가드와 내통했다는 배신 혐의로 해치워버렸다니. 저 커플을 보라고. 곧 외떨어진 장소를 찾겠지. 하지만 그걸 마치기도 전에, 빌게포츠는 목이 매달릴 거야. 아, 이 세상은 정말 괴상하다니까."

"입 닥쳐요, 딕스트라."

록시아로 향하는 길은 산기슭에 지그재그로 난 계단이었다. 계단은 제멋대로 자라난 생나무 울타리와 화단들, 그리고 말라붙은 아가베 선인장 화분들이 놓인 발코니들로 연결되어 있었다. 그중 발코니 한 곳을 지나며 딕스트라가 멈춰 섰다. 키메라의 머리 모양이 조각된 벽의 입 부분에서 물이 흘러나오고 있었다. 딕스트라는 몸을 굽혀 오랫동안 물을 마셨다.

게롤트는 발코니로 다가갔다. 바다는 황금빛으로 빛나고 있었고, 하늘의 빛깔은 명예의 전당에 걸린 그림보다도 더 유치해 보였다. 아래쪽에는 아레투자에서 나온 르다니아인들이 질서정연하게 줄을 맞추어 항구로 향하고 있었다. 아레투자와 록시아의 절벽을 잇는 돌로 된 다리를 막 지나고 있는 참이었다.

갑자기 게롤트의 주의를 끈 것은 르다니아인들과는 다른 색상의 옷을 입은 사람이었다. 그가 눈에 띈 것은 빨리 움직이고 있었기 때문이었다. 그리고 르다니아인들과는 달리 위쪽으로, 아레투자를 향해 움직이고 있었다.

딕스트라가 헛기침을 하며 발걸음을 재촉했다.

"길을 떠났을 때는 시간이 제일 문제지."

"그렇게 서두르신다면 혼자 가시오."

"뭐 그렇게 해도 상관없겠지. 당신은 다시 저 위로 올라가 당신의 예니퍼를 구하러 가고 말이지. 그러고는 술 취한 소인족처럼 난리를 치겠지. 우리는 록시아로 같이 가는 거야, 위쳐 양반. 도대체 무슨 환각이라도 보고 있는 건가. 내가 당신을 비밀스러운 연애 행각에서 끄집어냈다고 생각하는 건가? 그건 아니지. 난 당신이 필요해서 빼낸 거라고."

딕스트라가 비꼬듯 말했다.

"뭐에 쓰려고?"

"모르는 척하는군. 아레투자에는 르다니아 귀족 가문의 열두 명의 아가씨들이 공부하고 있어. 존경하는 마르가리타 록스 안틸레 교장 선생과 문제를 일으킬 생각은 추호도 없다고. 교장 선생은 나에게 예니퍼가 데려온 신트라의 공주, 시릴라를 내주진 않겠지. 하지만 당신에겐 내줄 거야. 부탁만 하면 말이지."

"내가 부탁하리라는 그 황당한 짐작은 도대체 어디서 나온 거요?"

"당신이 시릴라의 안전을 보장하고 싶어 할 거라는 황당한 가정에서. 나의 보호 아래, 비지미르 왕의 보호 아래 시릴라는 안전할 거야. 트레토고르에서 말이지. 타네드에서는 안전하지 않아. 이 대목에서 악의 섞인 발언은 자제하는 게 좋을 거야. 물론 나도 알고 있어. 왕들이 이 아가씨에 대해 세상에서 가장 아름다운 계획을 세웠던 건 아니라는 걸 말이야. 하지만 그 계획이 바뀌었어. 이제는 시릴라가 건강하게 살아 있고 안전한 것이 앞으로 일어날 전쟁에서, 군장을 갖춘 열 개의 기마부대보다 훨씬 유리하다는 것이 확실해진 거지. 반면에 죽은 시릴라는 말갈기 1파운드보다도 못하고."

"필리파 에일하트도 당신의 의도를 알고 있소?"

"모르지. 시릴라가 록시아에 있다는 사실을 내가 알고 있다는 것 자체를 몰라. 한때 내가 사랑했던 필리파는 요즘 콧대가 하늘에 닿아 있지만, 르다니아의 왕은 여전히 비지미르거든. 나는 비지미르 왕의 명령을 수행하는 사람이고, 마법사들이 무슨 계략을 꾸미는지는 아무 관심도 없어. 시릴라는 '스파다' 호에서 우리와 합류한 후, 노비그라드로 배를 타고 간 다음 거기서 트레토고르로 갈 거야. 그리고 안전해질 거고. 날 믿지?"

게롤트는 키메라 부조 쪽으로 몸을 굽히고, 끔찍한 주둥이에서 나오는 물을 조금 마셨다.

"날 믿지?"

딕스트라가 게롤트 앞에 서서 다시 물었다.

게롤트는 몸을 펴고, 입술을 닦더니 있는 힘을 다해 딕스트라의 턱을 가격했다. 딕스트라는 휘청했지만 쓰러지지는 않았다. 근처에 있던 르다니아인 중 하나가 달려들어 게롤트를 잡으려고 했지만, 잡히는 건 공기뿐이었다. 그러고는 바닥에 주저앉아 이빨과 함께 피를 뱉어내었다. 그러자 모두들 한꺼번에 게롤트에게 달려들었다. 좁은 공간에 몰려들어 모든 이들이 뒤섞였는데, 이는 게롤트가 의도하던 바였다.

르다니아인 한 명이 돌로 된 키메라의 머리에 부딪혀, 주둥이에서 흘러나오던 물이 시뻘겋게 변했다. 두 번째 르다니아인은 후두 부위에 주먹질을 몇 번 당하더니 마치 성기가 뽑히기라도 한 듯 온몸을 구부렸다. 세 번째 르다니아인은 팔꿈치로 눈을 가격당하고는 비명을 지르며 물러났다. 딕스트라는 곰 같은 힘으로 게롤트를 붙들었지만, 게롤트는 높은 구두 굽을 이용해서 딕스트라를 세차게 걷어찼다. 딕스트라는 비명을 지르며 우습게도 한쪽 발로 경중경중 뛰었다.

또 다른 르다니아인이 단검으로 찌르려고 했지만, 공기를 갈랐을 뿐이었다. 게롤트는 한 손으로 르다니아인의 팔꿈치를 잡고 다른 한 손으로는 손목을 잡아 비틀어, 바닥에서 일어나려고 하는 두 사람 위로 쓰러뜨렸다. 팔목을 잡힌 르다니아인은 힘이 좋았고 단검을 놓으려고 하지 않았다. 게롤트가 팔목을 쥔 손에 힘을 주자 힘 좋은 르다니아인의 손목이 소리를 내며 부러지고 말았다.

한 발로 겅중겅중 뛰고 있던 딕스트라는 땅에서 삼지창을 집어 들어 게롤트를 벽에 몰아붙이려고 했다. 게롤트는 몸을 굽혔다가 양손으로 삼지창의 나무 손잡이를 붙잡고는 모든 학자들이 알고 있는 지렛대 원리를 실천해보았다. 딕스트라는 벽돌을 붙인 모르타르 벽이 점점 가까이 다가오자 삼지창을 놓았지만, 이미 키메라 부조를 피하기에는 너무 늦었다.

게롤트는 삼지창을 써서 공격해오는 또 다른 르다니아인을 쓰러뜨렸다. 그런 다음 곧장 나무 손잡이를 바닥에 고정시키고 구두로 밟아 부러뜨린 후, 칼 정도의 길이로 만들었다. 두 다리를 벌리고 앉아 있는 딕스트라의 등짝을 힘껏 가격하고, 팔목이 부러진 르다니아인을 조용히 시키는 데 다시 이용했다. 새로 장만한 외투의 바느질이 양쪽 겨드랑이 밑에서 이미 터진 지 오래였고, 게롤트는 그 편이 차라리 편했다.

아직도 서서 저항하고 있는 르다니아인이 삼지창으로 공격해왔다. 긴 삼지창을 들고 있기 때문에 유리하다고 생각한 모양이었다. 게롤트는 적의 코에 재빨리 주먹질을 하자마자 아가베 화분이 놓인 발코니로 뛰어내렸다. 상당히 끈질긴 다른 르다니아인 하나가 게롤트의 허벅지에 달라붙어 아주 아프게 깨물었다. 화가 난 게롤트는 이 설치류 인간을 세차게 걷어찼고, 더 이상 깨물 이빨이 없도록 만들었다.

그때 계단 위에서 단델라이온이 숨을 헐떡거리며 달려오고 있었다. 그는 백지장처럼 창백한 얼굴로 소리를 질렀다.

"게롤트! 시리가 사라졌어! 시리가 없어!"

"예상은 하고 있었어."

게롤트는 막대기로 가만히 누워 있으려고 하지 않는 르다니아인을 내리
쳤다.

"그런데 정말 느리군, 단델라이온. 어제, 무슨 일이 생기면 곧장 아레투
자로 달려오라고 했잖아! 내 칼은 가져왔어?"

"두 개 다!"

"그 두 번째 칼은 시리 거야, 바보 같으니."

게롤트는 아가베 화분 사이에서 일어나려고 하는 르다니아인을 세게 쳤다.

"내가 칼은 잘 모르잖아. 신들이시여! 사람들 좀 그만 때려! 르다니아 독
수리 문양 안 보여? 저들은 비지미르 왕의 부하들이야! 반역 행위라고, 감
옥에 갈 수도……."

단델라이온이 헐떡거렸다.

"교수대로, 너희 둘 다 교수대로……."

딕스트라가 단검을 든 채 비틀비틀 다가오며 말했다.

하지만 더 이상 말을 잇지는 못했다. 커다란 덩치가 휘청거리더니 부러
진 삼지창 옆으로 쓰러져 완전히 뻗어버렸기 때문이었다.

"마차 바퀴에 질질 끌려가겠지. 아니, 그 전에 벌겋게 달궈진 플라이어로
당한 후……."

단델라이온이 우울한 상상에 빠져 있을 때, 게롤트는 딕스트라의 갈비뼈
부분을 걷어찼다. 딕스트라는 마치 쓰러진 들짐승처럼 널브러졌다.

"몸을 네 동강이 나고……."

"그만 좀 해, 단델라이온. 칼은 두 개 다 주고. 그리고 여기서 빨리 떠나. 섬에서 도망치라고. 최대한 멀리!"

"그럼 자네는?"

"난 위로 돌아갈 거야. 시리를 구해야만 해. 그리고 예니퍼도. 딕스트라! 거기 얌전히 누워 계시고 단검 좀 그만 만지작거려!"

"이번 일을 그냥 지나가진 못할 거다. 부하들을 데려와서 네놈 뒤를 쫓아갈 테니……."

딕스트라가 헐떡거리며 간신히 말을 이었다.

"쫓아오지 못할 거요."

"반드시 쫓아간다. 스파다 호에 부하가 오십 명이나 있어."

"그중에 이발사*도 있나?"

"뭐?"

게롤트는 딕스트라의 뒤로 가 몸을 굽히더니 발을 잡고 순간적으로 세차게 비틀었다. 우두둑 뼈가 부러지는 소리가 났다. 딕스트라는 짧은 비명을 지르더니 기절해버렸다. 단델라이온은 자기 뼈가 부러지기라도 한 듯 소리를 질렀다.

"네 토막이 난 후에는, 무슨 일이 생기든 어차피 상관없잖아."

게롤트가 중얼거렸다.

아레투자에는 고요만이 가득했다. 연회장에는 이미 더 이상 떠들 힘도 없는 최후의 몇 명만이 남아 있었다. 게롤트는 눈에 띄지 않도록 조심하며

---

* 중세의 이발사(Cyrulik)는 칼을 다루며 간단한 외과수술을 하기도 했다.

연회장을 지나쳤다.

예니퍼와 묵었던 방을 찾는 것은 쉽지 않았다. 궁의 복도들은 미로로 되어 있었고, 모든 방들이 다 똑같아 보였다. 간신히 방을 찾았을 땐 이미 텅 비어 있었다.

헝겊으로 만든 인형의 단추 눈이 게롤트를 바라보았다.

게롤트는 침대에 앉아 머리를 양손으로 세차게 감싸 쥐었다. 방에 핏자국은 없었다. 하지만 의자에는 검정색 드레스가 걸려 있었다. 예니퍼는 옷을 갈아입었던 것이다. 남자 옷, 정변의 복장으로?

아니면 예니퍼를 속옷 바람으로 끌고 갔을 수도 있다. 디메리티움으로 만든 수갑을 채워서.

창틀이 깊숙이 튀어나온 자리에 치유의 마법사, 마티 소더그렌이 앉아 있었다. 게롤트의 발자국 소리를 듣고는 고개를 들었다. 뺨은 눈물로 젖어 있었다.

"헨 게딤데이스는 죽었어요. 심장 발작. 난 아무것도 할 수가 없었어요…… 왜 나를 이렇게 늦게 부른 거지? 사브리나는 날 때렸어요. 얼굴을 때렸다고. 왜? 여기 도대체 무슨 일이 벌어지고 있는 건가요?"

마티의 목소리는 잔뜩 갈라져 있었다.

"예니퍼를 봤나요?"

"아니, 못 봤어요. 날 내버려둬요. 혼자 있고 싶어요."

"가스탕으로 가는 가장 빠른 길을 가르쳐주시오. 부탁입니다."

아레투자 위로는 덤불이 무성하게 자라난 발코니가 세 개 있었다. 더 위로는 언덕이 가파르게 뻗어 있어 접근이 쉽지 않았다. 그 절벽 위에 가스탕이 있었다. 가스탕 궁의 바닥에는 검정색의, 하나같이 반들반들한 판석이 깔려 있었다. 더 위로 올라가면 대리석과 창문의 스테인드글라스가 번쩍이고 있었고, 햇빛을 받아 황금빛으로 빛나는 돔들이 나왔다.

가스탕으로 향하는 비포장도로는 꼭대기까지, 언덕을 뱀처럼 구불구불 감고 있었다. 하지만 더 빠른 길이 있긴 했다. 발코니들을 잇는 계단이었는데, 가스탕 궁전 바로 아래 검은 아가리처럼 보이는 터널을 지나야 했다. 마티 소더그렌이 게롤트에게 알려준 지름길이 바로 그 길이었다.

터널을 지나자 절벽 사이를 잇는 다리가 나왔다. 다리를 건너자 계단이 가파르게 위쪽으로 구불구불 뻗어 있었다. 게롤트는 발걸음을 재촉했다.

계단의 난간은 폰*과 님프의 조각으로 장식되어 있었다. 조각들은 마치 살아 있는 것 같았다. 움직이고 있었다. 게롤트의 메달이 강하게 흔들리기 시작했다.

게롤트는 눈을 비볐다. 조각들이 움직이는 것처럼 보이는 것은 그 모습이 변하고 있었기 때문이었다. 매끈한 조각들이 울퉁불퉁한, 아무런 모양도 없는, 바람과 소금기에 깎인 돌덩이로 변하고 있었다. 그러더니 다시 조각으로 변했다.

게롤트는 이것이 무엇인지 알고 있었다. 타네드를 가면처럼 덮어씌우고 있는 마법이 흔들리고, 이제 사라지고 있는 것이었다. 다리 역시 부분적으로 환각이었다. 체처럼 이곳저곳에 구멍이 나기 시작했고 밑으로 절벽과 무시무시한 소리를 내는 폭포가 보였다.

---

* 폰(Faun): 로마 신화에 나오는 들판과 숲의 신.

안전한 길을 표시하는 검은 판석도 없었다. 게롤트는 천천히 한 발짝 한 발짝 조심하며, 이렇게 시간이 지연되는 상황에 속으로 욕설을 퍼부으며 건넜다. 겨우 반대편으로 건너왔을 때, 뛰어오는 사람의 발자국 소리가 들렸다.

누구인지 금세 알아볼 수 있었다. 위쪽에서 계단으로 도레가라이가 뛰어 내려오고 있었다. 시다리스의 에타인 왕 밑에서 일하는 마법사였다. 게롤트는 필리파가 뭐라고 말했었는지 기억했다. 중립적인 왕들의 조언자로 일하는 마법사들은 가스탕에 증인처럼 초대되었던 것이다. 하지만 도레가라이가 계단을 내려오는 속도로 보아, 그 초대는 갑작스럽게 취소된 것이 분명했다.

"도레가라이!"

"게롤트? 여기서 뭐 하시오? 거기 서 있지 말고, 도망쳐요! 얼른, 아래로! 아레투자로!"

도레가라이가 숨을 헐떡거렸다.

"무슨 일인데요?"

"반역이오!"

도레가라이는 갑자기 몸을 떨더니 이상한 기침 소리를 냈다. 그러고는 몸을 숙이는 듯하다가 게롤트에게로 쓰러졌다. 게롤트가 도레가라이를 잡기 전, 도레가라이의 등 뒤에 꽂힌 잿빛 깃털의 화살을 보았다. 도레가라이를 붙들고 휘청한 것이 게롤트의 목숨을 구했는데, 똑같이 생긴 또 다른 화살이 게롤트의 목에 명중하는 대신 웃고 있는 폰 조각에 꽂혀 코와 뺨 일부분을 망가뜨렸다. 게롤트는 도레가라이를 놓고 계단 난간 밑으로 몸을 숙였다. 도레가라이는 그대로 게롤트 위로 쓰러졌다.

궁수는 두 명이었고 둘 다 모자에 다람쥐꼬리를 달고 있었다. 한 명은 계단 꼭대기에서 활을 당기고 있었고, 다른 하나는 칼집에서 칼을 빼 들고 아래쪽으로 한 번에 몇 계단씩 뛰어 내려오고 있었다. 게롤트는 도레가라이를 밀쳐놓고 칼을 뽑아 들었다. 화살들이 휙휙 공기를 가르며 날아들었지만 게롤트는 재빨리 칼로 쳐냈다. 두 번째 엘프가 이미 가까이 다가왔지만, 화살이 떨어지는 모습에 잠시 주저했다. 하지만 아주 잠시뿐이었다. 곧 게롤트에게 칼을 휘두르며 달려들었다. 게롤트는 칼을 피하며 몸을 틀어 엘프의 칼날이 자신의 칼날을 비껴나가도록 했다. 엘프는 중심을 잃었지만 게롤트는 유려한 움직임으로 몸을 돌려 엘프의 귀 아래 목을 찔렀다. 단 한 번. 그것으로 충분했다.

계단 위쪽에 있던 궁수는 다시 한 번 활을 당겼지만 쏠 수는 없었다. 번쩍하는 빛이 보이더니 엘프는 비명을 지르고 양손을 떨구고는 아래쪽으로 굴러떨어졌다. 등 뒤로 옷에 불이 붙어 있었다.

계단으로 또 다른 마법사가 뛰어 내려오고 있었다. 게롤트를 보고는 멈춰 서서 손을 치켜들고는 주문을 외쳤다. 게롤트는 설명 따위를 하느라 시간 낭비를 하는 대신 땅에 몸을 납작 엎드렸다. 번갯불이 게롤트 위로 지나가더니 폰 조각이 가루가 되어 흩어졌다.

"그만! 난 위쳐요!"

게롤트는 고함을 질렀다.

"젠장."

마법사는 숨을 헐떡거리며 뛰어왔다. 연회에서 본 기억이 없는 마법사였다.

"당신을 저 엘프 건달 중 하나로 착각했소. 도레가라이는? 살아 있소?"

"아마도……."

"빨리, 다리 저쪽으로!"

둘은 도레가라이를 질질 끌고 다리를 건넜다. 다행이었다. 서두르느라 나타났다 사라졌다 하는 환각에 신경 쓸 틈도 없었다. 아무도 뒤를 쫓아오지 않았지만 그럼에도 마법사는 손을 뻗어 주문을 외우더니 또 다른 번갯불을 일으켜 다리를 끊어버렸다. 돌들이 절벽 아래로 요란한 소리를 내며 떨어졌다. 마법사는 여전히 숨을 몰아쉬며 말했다.

"이러면 못 쫓아오겠지."

게롤트는 도레가라이의 입에서 흘러나오는 피를 닦았다.

"폐에 활을 맞았소. 도울 수 있겠소?"

"내가 도울 수 있어요."

아레투자 방향에서 터널을 지나 힘겹게 계단을 올라오고 있던 마티 소더그렌의 목소리였다.

"카르두인, 도대체 무슨 일이죠? 누가 도레가라이를 쏜 거예요?"

"스코이아텔."

카르두인은 이마를 소매로 닦았다.

"가스탕에서는 전투가 진행 중이오. 망할 놈의 집단들, 누구라 할 것 없이 난리군! 필리파는 밤중에 빌게포츠에게 수갑을 채우고, 빌게포츠와 프란체스카 핀다베어는 섬에 다람쥐들을 데려왔다고! 거기에 티사이아 드 브리스는…… 맙소사, 티사이아가 이 혼란을 일으켰어!"

"알이듣게 얘기 좀 해요, 키르두인!"

"지금 얘기할 시간이 없소! 난 록시아로 피할 거요. 거기서 코비어로 곧장 텔레포트로 이동할 거라고. 가스탕에 남은 자들은 자기들끼리 죽이든지 말든지 마음대로 하라고 해! 이제 아무런 의미도 없소! 전쟁이라고! 이 모든 소동은 필리파의 계략이오. 왕들이 닐프가드와 전쟁을 할 수 있도록 말이지! 리리아의 메브와 에이단의 데머번드가 닐프가드를 자극한 거라고! 무슨 말인지 이해하겠소?"

"잘 모르겠군요. 그리고 이해할 생각도 없고. 예니퍼는 어디 있죠?"

"그만들 해요!"

마티가 도레가라이 위에 엎드린 채 소리를 질렀다.

"나 좀 도와줘요! 도레가라이를 꽉 잡아요! 화살을 뺄 수가 없어!"

둘은 마티를 도왔다. 도레가라이가 비명을 지르며 경련을 일으켰고 곧이어 계단이 떨리기 시작했다. 게롤트는 이것이 마티의 치유 마법 때문이라고 생각했다. 하지만 떨림의 이유는 다른 곳에 있었다. 갑자기 가스탕의 스테인드글라스 창문이 폭발하더니 궁에서는 불과 함께 연기가 솟아올랐다.

"아직도 싸우고 있어. 상황이 심각하군. 주문을 주문으로······."

카르두인이 이를 악물었다.

"주문이라고? 가스탕에서? 저기엔 반(反) 마법 장이 쳐져 있잖아요!"

"티사이아 짓이요. 누구 편에 설지 결심을 굳힌 거지. 봉인을 걷어내고 반 마법 장을 없애버린 거요. 디메리티움도 중화시켰고. 그러자 모두들 서로 죽자고 덤벼든 거지. 빌게포츠와 테라노바가 한편, 필리파와 사브리나가 그 반대편······ 기둥은 터지고 궁륭은 내려앉았소. 그리고 프란체스카는 지하로 내려가는 입구를 열어놓았고, 거기로 저 엘프 마귀들이 들이닥친 거요. 우리는 소리를 질렀지, 우린 중립이라고. 하지만 빌게포츠는 웃기만 했어. 우리가 보호막을 쌓기도 전에 드리텔름은 눈에 화살을 맞고, 리디아는 고슴도치처럼 칼을 맞았다고······ 더 이상 어떻게 되든 기다리지 않고 난 도망쳤소. 마티, 아직 멀었어? 우린 여기서 피해야 해!"

"도레가라이는 걸을 수가 없을 거예요. 우리를 텔레포트로 옮겨줘요, 카르두인."

마티는 피 묻은 손을 흰색 드레스에 닦으며 다급한 목소리로 말했다.

"여기서? 미쳤군. 여긴 토르 라라와 너무 가까워. 라라 포탈은 어떤 텔레포트든 죄다 왜곡시킨다고. 여기서는 텔레포트가 안 돼!"

"도레가라이는 걸을 수가 없단 말이에요! 난 도레가라이 옆에 있어야 해요……."

"그럼 옆에 있어! 둘이 잘해보라고! 내 목숨은 소중하니까! 난 코비어로 돌아갈 거야! 코비어는 중립이라고!"

카르두인이 버럭 소리를 지르고는 다급히 터널로 향했다.

"감동적이군요."

게롤트는 터널로 사라지는 마법사 카르두인을 보며 침을 뱉었다.

"동지애와 연대란 이런 것이군. 하지만 나도 당신과 남아 있을 수는 없어요, 마티. 나는 가스탕으로 가야 해요. 당신의 중립적인 동료가 다리를 없애버렸는데, 다른 길은 없나요?"

마티 소더그렌이 코를 훌쩍였다. 그러고는 알겠다는 듯 고개를 끄덕였다.

키이라 메츠가 머리 위로 떨어져 내렸을 때, 게롤트는 가스탕의 벽 아래에 막 도착한 뒤였다.

치유 마법사 마티 소더그렌이 가르쳐준 길은 계단과 빌코니에 걸쳐 뱀처럼 구불구불 이어져 있었다. 계단은 담쟁이와 인동 넝쿨로 빽빽이 덮여 있어서 올라가기가 힘들었지만, 몸을 숨기기에는 좋았다. 아무에게도 들키지 않고 게롤트는 궁전의 벽 아래까지 다다르는 데 성공했다. 입구를 찾고 있을 때, 키이라가 그 위로 떨어져 둘은 슬로베리 덤불로 쓰러졌다.

"이빨이 깨졌어."

키이라가 혀 짧은 소리로 우울하게 말했다. 머리는 엉망이 되어 있었고 석회 가루와 잿가루에 덮인 채, 뺨에는 큰 멍이 들어 있었다.

"그리고 다리도 부러진 것 같아. 게롤트, 당신인가요? 내가 당신 위로 떨어졌나? 도대체 어쩌다?"

키이라는 피를 뱉으며 물었다.

"나도 그게 궁금하군요."

"테라노바가 나를 창밖으로 던졌어요."

"일어날 수 있겠어요?"

"아니요, 못 일어나요."

"난 안으로 들어가고 싶군요. 아무도 몰래. 어느 쪽으로 가야 하나요?"

"위쳐들이란 이렇게 모두 미친 건가요? 가스탕에서는 싸움이 진행 중이에요! 부글부글 끓어서 회벽이 녹아내릴 지경이라고요! 일부러 말썽을 찾아가는 건가요?"

키이라는 몸을 일으키려다가 비명을 지르며 피를 뱉어냈다.

"아니, 예니퍼를 찾고 있어요."

키이라는 일어나려는 노력을 포기하고 털썩 바닥에 주저앉았다.

"하, 누군가 날 그렇게 사랑해주면 좋겠군요. 날 안고 가요."

"다음 기회에 그렇게 하죠. 지금은 좀 바빠서."

"날 팔에 안고 가라니까요! 내가 가스탕으로 가는 길을 알려줄게요. 난 테라노바에게서 벗어나야 하니까. 뭘 기다리고 있는 거죠? 당신 혼자서는 입구를 발견하지 못해요. 그리고 발견한다 해도 저 엘프 악마들이 당신을 가만 두지 않을 거라고요. 난 걷지는 못하지만, 아직 마법을 구사할 수 있어요. 앞길을 가로막는 자가 있다면, 후회하게 만들어줄 테니까."

게롤트가 키이라를 안아 들자, 키이라는 통증 때문에 비명을 질렀다.

"미안하군요."

"괜찮아요."

키이라는 팔로 게롤트의 목을 감싸 안았다.

"다리 때문에 그런 거니까. 당신은 아직도 예니퍼의 향수 냄새가 나는군요. 알고 있었나요? 아니, 그쪽이 아니고 뒤로 돌아서 위쪽으로 올라가요. 토르 라라 쪽에서 들어오는 두 번째 입구가 있어요. 거긴 엘프들이 없을 수도…… 아우! 조심 좀 해요, 젠장!"

"미안. 그런데 스코이아텔이 여긴 어떻게 들어온 거죠?"

"지하에 있었어요. 타네드는 먹다 버린 호두처럼 텅 비어 있죠. 지하에는 파도에 침식된 동굴이 있어서 길만 알면 배를 타고 들어올 수 있어요. 누군가 그들에게 들어오는 길을 누설한 거죠. 아우! 조심 좀! 흔들지 말고 조심하라고요!"

"미안. 그럼 다람쥐들이 바닷길을 통해서 왔단 말인가요? 언제?"

"그게 언젠지 어떻게 알겠어요. 어제일 수도 있고, 일주일 전일 수도 있고. 우리는 빌게포츠를 생포하려는 계획을 세웠고, 빌게포츠는 우리를 장악할 계획을 세웠고. 빌게포츠, 프란체스카, 테라노바와 퍼카트…… 이들은 우리를 감쪽같이 속였죠. 필리파는 이들이 위원회에서의 권력을 잡고 왕들에게 영향력을 행사하려는 줄로만 알았어요. 하지만 이들은 이번 회합에서 우릴 해치워버릴 속셈이었던 거예요. 게롤트, 더 이상 참을 수가 없네요.

아우, 다리야…… 잠시만 내려줘요. 아야야!"

"키이라, 뼈가 부러져서 밖으로 돌출되어 있어요. 바짓가랑이 사이로는 피가 흐르고."

"입 닥치고 들어요. 이 대목에서 당신의 예니퍼가 등장하니까. 우리는 가스탕의 회의실로 들어갔어요. 그곳은 마법이 봉쇄되어 있었지만, 디메리티움에는 영향이 없어서 우리는 안전한 줄 알았죠. 하지만 싸움이 시작됐어요. 티사이아와 중립에 섰던 자들이 우리에게 소리를 지르기 시작했고, 우리는 그들에게 소리를 질렀죠. 하지만 빌게포츠는 아무 말 없이 웃고 있었어요……."

"되풀이하지만, 빌게포츠는 반역자야! 닐프가드의 에미르와 짜고, 다른 이들을 계략에 가담시켰다고! 법을 위반하고 우리와 왕들의 믿음을 배신하고……."

"천천히, 필리파. 나는 당신이 비지미르 왕에게서 받는 여러 혜택이 우리 마법사 형제들의 동맹보다도 당신에게 더 큰 의미를 갖고 있다는 걸 알고 있어. 당신도 마찬가지지, 사브리나. 똑같은 역할을 케드웬에서 하고 있으니까. 키이라 메츠와 트리스 메리골드는 테메리아 폴테스트 왕의 이익을 대변하고, 래드클리프는 에이단의 데머번드 왕의 신하이고."

"그게 무슨 뜻이지, 티사이아?"

"왕들의 이익이 우리의 이익과 일치하지만은 않는다는 거지. 난 이게 무엇 때문인지 정확히 알고 있어. 왕들이 엘프를 비롯한 인간이 아닌 종족을 멸종시키기 시작했어. 어쩌면 당신, 필리파는 그것이 잘하는 것이라고 생각할지도 몰라. 어쩌면 당신, 래드클리프는 데머번드의 군대가 스코이아텔과 싸우는 것을 도와주면서 그렇게 생각할 수도 있고. 하지만 나는 그 계획엔 반대야. 그리고 프란체스카가 이걸 반대하는 게 전혀 이상하지 않고. 하지만 이건 배신행위는 아니야! 내 말을 끊지 마! 난 당신들의 왕들이 뭘 의도하는지도 알고 있고, 전쟁을 일으키길 원한다는 것도 알고 있어. 이 전쟁을 막고자 하는 행동이 비지미르 왕의 눈에는 배신행위로 보일 수도 있겠지만, 내 눈에는 아니야. 만약 빌게포츠와 프란체스카를 심판할 생각이라면, 나부터 심판해봐!"

티사이아의 일갈에 카르두인이 앞으로 나서며 소리쳤다.

"어째서 전쟁이라고 말하는 거지? 우리 왕, 코비어의 에스테라드는 닐프가드에 대한 어떤 폭력적인 행위도 지지하지 않아! 코비어는 지금도, 앞으로도 중립이라고!"

그러자 사브리나가 카르두인을 쏘아보며 목소리를 높였다.

"당신은 위원회의 일원이야, 카르두인! 당신 왕의 대사가 아니라!"

"그런 말을 하는 당신, 사브리나는?"

"그만!"

필리파는 주먹으로 식탁을 내리쳤다.

"당신의 호기심을 충족시켜주지, 카르두인. 누가 전쟁을 준비하냐고 물었지? 전쟁을 준비하는 건 닐프가드야. 우리를 공격해서 파괴하려는 거지. 하지만 에미르 바 엠레이스는 소든의 언덕을 기억하고 있고, 이번에는 마법사들을 전쟁에서 배제시켜 안전을 꾀하려는 거야. 바로 그런 목적으로 로게빈의 빌게포츠와 선이 닿은 거지. 에미르는 빌게포츠에게 권력과 명예를 약속하고 빌게포츠를 매수한 거야. 맞아, 티사이아. 소든의 영웅인 빌게포츠가 북쪽의 정복된 모든 나라의 총독이 되는 거지. 빌게포츠는 테라노바와 퍼카트의 도움을 받아 정복된 나라의 모든 지방들을 다스리며 닐프가드에 저항했던 나라들 머리 꼭대기에서 닐프가드의 깃발을 휘날릴 생각이라고. 그리고 프란체스카는 자유 엘프국의 여왕이 되는 거지. 물론 자유 엘프국이라고는 하지만 닐프가드 속국의 여왕 말이야. 하지만 에미르 황제가 인간을 몰살시킬 자유를 주기만 한다면, 엘프들에게는 속국이든 뭐든 상관없는 일이야. 엘프가 갈망하는 것은 바로 도이네를 죽이는 것이니까."

잠시 침묵이 흐르고 티사이아가 무겁게 입을 열었다.

"아주 흥미로운 고발이군. 과연 그렇다면 증거도 확실해야 할 테고. 하지만 그 증거를 제출하기 전, 필리파 에일하트, 당신은 내 입장의 증인이 되어줘. 증거란 조작할 수도 있고, 활동과 그 동기는 멋대로 해석이 가능하니까. 하지만 존재하는 진실들은 바뀌지 않아. 당신은 마법사 형제들의 일체감과 연대감을 손상시켰어. 최고위원회의 위원들을 마치 죄인처럼 수갑을 채웠지. 그러니 왕들에게 매수되어 당신의 역모에 가담한 자들이 만들고자 하는 새로운 위원회의 자리를 나에게 제안할 생각이라면 꿈도 꾸지 마. 우리 사이에는 죽음과 피가 가로놓인 거야. 헨 게딤데이스의 죽음, 그리고 리디아의 피. 당신은 그 피를 경멸했어. 당신은 내 최고의 제자였지, 필리파 에일하트. 난 언제나 널 자랑스러워했어. 하지만 지금 나에게는 너에 대한 경멸밖에 남아 있지 않아."

키이라 메츠는 백지장처럼 창백했다. 그녀가 나직이 속삭였다.

"조금 전부터, 가스탕이 좀 조용해진 것 같네. 끝나가는 건가…… 이 궁은 5층으로 되어 있고 방은 일흔여섯 개나 있으니, 쫓고 쫓길 자리는 있겠지."

"예니퍼 얘기를 하겠다고 했잖소. 서둘러요. 당신 곧 기절할 것 같으니까."

"예니퍼? 아, 맞아. 모든 게 우리 생각대로 흘러갔어요. 하지만 갑자기 예니퍼가 나타난 거죠. 그리고 연회장에 그 영매를 데려온 거예요."

"영매라니, 누구를?"

"여자아이. 한 열넷쯤 되었을까. 머리는 회색빛이 돌고 커다란 초록 눈에…… 모두들 그 아이를 제대로 보기도 전에, 아이가 갑자기 예언을 시작했어요. 돌 앙그라에서의 사건에 대해 말했죠. 그 아이가 사실을 말하고 있다는 걸 의심하는 사람은 없었어요. 그 아이는 환각에 빠져 있었고, 환각에 빠진 상태에서는 거짓말을 못하니까."

"어젯밤."

영매가 입을 열었다.

"리리아 문장을 단 군대와 에이단 깃발을 든 부대들이 닐프가드 제국에 대한 공격을 감행하였다. 돌 앙그라의 국경 요새인 글레비칭겐을 공격한 것이다. 데머번드 왕의 전령은 왕의 이름으로 근처 마을에 오늘부터 에이단이 나라 전체를 다스리겠다고 공표했다. 닐프가드에 맞서는 무장 봉기에 사람들이 소집되었으며……."

"불가능해! 이건 끔찍한 도발이라고!"

"당신 입에서 그런 단어가 쉽게도 나오는군, 필리파 에일하트. 하지만 착각하지 마, 당신이 고함을 친다고 환각이 깨지는 건 아니니까. 얘기를 계속해라, 아이야."

티사이아가 차분하게 말했다.

"에미르 바 엠레이스 황제는 공격에는 공격으로 맞서라 명령했다. 닐프가드 군대들은 오늘 새벽 리리아와 에이단의 국경을 넘었다."

티사이아가 미소를 지었다.

"그러니까, 우리 왕들이 자신들이 얼마나 이성적이고, 깨어 있고, 평화를 사랑하는지 잘 보여준 거로군. 그리고 마법사들 중 일부는 누구에게 복종하는지를 증명한 셈이고. 이 강탈 전쟁을 정말로 막을 수 있었던 이들은 말도 안 되는 혐의를 받고 일찌감치 디메리티움으로 만든 수갑에 채워져 있었고……."

"이건 다 지독한 거짓말이야!"

"당신들 모두 지옥에나 떨어져버려!"

갑자기 사브리나가 고함을 질렀다.

"필리파! 이게 다 무슨 뜻이지? 돌 앙그라에서의 소란은 뭐야? 우리가 너무 빨리 시작하지 말자고 정했던 거 아니야? 왜 그 정신 나간 데머번드는 참지 않은 거야? 왜 메브 그 망할 년이……."

"조용히 해! 사브리나!"

"아니, 말을 계속 하도록 해."

티사이아가 고개를 들었다.

"케드웬의 헨젤트 왕의 군대가 국경에 모여 있다고 해. 테메리아 폴테스트 왕의 군대가 지금까지는 야루가 강의 수초 속에 숨겨놓았던 배를 물에 띄우고 있다고 말하게 해. 르다니아의 비지미르가 이끄는 부대가 폰타르에 와 있다고 말하게 하라고. 필리파, 넌 우리 모두가 눈도 보이지 않고 귀도 먹었다고 생각한 거야?"

"이건 모두 거대한 도발일 뿐이야! 비지미르 왕은……."

"비지미르 왕은 어젯밤 죽임을 당했다."

아무 감정도 느껴지지 않는 건조한 어조로 회색 머리의 어린 영매가 말을 끊었다.

"암살자에 의해 단도에 찔려서. 르다니아에는 이미 왕이 없다."

"르다니아는 아주 옛날부터 왕이 없었지. 르다니아는 옛날부터 높으신 필리파 에일하트가 다스리고 있었어. 흰 라파드의 후계자가 될 만한 분이지. 권력을 위해 수십만의 목숨을 희생할 준비가 된 분이야."

티사이아가 자리에서 일어나자 필리파가 고함을 질렀다.

"저 말을 듣지 마! 영매의 말을 듣지 말라고! 영매는 그저 도구일 뿐이야, 아무 생각이 없는 도구! 넌 누구 편이지, 예니퍼? 누가 너에게 이 괴물을 이곳으로 데려오라고 시킨 거야?"

"내가."

티사이아 드 브리스가 말했다.

"그리고 어떻게 되었나요? 그 여자아이는 어떻게 된 겁니까? 예니퍼와 함께 갔나요?"

"나도 몰라요."

키이라는 눈을 감았다.

"티사이아가 갑자기 반 마법 장 봉인을 풀었어요. 단 한 번의 주문으로. 태어나서 그런 마법을 본 건 처음이었어요. 우리 모두를 충격에 빠트리고는 봉인을 풀고, 그러고는 빌게포츠와 다른 이들을 풀어줬어요. 그리고 프란체스카가 지하로 통하는 입구를 열어 가스탕에 갑자기 스코이아텔이 들이닥친 거죠. 깃털이 달린 닐프가드 투구를 쓴 어떤 자가 스코이아텔을 이끌고 있었어요. 그 옆에는 도와주는 놈이 하나 있었죠. 놈은 마법을 쓸 줄 알았어요. 그리고 마법으로 몸을 숨길 줄도……."

"리엔스."

"그럴지도. 하지만 난 몰라요. 뜨거웠고 지붕이 무너져 내렸죠. 쏟아지는 주문과 화살들…… 살육…… 반역자들 편에서는 퍼카트가 죽고, 우리 편에서는 드리텔름, 래드클리프, 마르카드, 레예안, 비안카 데스테가 죽었어요. 트리스 메리골드는 타박상을 입고, 사브리나는 부상을 당하고…… 티사이아는 시체들을 보고서야 뒤늦게 자신의 잘못을 깨달았죠. 우리 모두를 보호하려고 했고, 빌게포츠와 테라노바를 저지하려고 했어요. 하지만 빌게포츠는 티사이아를 비웃고 조롱했죠. 결국 티사이아는 견디지 못하고 도망쳤어요. 아, 티사이아…… 그렇게 많은 사망자가……."

"그 여자아이와 예니퍼는 어떻게 되었나요?"

"몰라요."

키이라는 발작적으로 기침을 하더니 피를 뱉어냈다. 얼핏 보아도 아주 얕은 숨을 힘겹게 쉬고 있었다.

"몇 번의 폭발 후 나는 잠깐 정신을 잃었어요. 얼굴에 상처가 난 마법사 놈과 그의 엘프 부하들이 나를 제압했죠. 테라노바는 나를 걷어차더니, 그 다음엔 창밖으로 내던졌어요."

"다리뿐이 아니에요, 키이라. 갈비뼈도 부러졌어요."

"날 혼자 놔두고 가지 말아요."

"지금은 가야 해요. 하지만 데리러 오겠습니다."

"퍽이나."

처음엔 번쩍거리는 혼란과 심장이 두근거리는 어둠, 끓는 듯한 암흑과 밝음, 심연에서 울려오는 중얼거리는 듯한 목소리의 합창만이 있었다. 갑자기 목소리들이 힘차게 울리더니 주위에서 큰 소리를 내며 폭발이 일어났다. 어둠 속의 밝은 빛은 벽에 걸린 태피스트리를 집어삼키는 불이 되었고, 불꽃들은 벽과 난간, 궁륭을 떠받치는 기둥에서 튀고 있었다.

시리는 연기에 기침을 내뱉으며, 이것이 꿈이 아니라는 것을 깨달았다.

손으로 바닥을 짚고 일어나려고 해보았다. 그러자 손에 축축한 것이 묻었다. 시리는 피 웅덩이에 무릎을 꿇고 있었다. 옆에는 시체가 있었다. 엘프의 시체였다. 바로 알 수 있었다.

"일어나."

예니퍼가 옆에 서 있었고, 손에는 단검이 쥐어져 있었다.

"예니퍼 선생님…… 여긴 어디죠? 아무것도 기억이 안 나요."

예니퍼는 시리의 손을 얼른 잡았다.

"내가 옆에 있어, 시리."

"여기는 어디에요? 왜 불이 나고 있어요? 여기 쓰러져 있는 건 누구예요?"

"내가 옛날에, 아주 옛날에 혼란이 너에게 손을 내민다고 말한 적이 있지. 기억나? 아니, 아마 기억하지 못할 거야. 저 엘프는 너에게 손을 내밀었어. 나는 칼로 저 엘프를 죽여야만 했고. 왜냐하면 저 엘프를 고용한 자들은 우리가 마법을 써서 모습을 드러내기만을 기다리고 있으니까. 아마 계속 기다리고 있을 거야. 하지만 아직은 아냐. 자, 이제 정신이 완전히 돌아왔니?"

"저 마법사들은…… 저 큰 홀에 있는…… 내가 저들에게 말을 했나요? 그렇다면 왜 말을 한 건가요? 난 그럴 생각이 전혀 없었어요. 하지만 말을 해야만 했어요! 왜? 왜 그런 거죠, 예니퍼 선생님?"

"조용히, 못난이야. 내가 잘못을 했어. 아무도 완벽하지는 않단다."

아래에서는 쿵 소리와 함께 무서운 비명 소리가 들려왔다.

"빨리 와. 시간이 없다."

둘은 복도를 뛰었다. 연기는 점점 더 매캐해졌고, 숨이 막히고 정신이 아득해지면서 시야를 방해했다. 궁전의 벽은 폭발로 흔들리고 있었다.

예니퍼는 복도의 갈림길에 서서 시리의 손을 꼭 잡았다.

"시리! 이제부터 내가 하는 말 잘 들어. 난 여기 남아야만 해. 저기 저 계단 보이지? 저 계단을 따라 내려가서…….'"

"싫어요! 나만 혼자 남겨두지 말아요!"

"아니, 너 혼자 가야 해. 다시 말할게. 저 계단을 따라 내려가. 맨 아래까지. 거기에 문이 있고 문을 열면 긴 복도가 나와. 복도 맨 끝에는 마구간이 있고, 거기에는 안장이 놓인 말이 한 필 있어. 단 한 마리뿐이야. 끌고 나와서 그 말을 타. 그 말은 훈련이 되어 있는 말이야. 록시아로 오고 가는 파발 꾼들을 위한 말이지. 말이 길을 알고 있으니, 그냥 달리기만 하면 돼. 록시아에 도착하면 마르가리타를 찾아서 그녀의 보호 아래 있어. 마르가리타에게서 단 한 발짝도 떨어지면 안 돼."

"예니퍼 선생님! 싫어요! 난 혼자 있기 싫어요!"

"시리. 이미 너에게, 내가 하는 모든 일은 너를 위한 거라고 말했었지. 날 믿어. 제발, 나를 믿어줘. 어서 가."

예니퍼의 다음 말이 들려올 때 시리는 이미 계단을 달리고 있었다. 예니퍼는 기둥 옆에 이마를 기대고 서서 멀어져 가는 시리의 뒷모습을 지켜봤다.

"널 사랑한다, 딸아. 어서 가."

말소리는 분명치 않았다.

그들이 시리를 둘러싼 것은 계단 중간쯤이었다. 아래쪽에서 모자에 다람쥐꼬리를 단 두 명의 엘프와 위쪽에서는 검은 옷을 입은 사람이 나타났다. 시리는 주저 없이 난간을 넘어 옆쪽 통로로 도망쳤다. 그들은 시리의 뒤를 쫓아왔다. 시리는 빨랐고 이들을 쉽게 따돌릴 수 있었지만, 복도 끝에는 열린 창문만이 있을 뿐 더는 길이 없었다.

시리는 바깥을 내다보았다. 벽을 따라 돌로 된 창틀이 튀어나와 있었다. 한두 뼘 정도 되는 너비였다. 시리는 창틀에 다리를 걸치고 밖으로 나갔다. 창문으로부터 떨어져, 벽에 바짝 등을 붙였다. 멀리 바다가 반짝였다.

창에서 엘프가 몸을 내밀었다. 연한 금발에 초록빛 눈동자, 목에는 비단으로 된 스카프를 매고 있었다. 시리는 얼른 몸을 피해, 두 번째 창으로 향했다. 하지만 그 두 번째 창으로는 검은 옷을 입은 남자가 몸을 내밀고 있었다. 남자의 눈은 검고도 잔혹했으며 뺨에는 붉은 흉터가 나 있었다.

"이 계집애! 넌 잡혔다!"

시리는 아래를 내려다보았다. 아주 먼 아래로 중정이 보였다. 그리고 중정 위, 지금 서 있는 창틀로부터 10피트쯤 되는 곳에 지붕이 있는 두 복도를 연결하는 다리가 보였다. 하지만 그것은 더 이상 다리가 아니었다. 다리의 남은 부분이었다. 부서진 난간이 간신히 버티고 있는 좁은 석판일 뿐이었다.

"뭘 기다리는 거야? 나가서 잡아!"

흉터가 있는 남자가 소리를 지르자 연한 금발 머리의 엘프는 조심스럽게 창틀로 나와 등을 벽에 대고 섰다. 손을 내밀었다. 가까웠다.

시리는 침을 삼켰다. 부서진 다리의 남은 석판은 케어 모헨의 그네보다 좁지는 않았다. 시리는 수십 번이나 그 그네로 훈련을 했고 충격을 완화

하는 방법도, 균형을 잡는 방법도 알고 있었다. 하지만 케어 모헨의 그녀는 땅으로부터 4피트 정도 떨어져 있었을 뿐이었다. 부서진 다리 밑으로는 깊은 벼랑이 입을 벌리고 있었고 중정은 손바닥보다 더 작아 보였다.

잠시 망설이던 시리는 마음을 굳히고 곧장 뛰어내렸다. 착지하고, 잠시 흔들리다가, 반쯤 부서진 난간을 잡고 균형을 유지했다. 자신 있는 발걸음으로 지붕이 씌워진 복도에 다다랐다.

무사히 내려온 시리는 가던 걸음을 멈추고 휙 돌아서서 추격자들에게 팔꿈치를 구부려 보였다. 난쟁이 야르펜 지그린이 가르쳐준 욕이었다. 흉터가 난 남자는 악을 쓰며 욕을 해댔다. 그러고는 창틀에 서 있는 엘프에게 소리쳤다.

"뭘 보고 있어? 어서 뛰어내려! 저 여자애를 따라가!"

"당신 돌았군, 리엔스. 하고 싶으면 당신이나 뛰어내려."

엘프는 냉정하게 대꾸했다.

행복감은 보통 그렇듯이 오래 가지 않았다. 지붕이 덮인 복도에서 나와 벽 아래 슬로베리 덤불에 숨어들었을 때 시리는 잡히고 말았다. 엄청난 악력으로 시리를 붙잡은 손길은 키가 작고 약간 뚱뚱한 남자로 코가 부어 있고 입술은 튀어나와 있었다.

"잡았다, 잡았어, 이 아가씨야!" 남자는 씩씩거렸다.

시리는 몸을 비틀며 비명을 질렀다. 시리의 어깨를 붙들고 있는 손이 저항할 수 없는 고통을 주었기 때문이었다. 남자는 낄낄거리며 웃었다.

"파닥거리지 마, 회색 병아리 님, 그러다 깃털이 타버릴 수도 있으니까. 자, 어디 한번 살펴볼까. 닐프가드의 에미르 황제에게도 빌게포츠에게도 그렇게 소중하다는 이 병아리를 말이지.”

시리는 저항을 그만두었다. 남자는 상처 입은 입술을 핥고는 시리 앞으로 몸을 굽혔다.

“흥미롭군. 그렇게 소중하다는 아가씨인데, 나 같으면 동전 반 닢에도 거절하겠어. 보기와는 다르단 말이지. 하! 보물 아가씨! 빌게포츠도 아니고, 리엔스도 아니고, 투구에 깃털이 달린 그 기사도 아닌 바로 나, 늙은 테라노바가 에미르 황제에게 널 선물로 주면 어떻게 될까? 에미르가 이 늙은이에게 은혜를 베풀어줄까? 거기에 대해선 뭐라고 말할래, 예언자 아가씨? 아직도 예언은 할 줄 알겠지?”

테라노바의 입 냄새가 너무 심했다. 시리는 얼굴을 찡그리며 고개를 돌렸다. 테라노바는 이를 잘못 이해했다.

“부리를 나에게서 돌리면 안 되지, 병아리! 난 병아리를 무서워하지 않는다고. 아니, 무서워해야 하나? 넌 가짜 예언자인가? 사기꾼 점쟁이? 내가 병아리 따위를 무서워해야 하나?”

“무서워하는 게 좋을 거야.”

시리는 갑자기 자신을 엄습하는 냉기에 현기증을 느끼며 속삭였다.

테라노바는 웃으며 고개를 돌렸다. 하지만 웃음은 고통의 비명 소리로 바뀌었다. 거대한 회색 올빼미가 소리 없이 날아와 그의 눈에 날카로운 발톱을 박아 넣었다. 테라노바는 시리를 붙잡고 있던 손을 놓고, 정신없이 올빼미를 떼어내고는 무릎을 꿇은 채 얼굴을 감싸 쥐었다. 손가락 사이로 피기 세어나왔다. 시리는 비명을 지르며 물러났다. 데라노바는 피와 점액이 가득한 손을 떼고는 마치 짐승 같은 갈라진 목소리로 주문을 외우기 시작했다. 하지만 그 주문을 끝내지 못했다. 그의 등 뒤로 알아볼 수 없는 형체가 나타났고, 위쳐의 칼이 공기를 가르며 테라노바의 후두 밑을 베었다.

"게롤트!"

"시리."

"지금은 반가워할 때가 아니야. 도망쳐! 다람쥐들이 오고 있어!"

담벼락에 앉아 있던 올빼미가 까만 머리의 여자로 변하며 소리쳤다.

시리는 게롤트에게서 벗어나 놀란 눈으로 위를 바라보았다. 담벼락에 앉은 올빼미 여자의 꼴은 엉망이었다. 온통 검댕으로 뒤범벅이 된 채 머리는 흐트러져 있고 여기저기 재와 피가 묻어 있었다.

"너, 이 괴물 아이야."

올빼미 여자가 시리를 위에서 내려다보며 말했다.

"너의 때 이른 예언을 생각하면 내가 너를…… 하지만 난 너의 위쳐에게 약속한 바가 있고, 난 항상 약속을 지키니까. 게롤트, 당신에게 리엔스를 넘겨줄 순 없었어요. 대신 이 아이를 줄게요. 살아 있는 채로. 도망쳐요!"

카히르 모르 디플린 엡 셀락은 엄청나게 화가 나 있었다. 생포하라는 명령을 받은 여자아이는 아주 잠시밖에 보지 못했고, 뭐라도 해보기 전에 정신 못 차리는 마법사들이 가스탕을 지옥으로 만들어 아무것도 하지 못했기 때문이었다. 카히르는 연기와 화재 속에서 방향감각을 잃고 되는 대로 계단과 복도를 따라 달리며 빌게포츠와 리엔스 그리고 자기 자신과 세상을 향해 욕설을 퍼붓고 있었다.

그러다 만난 엘프에게서 여자아이를 궁전 밖에서 목격했으며, 아레투자 방향으로 달아나고 있다는 이야기를 들었다. 행운이 카히르를 향해 웃음을 지었다. 카히르는 마구간에서 안장이 얹혀 있는 말을 발견한 것이다.

"어서 가, 시리. 그들이 가까이 왔어. 내가 막을 테니 넌 도망쳐, 있는 힘 껏! 죽음의 계곡에서처럼!"

"게롤트도 나를 떠나는 건가요?"

"난 네 뒤에 있을 거야. 하지만 뒤를 돌아보지는 마!"

"내 칼 주세요, 게롤트."

게롤트는 시리를 바라보았다. 시리는 반사적으로 뒷걸음질을 쳤다. 그런 눈은 단 한 번도 본 적이 없었다.

"칼이 있으면, 넌 사람을 죽여야 할지도 모른다. 할 수 있겠니?"

"모르겠어요. 하지만 칼은 주세요."

"달려. 그리고 돌아보지 마."

길에는 말발굽 소리가 가득했다. 시리는 주변을 둘러보았다. 그리고 공 포로 온몸이 얼어붙었다.

뒤를 쫓아오는 것은 맹금류의 깃털을 투구에 장식한 검은 기사였다. 날 갯짓 소리와 함께 검은 망토가 휘날리고 있었다. 말발굽 밑으로 길에 깔린 자갈들이 사방으로 튀었다.

시리는 움직일 수가 없었다.

검은 말은 길옆에 난 덤불 속으로 돌진했고 기사는 고함을 내질렀다. 그 소리 안에는 신트라가 있었다. 밤, 살인, 피와 대화재. 시리는 온몸을 엄습 하는 공포를 밀어내고 도망치기 시작했다. 서두르다 보니 생울타리를 뛰어 넘어 작은 수영장과 분수가 있는 중정 안으로 들어왔다. 중정에서 나갈 수 있는 출구는 없었다. 매끈하고도 높은 벽이 온통 둘러싸고 있었고, 시리는 온몸을 떨며 단단한 벽을 등진 채 서 있었다. 함정에 갇힌 것이다.

맹금류의 새는 날개를 퍼덕이며 하늘을 날 준비를 했다. 검은 기사는 말을 몰아 중정을 둘러싼 생울타리를 뛰어넘어 들어왔다. 하지만 울타리가 너무 높았던 터라 말발굽이 중정 바닥의 판석에 부딪치는 소리와 함께 말은 중심을 잃고 쓰러졌다. 말은 다시 일어났지만 기사는 바닥에 무기를 부딪치며 떨어졌다. 하지만 곧바로 일어나 구석에서 떨고 있는 시리를 포위했다.

"내 몸에 손가락 하나 댈 수 없어! 절대로!"

시리는 칼을 꺼내들고 소리를 질렀다.

기사는 천천히 다가왔다. 기사는 마치 검은 탑 같았고 그 탑은 시리를 향해 점점 가까이 다가왔다. 투구에 달린 깃털들이 움직이며 소름 끼치는 소리를 냈다.

"이제 내게서 도망칠 수 없다. 신트라의 새끼 사자. 이번엔 안 돼. 더 이상 도망갈 곳도 없다고, 이 아가씨야."

투구의 열린 틈 사이로 잔인한 두 눈이 불타고 있었다.

"내 몸에 손대지 마."

작지만 위협적인 목소리로 시리는 돌벽에 기대선 채 말했다.

"그건 곤란해. 난 명령에 따라야 하니까."

검은 기사가 시리를 향해 손을 뻗는 순간, 공포가 사라지고 그 자리에 끓어오르는 증오만이 가득 찼다. 무서워서 굳어버린 근육들이 매끄러운 용수철처럼 움직였다. 케어 모헨에서 배운 모든 움직임들이 저절로, 물 흐르듯 매끈하게 행해졌다. 시리는 뛰어올랐고 기사는 시리에게 달려들었지만, 시리의 피루엣에는 준비가 되어 있지 않았다. 시리는 몸을 팽그르르 돌리며 가뿐히 그의 손에 닿지 않는 곳으로 몸을 피했다. 그와 동시에 시리의 칼이 소리를 내며 갑옷 사이를 찔렀다. 기사는 몸을 비틀거리더니 한쪽 무릎을 꿇었고, 견장 사이로 검붉은 핏줄기가 흘러나왔다. 분노의 함성을 지르며, 시리는 다시 한 번 유연하게 몸을 회전해 기사에게 일격을 가했다. 이번에는 투구의 틈 사이였고, 기사는 반대쪽 무릎까지 꿇더니 쓰러졌다.

분노와 광기가 시리의 눈을 멀게 했고, 보이는 것이라고는 끔찍이도 싫었던 깃털밖에 없었다. 검은 깃털들이 흩어졌다. 깃털 하나는 바닥에 떨어지고, 다른 하나는 피투성이가 된 견장 위에 걸려 있었다. 기사는 무릎으로 몸을 지탱해 일어나려고 애를 썼고, 쇠로 된 장갑으로 시리의 칼을 막아보려 했지만 삐쭉삐쭉한 금속 장갑 사이로 파고드는 칼날의 고통만 느껴질 뿐이었다. 또 한 번의 공격으로 투구가 벗겨졌고, 시리는 마지막 일격을 위해 반동을 이용하고자 뒤로 물러났다. 하지만 시리는 칼을 내리치지 않았다.

더 이상 검은 투구도, 악몽에서 시리를 괴롭혔던 맹금류의 깃털도 없었다. 검은 기사는 사라졌다. 시리 앞에서 퍼져 가는 피 웅덩이에는 그저 검은 머리에 푸른 눈을 가진 젊은 남자가 공포로 입술을 일그러뜨린 채 무릎을 꿇고 있을 뿐이었다. 신트라의 검은 기사는 시리의 공격을 받고 이미 사라졌으며, 끔찍하리만치 무서웠던 맹금류의 날개는 부러진 깃털일 뿐이었다. 공포에 질린 채 피를 흘리고 있는 웅크린 젊은 남자는 아무도 아니었다. 시리는 이 남자를 본 적도 없었고 아는 사람도 아니었다. 시리와는 아무런 관련도 없는 사람이었다. 더 이상 두렵지 않고 원망스럽지도 않았다. 그리고 죽이고 싶지도 않았다.

시리는 바닥에 칼을 내던졌다.

시리는 가스탕 방향에서 달려오는 스코이아텔의 함성 소리를 들으며 돌아셨다. 곧 이곳 중정에서 포위되리라는 것을 알았다. 중정을 벗어난다 해도 자신을 쫓아오리라는 것을 알았다. 그들보다 빨라야 했다. 시리는 말발굽으로 돌바닥을 두드리고 있는 검은 말에게로 달려가 안장에 올라탔다. 그리고 곧장 전속력으로 말을 몰았다.

"날 좀 가만히 놔두라고."

카히르 엡 셀락은 자신을 부축하는 엘프들을 밀어냈다.

"난 아무렇지도 않다니까! 이건 가벼운 상처야. 그 여자아이를 쫓아! 여자아이를 쫓으라고!"

그때 한 엘프가 비명을 질렀다. 카히르의 얼굴에 피가 튀었다. 또 다른 스코이아텔이 나동그라지더니 무릎을 꿇고는 헤집어진 배를 두 손으로 움켜쥐었다. 나머지 엘프들은 칼을 빼 들고서 중정의 이곳저곳으로 흩어졌다.

그들을 공격한 것은 백발의 괴물이었다. 괴물은 높다란 벽에서 그들을 향해 뛰어내렸다. 다리가 부러지지 않고는 도저히 뛰어내릴 수 없는 높이에서. 부드러운 착지도 믿을 수가 없었다. 눈 깜빡할 사이에 온몸을 핑그르르 돌려 상대를 죽이는 것 역시 못 믿을 일이었다. 그러나 백발의 괴물은 믿을 수 없는 일을 하고 있었다. 그리고 죽이기 시작했다.

스코이아텔은 거세게 저항했다. 수적으로 우세했다. 하지만 가망 없는 싸움이었다. 공포로 치뜬 카히르의 눈앞에서 살육이 벌어졌다. 조금 전 카히르에게 상처를 입힌 회색 머리의 여자아이는 빠르고, 믿을 수 없을 정도로 유연한, 마치 자기 새끼를 보호하는 고양이와 같았다. 하지만 스코이아텔 사이로 갑자기 떨어진 이 하얀 머리의 괴물은 마치 제리칸의 호랑이 같았다. 여자아이는 알 수 없는 이유로 카히르를 죽이지 않았지만, 무언가 미친 것처럼 보였다. 그에 반해 하얀 머리의 괴물은 미친 것 같지 않았다. 침착하고 냉정했다. 그리고 침착하고 냉정하게 죽였다.

스코이아텔은 가망이 없었다. 중정 돌바닥 위에 시체가 하나둘 쌓여갔다. 하지만 물러서지 않았다. 둘밖에 남지 않았을 때도, 도망치지 않았다. 다시 한 번 흰색 머리의 괴물을 공격했던 것이다. 카히르의 눈앞에서 괴물은 엘프 한 명의 팔을 팔꿈치 위로 잘라내고, 또 다른 엘프는 아무렇게나 가볍게 내리치는 것 같았다. 하지만 그 일격을 맞은 엘프는 뒤로 밀려나 분수대의 물속에 풍덩 빠지고 말았다. 물은 수영장 끝까지 진홍빛으로 번져갔다.

팔이 잘린 엘프는 분수대 옆에 무릎을 꿇고 잘 보이지 않는 눈으로 피를 내뿜는 잘린 팔을 보고 있었다. 하얀 머리의 괴물은 그 엘프의 머리를 움켜잡고는 칼을 뽑아 목을 갈랐다.

카히르가 눈을 떴을 때, 괴물은 이미 바로 앞에 와 있었다.

"살려줘."

카히르는 온통 피로 얼룩진 돌바닥에서 일어나려는 노력을 포기한 채 기어들어 가는 목소리로 애원했다. 회색 머리의 여자아이에게 엉망으로 당한 손은 이미 감각이 없었다.

"난 네가 누군지 안다, 닐프가드인."

하얀 머리의 괴물은 깃털 달린 투구를 발로 찼다.

"그 아이를 오랫동안 끈질기게 쫓았지. 하지만 이제 더는 그 아이를 해치지 못한다."

"살려줘……."

"널 살려줘야 할 이유를 한 가지만 대봐. 단 한 가지라도, 어서."

"내가…… 내가 그 아이를 신트라에서 빼냈어. 화재에서…… 내가 구했다고. 내가 그 아이의 목숨을 구했어……."

카히르가 눈을 다시 떴을 때, 괴물은 이미 사라지고 고요해진 중정에 엘프들의 시체들과 홀로 남아 있었다. 분수대의 물은 소리를 내며 넘쳐흘렀고, 돌바닥의 피가 씻겨 내려갔다. 카히르는 그대로 정신을 잃었다.

탑 아래에는 커다란 홀, 아니 회랑처럼 보이는 건물이 있었다. 아마도 환각인 듯한 회랑을 덮고 있는 지붕은 구멍이 뚫려 빛나고 있었다. 이 지붕은 반라의, 가슴이 인상적인 카리아티디*들이 떠받치고 있었다. 그런 카리아티디들이 시리가 사라진 포탈의 아치를 받치고 있었다. 게롤트는 포탈 밖, 위쪽으로 난 계단을 보았다. 탑으로 향하는 계단이었다.

게롤트는 조그맣게 욕을 했다. 도대체 왜 그쪽으로 도망쳤는지 알 수가 없었다. 시리의 뒤를 쫓다가 시리의 말이 쓰러지는 것까지는 보았다. 말이 쓰러지기 전 시리가 재빨리 몸을 피하는 것은 보았지만, 꼭대기까지 뻗은 구불구불한 길을 따라가는 대신 홀로 서 있는 탑을 향해 위로 올라갔던 것이다. 한참 후에야 길에서 엘프들을 보았다. 엘프들은 시리도, 게롤트도 보지 못하고 위쪽으로 달려가는 사람들에게 화살을 쏘는 데 열중하고 있었다. 아레투자에서 지원군이 오고 있었던 것이다.

게롤트는 시리를 쫓아 계단으로 가려고 하는데, 갑자기 위쪽에서 사각거리는 소리가 들렸다. 그는 재빨리 몸을 돌렸다. 새는 아니었다.

빌게포츠가 넓은 옷소매를 펄럭이며 지붕에 뚫린 구멍으로 날아올라 천천히 돌바닥에 내려앉았다.

---

* 카리아티디(Kariatydy): 구조물을 받치는 데 쓰이는 기둥으로 사람의 형상을 한 조각.

게롤트는 탑으로 향하는 입구에 서서 칼을 꺼내 들고 한숨을 내쉬었다. 게롤트의 솔직한 바람으로는, 드라마틱한 최후의 전투는 빌게포츠와 필리파 에일하트 사이에 일어나길 원했다. 그런 드라마에는 조금도 참여하고 싶지 않았으니까.

빌게포츠는 옷을 털고 옷소매를 정돈하더니 게롤트를 보며 마치 그 생각을 읽기라도 한 것처럼 중얼거렸다.

"젠장맞을 드라마로군요. 그 애가 탑으로 올라갔습니까?"

빌게포츠는 한숨을 쉬었다. 게롤트는 그의 말에 대꾸하지 않았지만, 빌게포츠는 고개를 끄덕이며 차갑게 말했다.

"여기서 우리의 에필로그가 생기는군요. 작품의 마지막 부분 말입니다. 어쩌면 이것이 운명일까요? 저 계단이 어디로 향하는지는 알고 있습니까? 토르 라라로 가는 길입니다. 갈매기의 탑에. 저곳은 출구가 없지요. 모든 것이 끝났습니다."

게롤트는 포탈을 받치고 있는 카리아티디가 자신의 측면을 가리도록 뒤로 물러났다. 그러고는 빌게포츠의 손을 바라보며 입을 열었다.

"그렇게 모든 것이 다 끝났지. 당신 동지들의 절반이 죽었소. 타네드로 데려온 엘프들의 시체는 여기서부터 가스탕까지 널려 있고, 나머지는 도망쳤어. 다른 마법사들과 딕스트라의 부하들이 아레투자로 몰려들고 있소. 시리를 납치하려 했던 닐프가르드인은 아마 지금쯤 과다 출혈로 죽었을 거요. 그리고 시리는, 저 탑에 있소. 저곳에는 출구가 없다고 했소? 그런 말을 들으니 반갑군. 그 말은 곧, 저 탑에는 입구가 하나밖에 없다는 거잖소. 그 입구는 내가 막고 있고."

"당신은 옳지 않아요. 아직도 상황을 제대로 판단하지 못하고 있군요. 최고위원회와 대위원회는 이제 없어졌습니다. 에미르 황제의 군대는 북쪽으로 향하고 있고, 마법사들의 충고와 도움 없이 왕들은 마치 아이들처럼 어쩔 줄 모르고 있겠지요. 닐프가드의 압박에 그들의 왕국은 모래성처럼 무너지고 있으니까. 어제 당신에게 제의했었고, 오늘 다시 한 번 제안하겠습니다. 이기는 쪽에 서요. 지는 쪽에는 가래침을 뱉고."

"진 쪽은 바로 당신이오. 에미르에게 당신은 도구에 지나지 않았어. 에미르가 필요로 한 건 시리였고, 그래서 이곳에 투구에 깃털을 달고 다니는 놈을 보낸 거요. 에미르에게 이번 일이 실패했다는 걸 알리면, 에미르가 당신을 어떻게 할지 궁금하군."

"조준도 하지 않고 마구 활을 쏘아대는 꼴이군요, 게롤트. 과녁에서 빗나가고 있어요, 당연하지만. 만약 에미르가 나의 도구라면, 뭐라고 말할 생각인가요?"

"그 말은 못 믿겠는데."

"게롤트, 정신 차려요. 선과 악이 뻔히 보이는 전투 놀이를 하고 싶은 건가요? 다시 제안하겠습니다. 아직 늦지 않았으니까. 지금도 선택할 수 있어요, 제대로 된 편에 서는 것을."

"오늘 내가 인구수를 줄인 그쪽 편에?"

"웃지 말아요. 당신의 악마 같은 웃음은 나에게 통하지 않으니까. 그 엘프 몇을 해치운 걸 말하는 건가요? 아니면 아토드 테라노바? 사소한 인물이죠. 아무 의미도 없어요. 상관할 가치가 없는 자들입니다."

"물론 그렇겠지. 당신의 세계관은 잘 알고 있소. 죽음은 아무 의미가 없겠지. 특히나 다른 이의 죽음은 더더욱."

"뻔한 얘기는 그만하죠. 나도 테라노바 일은 안됐다고 생각해요. 하지만 어쩔 수 없죠. 그건 정산이라고 해둡시다. 난 당신을 두 번이나 죽이려고 했어요. 에미르 황제는 참을성을 잃고 있었고, 나도 당신을 처리해줄 암살자들을 보내라고 시켰죠. 하지만 정말 좋아서 한 건 아니었어요. 난 말이죠, 아직도 우리가 한 화폭에 그려질 수 있다고 생각하는데.”

“그 희망은 버리시오, 빌게포츠.”

“칼은 집어넣어요. 같이 토르 라라에 올라갑시다. 고대 혈통의 아이를 진정시켜야지요. 저 위쪽에서 많이 무서워하고 있을 겁니다. 그리고 여기서 함께 나가는 거예요. 당신이 그 아이 옆에 서 있을 거고, 그 아이가 자기 운명을 어떻게 따르게 되는지 보게 될 겁니다. 에미르 황제? 에미르는 자기가 원했던 것을 얻게 되겠죠. 당신에게 말하는 걸 잊어버리긴 했지만, 코드링거와 펜은 죽었어요. 그들은 죽었지만 그들의 작품과 자료는 아직 살아 있고, 유효합니다.”

“거짓말을 하는군. 여기서 나가시오. 내가 당신에게 가래침을 뱉기 전에.”

“난 정말이지 당신을 죽일 마음이 없어요. 난 누군가를 죽이는 걸 별로 좋아하지 않아요.”

“정말인가? 리디아 반 브레데보르트는?”

빌게포츠는 입술을 일그러뜨렸다.

“그 이름은 입에 담지 말아줬으면 하는데요, 게롤트.”

게롤트는 비웃음을 짓고는 칼자루를 움켜잡았다.

“왜 리디아가 죽어야만 했소, 빌게포츠? 왜 그녀에게 죽으라고 명령한 거요? 주의를 돌리기 위해서였겠지? 당신이 디메리티움에 적응할 시간을 가질 수 있도록, 리엔스에게 텔레포트 시그널을 보낼 수 있도록 말이지. 불쌍한 리디아, 얼굴이 삐뚤어진 예술가. 모두들 알고 있었소. 리디아가 당신에겐 아무 의미도 없는 인물이라는 것을. 그녀 자신만 빼놓고."

"입 닥쳐."

"당신은 리디아를 살해했어, 마법사 양반. 그녀를 이용했지. 그리고 지금은 시리를 이용하려는 거요. 그것도 내 도움을 받아서. 아니, 토르 라라로는 못 올라가."

빌게포츠가 뒤로 한 발짝 물러났다. 게롤트는 몸을 긴장시키고 당장이라도 뛰어올라 공격할 수 있는 준비를 갖추었다. 하지만 빌게포츠는 손을 올리지 않고, 약간 옆으로 가져갔을 뿐이었다. 그의 손에는 6피트쯤 되는 굵은 봉이 들려 있었다.

"알겠어. 당신이 상황을 제대로 파악하는 데 무엇이 방해하고 있는지. 당신이 제대로 된 미래를 보지 못하도록 하고, 혼란스럽게 만드는 것이 무엇인지도 알겠어. 그건 당신의 거만함이야, 게롤트. 그 거만함을 떨치도록 해주지. 이 봉의 힘으로, 당신에게 교훈을 주겠어."

게롤트는 눈을 가늘게 뜨고 칼을 고쳐 잡았다.

"너무 궁금해서 몸이 떨릴 지경이군."

몇 주 후, 드라이어드의 노력과 브로킬론의 물 덕분에 겨우 상처에서 회복된 후 게롤트는 자신이 싸우면서 어떤 실수를 했는지 복기해보았다. 그리고 싸우는 중에는 아무런 실수도 하지 않았다는 결론에 이르렀다. 단 한 가지 실수는, 싸움 전에 저지른 것이었다. 싸움이 시작되기 전에 도망쳤어야 했던 것이다.

빌게포츠는 빨랐고, 그의 손에 들린 봉은 번개처럼 번뜩였다. 더 이상했던 것은 봉과 칼날이 부딪쳤을 때 쇳소리가 났던 것이다. 하지만 생각해볼 틈이 없었다. 빌게포츠가 공격을 해왔고 게롤트는 피루엣으로 피해야만 했다. 칼로 겨룰 수 있는 상황이 아니었다. 빌게포츠의 망할 봉은 금속으로 되어 있었고 마법이 걸려 있었던 것이다.

게롤트에게는 네 번의 역습 기회가 있었다. 그래서 네 차례에 걸쳐 마법사를 가격했다. 관자놀이와 목, 겨드랑이 밑, 그리고 허벅지. 네 번의 가격은 모두, 죽음에 이를 만한 공격이었다. 그러나 네 번 다 방어에 막히고 말았다.

이런 가격을 막을 수 있는 사람은 아무도 없었다. 게롤트는 천천히 이해하기 시작했다. 하지만 이미 너무 늦고 말았다.

빌게포츠의 일격을, 게롤트는 보지도 못했다. 가격당한 게롤트는 벽으로 밀렸다. 벽을 등진 상태라 뛰어서 피하지도, 옆으로 몸을 숙이지도 못했다. 빌게포츠의 일격으로 게롤트는 숨이 막혀왔다. 견갑골에 두 번째 가격, 또다시 뒤로 밀려나면서 카리아티디의 가슴에 옆구리를 부딪혔다. 빌게포츠는 유연하게 뛰어오르며 봉을 휘감더니 게롤트의 갈비뼈 아래, 복부를 가격했다. 강한 일격이었다. 게롤트의 몸이 휘청거렸고 그 순간, 관자놀이를 얻어맞았다. 무릎이 후들거리더니 게롤트는 무릎을 꿇은 채 쓰러지고 말았다. 그것으로 싸움은 끝났다. 원칙적으로는.

게롤트는 칼을 들어 방어하려고 애를 썼다. 벽과 기둥 사이에 걸쳐졌던 칼날은 유리가 깨지는 듯한 소리를 내며 부서지고 말았다. 왼쪽 팔로 머리를 가렸지만, 힘을 잔뜩 싣고 떨어진 금속 봉에 팔뚝 뼈가 부러지고 말았다. 극심한 고통으로 눈앞이 보이지 않을 지경이었다.

"귀를 통해 당신 뇌를 파낼 수도 있어."

아주 먼 곳에서 들려오는 목소리 같았다.

"하지만 이건 그냥 수업이니까. 게롤트, 당신이 착각한 거야. 밤중에 별이 비치는 연못을 하늘로 착각한 거지. 저런, 토하는 건가? 뇌진탕이군. 코에서 피가 흐르고 있어. 좋아, 그럼 다음에 만나자고. 그럴 수 있다면 말이야."

게롤트는 더 이상 아무것도 보지 못하고, 아무 소리도 듣지 못했다. 무언가 설명할 수 없는 따뜻함 속으로 빠져들고 있었다. 빌게포츠는 이미 가버렸다고 생각했다. 그래서 금속 봉이 허벅지 뼈를 부술 때 이상하다고 생각했다.

그 다음에 무슨 일이 있었는지 혹은 아무 일도 없었는지 게롤트는 알지 못했다. 만약 무슨 일이 있었다 하더라도 어차피 기억하지 못했겠지만.

"게롤트, 견뎌요. 포기하지 말아요. 이겨내야 해요. 죽지 마…… 제발, 죽지 마."

트리스 메리골드의 목소리가 들려왔다.

"시리……."

"말하지 마요. 당신을 여기서 당장 꺼내줄게요. 견뎌요. 신들이시여, 아, 힘이 모자라요."

"예니퍼…… 내가 해야 해……."

"당신이 해야 할 일은 아무것도 없어요! 지금은 아무것도 할 수 없고요! 견뎌요, 정신을 잃으면 안 돼…… 죽지 마, 제발……."

트리스는 게롤트를 질질 끌고 시체로 뒤덮인 돌바닥까지 갔다. 게롤트의 흐릿한 눈에는 코에서 나온 피로 뒤덮인 자신의 배와 가슴이 보였다. 다리도 보였다. 다리는 이상한 각도로 꺾여 있었고, 성한 쪽보다 훨씬 짧아 보였다. 고통은 느껴지지 않았다. 추위만 느껴졌다. 몸 전체에 냉기가 돌며, 굳어지면서 마치 자기 몸이 아닌 것 같았다. 구역질이 일었다.

"참아요, 게롤트. 아레투자에서 도와줄 사람들이 오고 있어요. 곧 와요."

"딕스트라…… 만약 딕스트라에게 붙잡힌다면…… 끝장이야……."

트리스는 욕설을 내뱉었다. 절망이 담겨 있었다.

트리스는 계단으로 게롤트를 끌고 갔다. 부러진 다리와 팔이 계단에 부딪혔다. 다시 고통이 되살아나면서 창자와 관자놀이 속으로 파고들었다. 고통은 눈과 귀와 머리끝까지 퍼졌다. 게롤트는 비명을 지르지 않았다. 비명을 지르면 조금 나을 거라는 걸 알고 있었지만, 지르지 않았다. 단지 입을 조금 벌렸다. 그렇게 하는 것만으로도 조금 나았다.

쿵 소리가 났다.

계단 끝에 티사이아 드 브리스가 서 있었다. 머리카락은 온통 엉망이 되고, 얼굴은 먼지로 뒤덮여 있었다. 그녀의 쳐든 양손의 손바닥은 불타고 있었다. 주문을 외치자, 티사이아의 손가락에서 춤추던 불은 눈이 멀 정도로 이글이글 타오르는 구 형태로 변해 아래로 떨어졌다. 게롤트에게도 아래쪽에서 벽이 무너져 내리는 소리와 화상을 입은 자들의 비명 소리가 들려왔다.

"티사이아, 안돼요! 그러지 마요!"

트리스가 절망적으로 외쳤다.

"여기로는 못 올라와."

대마법사 티사이아가 눈도 마주치지 않은 채 말했다.

"여긴 타네드 섬의 가스탕이야. 이곳에 얼간이 왕들의 어리석은 명령을 수행할 부하들 따위, 초대한 적 없어!"

"사람들을 죽이는 거에요!"

"조용히 해, 트리스 메리골드! 마법사 형제의 단결을 해치는 모반은 성공하지 못했고, 이 섬을 다스리는 것은 아직도 위원회야! 왕들은 위원회의 일에 상관 말라고 해! 이건 우리의 문제이고 우리가 해결할 테니까! 우리 일은 우리가 해결하고, 이 바보 같은 전쟁을 종결시키겠어! 왜냐하면 우리 마법사들이 이 세상의 운명을 책임지는 거니까!"

티사이아의 손바닥에서는 구 형태의 불이 계속해서 뿜어져 나왔고 폭발의 잔향은 몇 배로 커졌다.

"모두 돌아가! 이곳에 들어올 생각 말고, 모두 돌아가!"

티사이아는 다시 고함을 질렀다.

아래쪽에서 들려오는 비명 소리가 작아졌다. 올라오던 자들이 계단에서 포기하고 물러난 것 같았다. 티사이아의 실루엣이 게롤트의 눈앞에서 희미해졌다. 마법이 아니었다. 게롤트는 그대로 정신을 잃었다.

"여기서 도망쳐, 트리스 메리골드."

티사이아의 목소리가 멀리서, 마치 벽 뒤에서 말하는 것처럼 들려왔다.

"필리파 에일하트는 벌써 도망쳤어. 올빼미 날개를 하고 날아간 거야. 넌 이 사악한 모반에서 필리파의 동지였으니 너에게 벌을 내려야 마땅해. 하지만 이제 나도 피라면, 죽음이라면, 진절머리가 나! 여기서 사라져! 아레투자에 있는 네 동지들에게 가! 텔레포트로. 갈매기 탑의 포탈은 이미 사라졌어. 탑과 함께 무너져버렸어. 그러니 걱정 말고 텔레포트를 해도 돼. 아무 곳이나 원하는 대로. 형제들을 배신하게 한 너의 그 폴테스트 왕에게 돌아가든지!"

"게롤트를 남겨놓고 가진 않을 거예요. 르다니아인들에게 넘겨져서는 안 돼요. 중상을 입었고…… 내출혈도 심해요. 그리고 난 이제 힘이 다 빠졌다고요! 이제 텔레포트를 열 힘도 없어요! 티사이아! 제발 저를 도와주세요!"

트리스는 신음하며 절박하게 소리쳤다.

암흑. 에는 듯한 추위. 멀리서, 티사이아 드 브리스의 목소리가 들려왔다.

"알겠어. 널 도와줄게."

에버트센 페터. 1220년 출생, 에미르 황제의 절친한 친구이며 제국을 강국으로 만든 공로자 중 하나. 북쪽 전쟁 시대의 집행관. 1290년부터 왕의 재정 담당. 에미르 황제의 통치기 말미에는 제국의 보좌관 자리까지 올라갔다. 모르브란 보리스 황제 집권기에 집권 남용의 누명을 쓰고 판결을 받아 감옥에 갇힌 후 1301년 빈네부르크 성에서 사망하였다. 사후 얀 칼베이트 황제에 의해 1328년 사면 복권되었다.

에펜베르그와 탈봇, 〈막시마 문디 백과사전, 제5권〉

두려움에 떨지어다. 민족들의 파괴자가 나타나니. 당신들의 땅을 뒤엎고, 끈으로 그 땅을 나눌지니라. 당신들의 도시들은 허물어지고 주민들은 사라질 것이다. 박쥐와 부엉이와 까마귀들이 당신들의 집에 살고, 그 안에는 뱀이 똬리를 틀 것이니라.

아엔 이틀린느스피트

제 5 장

　부대장은 말을 세우고는 투구를 벗고 땀으로 달라붙은 숱 없는 머리카락을 넘겼다. 그는 단델라이온의 의아해하는 표정에 다시 말했다.

　"여기가 끝입니다."

　"응? 무슨 소리요? 아니, 왜?"

　"더 이상은 갈 수가 없습니다. 보이시죠? 저기 아래 빛나고 있는 강이 바로 리본이라고 불리는 강이죠. 리본까지만 선생님을 보호해드리기로 한 것입니다. 그러니까, 이제는 작별해야 할 시간이죠."

　다른 부대원 둘도 뒤에 서 있었지만, 아무도 말에서 내리지 않았다. 모두들 불안한 듯 주변을 돌아보고 있었다. 단델라이온은 손으로 햇볕을 가리며 등자 위에 섰다.

　"강이 어디 보인다는 거요?"

　"말씀드렸지만, 지 아래요. 지 계곡으로 내려가면 금방입니다."

　"그럼 강기슭까지라도 데려다줘야죠. 얕은 곳도 알려주고……."

　"뭐 알려드릴 게 있어야죠. 5월부터 비 한 방울 내리지 않아 수위가 낮아졌어요. 리본 강도 아주 얕아졌고요. 말을 타고 어디로 건너도 상관없을 겁니다."

"당신네 대장에게 벤즐라프 왕이 보낸 편지를 보여줬는데, 대장이 편지를 직접 읽고는 부하들에게 나를 브로킬론까지 바래다주도록 하겠다고 말하는 걸 들었다고요. 그런데 당신들은 여기, 이 수풀 속에 날 남겨두고 가겠다는 건가? 내가 길을 잃기라도 하면 어쩌려고?"

단델라이온이 부풀려서 으름장을 놓았다.

"길을 잃지는 않을 겁니다."

병사 하나가 우울하게 말했다. 오는 내내 한 번도 입을 열지 않았던 병사였다.

"길을 잃을 틈도 없을 테니까요. 드라이어드의 활이 선생님을 먼저 찾아낼 거예요."

"이 겁쟁이 무식쟁이들. 나무 요정들을 겁낸다, 이거요? 브로킬론은 리본 강을 건너야 시작되는데, 리본이 그 경계잖아요. 아직 건너지도 않았다고!"

단델라이온이 병사들을 조롱했다.

"저들의 경계선은, 저들의 화살이 닿는 데까지죠. 저쪽 강기슭에서 날린 화살이라면 숲 끝까지, 사슬 갑옷을 뚫을 정도의 속도로 날아올 수 있어요. 선생님께서 거길 가겠다면, 가시는 건 선생님 일이고, 선생님 목숨이죠. 하지만 전 제 목숨이 소중합니다. 더 이상의 배웅은 어렵다고요. 여기서 더 가느니 차라리 말벌 집에 머리를 박는 게 더 낫다는 말씀입니다!"

부대장이 언성을 높였다.

"이미 설명했지만, 내가 브로킬론으로 가는 건 수행할 일이 있어서 가는 거란 말이오. 나로 말하자면 뭐, 일종의 대사라 할 수 있지. 난 드라이어드를 무서워하지는 않는다고. 하지만 당신들이 날 리본 강기슭까지라도 호위해줬으면 하오. 아니, 저 덤불에서 산적이라도 튀어나오면 어쩐란 말이오?"

단델라이온은 머리 뒤로 젖혀 쓴 모자를 벗으며 안장에 앉은 채 항의했다. 그러자 우울한 얼굴의 병사가 어이없다는 듯 웃었다.

"산적이요? 여기? 대낮에? 선생님, 여긴 대낮에 살아 있는 사람은 단 한 명도 만날 수 없는 곳입니다. 최근 들어 나무 요정들은 리본 강의 기슭에 나타나는 사람은 그게 누구든 마구 활을 쏜다고요. 그 화살에 당한 사람이 한두 명이 아니에요. 우리 쪽까지 화살이 날아온 적도 있어요. 그러니까 제 말은, 이 근처에서 산적은 걱정하지 않으셔도 된다는 겁니다."

"사실입니다. 산적도 보통 바보가 아니고서야 대낮에 리본 강 근처에 올 리가 없습니다. 우린 그런 바보가 아니라고요. 뭐, 선생님이야 혼자서 갑옷도 무기도 없이 가시는 건데, 죄송하지만 아무리 멀리서 봐도, 전투를 하실 분처럼 보이지는 않습니다. 어쩌면 그게 다행일 수도 있죠. 하지만 저 나무 귀신들이 말도 타고 무기도 가지고 있는 저희를 본다면, 햇볕이 가려질 만큼 화살이 쏟아질 겁니다."

부대장이 고개를 끄덕이며 덧붙였다.

"하, 그렇군요. 인정하긴 어렵지만."

단델라이온은 말의 목을 손가락으로 두드리고는 아래, 협곡 쪽을 바라보았다.

"그럼 나 혼자 가겠소. 잘 있으시오, 군인 여러분. 호위해줘서 고맙소."

"너무 서둘러 가지는 마십시오. 곧 저녁이 됩니다. 계곡에서 안개가 피어오를 때쯤 가세요. 아시겠지만…….”

우울한 표정의 병사가 하늘을 바라보며 말했다.

“왜요?”

“안개 속에서는 활을 정확히 쏠 수 없으니까요. 만약 선생님의 운이 좋으시다면, 나무 귀신들이 실수할지도 모르죠. 그렇지만…… 그들의 화살이 빗나가는 일은 거의 없어요.”

“내가 말했잖소. 나는 꼭 저길…….”

“네네, 말씀하셨죠, 저도 알아들었습니다. 무슨 일이 있어도 가셔야 한다고요. 하지만 저도 한 말씀드리자면, 할 일이 있어서 가든, 종교 행렬이 지나가든 저들에겐 다 똑같아요. 이러나저러나 화살을 날릴 거라고요.”

“지금 날 겁주려고 다 같이 짜기라도 한 거요? 지금 날 뭘로 보는 거요? 날 무슨 궁의 서기쯤으로 보는 것 같은데, 난 당신들이 지금껏 봐온 전투를 다 합친 것보다 더 많은 전투를 보았소. 그리고 드라이어드들에 대해서도 당신들보다 훨씬 더 많이 알고. 드라이어드들은 경고도 없이 활을 쏘거나 하지는 않는단 말이오.”

단델라이온이 또 과장된 어투로 말했다.

“옛날에는 그랬죠.”

작은 목소리로 부대장이 말했다.

“예전에는 경고를 했습니다. 화살을 나무둥치나 길가에 날려서 여기가 자기네 땅이다, 그러니 더 이상은 한 발짝도 오지 마라, 그런 신호를 주긴 했죠. 그래서 얼른 방향을 돌리면, 무사히 빠져나올 수 있었습니다. 하지만 이제 달라졌어요. 요즘은 경고 없이 곧장 화살을 쏜단 말입니다.”

“왜 그렇게 험악해진 거요?”

"왕들이 닐프가드와 휴전협정을 맺고는, 엘프들을 심하게 공격하기 시작했어요. 보이는 곳마다 강하게 압박했고, 거기서 살아남은 엘프들이 브뤼헤를 지나 매일 같이 브로킬론으로 숨어들었어요. 그러다가 우리 군인들이 엘프를 쫓을 때 가끔 드라이어드들과 사건들이 있었어요. 리본 강 저편의 드라이어드들이 엘프들을 도우러 오곤 했으니까요. 어쩔 땐 우리 군인들이 엘프를 쫓는데 열중하다가…… 뭐, 아시겠죠?"

병사가 웅얼거리며 말했다.

"그렇군요. 스코이아텔을 쫓다가 리본 강을 넘은 것이로군. 그러다가 당신들이 드라이어드들을 죽였고, 그래서 이제 드라이어드들이 복수를 하는 중이고. 전쟁이구만."

단델라이온이 고개를 끄덕이며 병사를 바라보았다.

"그렇습니다, 선생님. 결국 제 입에서 그 말이 나오게 하셨네요. 전쟁이요. 전쟁이라는 게 항상 죽음을 염두에 두고 하는 것이지 살려고 하는 것은 아니었지만, 지금은 상황이 아주 나빠요. 그들과 우리들 사이의 증오가 너무 커졌거든요. 다시 한 번 선생님께 말씀드립니다만, 꼭 가셔야 하는 게 아니라면 저쪽으로는 가지 마세요."

단델라이온은 침을 꿀꺽 삼켰다. 그는 안장에서 몸을 쭉 펴며 한껏 용맹하고 활기찬 표정을 지어 보였다.

"그런데 문제가, 내가 가야만 한다는 거요. 그리고 갈 거요. 지금 당장. 저녁이건 아니건, 안개가 있건 말건, 나의 임무를 다하기 위해 나는 가야만 하오."

수년의 연습은 효과를 발휘하였다. 음유시인의 목소리는 청명하고도 위협적으로, 엄격하고도 차갑게, 쇠의 기운과 남자다움을 한껏 풍기며 울려 퍼졌다. 병사들은 단델라이온을 거짓 없이, 존경이 담긴 표정으로 바라보았다.

부대장이 자신의 말안장 주머니에서 납작한 나무 물병을 꺼냈다.

"가시기 전에 이 보드카라도 한 모금 드시고 가십시오, 시인 선생님, 이거라도……."

"죽을 때 죽더라도."

말이 별로 없는 병사가 덧붙였다.

단델라이온은 나무 병에 든 보드카를 꿀꺽 들이켰다. 쿨럭하는 기침과 호흡을 겨우 진정시킨 후 위엄 있게 말했다.

"겁쟁이는 백 번도 더 죽지. 그러나 진정한 남자는 단 한 번 죽는 거요. 하지만 행운의 여신은 언제나 용감한 자들을 사랑하고, 겁쟁이는 경멸하지."

병사들은 더 깊어진 존경의 표정으로 단델라이온을 바라보았다. 병사들은 지금 이 시인이 서사시 영웅의 말을 인용하고 있다는 걸 알 리도 없었고 알 수도 없었다. 게다가 그 서사시는 다른 시인이 쓴 것이라는 사실도.

단델라이온은 가슴팍에서 쩔렁거리는 가죽 주머니를 꺼냈다.

"이것은 호위해준 데 대한 감사 표시오. 요새로 돌아가기 전에, 힘겨운 국방의 의무에 임하기 전에, 어디 술집에라도 들러 나의 안위를 위해 건배해주시오."

부대장의 얼굴이 조금 빨개졌다.

"감사합니다, 선생님. 이렇게 너그러우실 데가…… 저희가 선생님을 홀로 보낸 것을 용서하시길, 하지만……."

"괜찮소. 안녕히 가시길."

단델라이온은 명랑하게 모자를 왼쪽 귀에 걸쳐 쓰고, 말을 재촉하며 그 유명하고도 매우 풍기 문란한 내용의 총각 노래, '불레린의 결혼' 멜로디를 휘파람으로 흥얼거렸다.

"요새의 기수가 그러더군요."

우울한 얼굴의 병사 목소리가 아직 들려왔다.

"저 사람, 무임승차를 한데다가 겁쟁이에 바보라고 했거든요. 하지만 용감하고도 당당한 분이시네요. 시인이기는 하지만."

"정말 그렇군. 다른 건 몰라도 겁쟁이라고 말할 순 없어. 내가 봤는데, 눈썹 하나 떨리지 않았다고. 거기다 지금은 휘파람까지 불고 있어, 들리지? 하! 무슨 말을 하는지 들었어? 무슨 외교관이라던데. 아무나 대사로 임명하지는 않겠지. 머리도 좋아야 할 거야, 대사가 되려면……."

단델라이온은 더 빨리 말을 몰았다. 되도록 최대한 빨리 멀어지고 싶었다. 겨우 노력해서 쌓은 명성을 망치고 싶지 않았다. 너무 무서운 나머지 입술이 마르고 있어 더 이상 휘파람을 불어댈 수도 없었기 때문이었다.

계곡은 어둡고 습했으며, 젖은 진흙 위에는 낙엽들이 잔뜩 섞여 있어 검정색과 갈색이 섞인 거세 수말의 말발굽 소리가 잦아들었다. 단델라이온은 이 말에 페가수스라는 이름을 붙였다. 페가수스는 갈기를 바람에 날리며 달렸다. 주위 환경을 개의치 않는, 아주 드문 말 중 하나였다.

숲은 끝났지만 오리나무로 둘러싸인 강기슭까지는, 갈대가 잔뜩 자라난 들판을 지나가야만 했다. 단델라이온은 말을 세웠다. 그리고 주위를 조심스럽게 둘러보았지만, 아무것도 보이지 않았다. 귀를 기울여봐도 들리는 소리는 개구리들의 울음소리뿐이었다.

단델라이온이 헛기침을 했다.

"자, 말아, 말도 기껏 한 번 죽는 거야. 전진!"

페가수스는 머리를 약간 들고는 마치 되묻는 듯 아래로 처진 귀를 쫑긋 세웠다.

"제대로 들은 거 맞아, 전진!"

페가수스는 천천히 나아갔다. 말발굽 아래로는 늪이 꿀렁거렸다. 개구리들은 펄쩍 뛰어 말을 피했다. 느닷없이 오리들이 요란한 날갯짓과 함께 꽥꽥거리며 날아오르자 시인은 심장이 멎는 줄 알았다. 곧이어 심장이 아주 빨리, 마구 뛰기 시작했다. 페가수스는 오리를 전혀 개의치 않았다.

"영웅이 달려갔다……."

단델라이온은 가슴팍에서 손수건을 꺼내 식은땀으로 축축한 뒷목을 닦았다.

"두려움을 모르는 자, 마법의 들판을 달렸다, 양서류가 뛰어오르고 용이 나는 것을 아랑곳하지 않고…… 달리고, 달렸다…… 그 깊이를 알 수 없는 광활한 호수에 다다를 때까지……."

페가수스가 콧김을 내뿜으며 멈춰 섰다. 강 앞이었다. 갈대와 세모고랭이가 등자에 닿을 만큼 자라 있었다. 단델라이온은 땀이 맺힌 눈썹을 닦고, 손수건을 목에 묶었다. 그리고 눈에 눈물이 맺힐 때까지 오랫동안, 강 건너편의 빽빽한 오리나무 숲을 바라보았다. 아무것도 보이지 않았다. 강물 표면은 물살에 흔들리는 물풀에 따라 주름이 졌고, 그 바로 위에는 터키색과 주황색이 섞인 물총새가 휙 하고 움직였다. 공기 중에는 벌레 떼가 무리 지어 날아다니고 있었고, 물고기들은 하루살이들을 넬름 삼키며 물 위에 커다란 동그라미를 그렸다.

눈이 닿는 곳 어디에나 보이는 것은 비버들의 집들과 부러진 나뭇가지 더미, 쓰러지고 썩어가는 나무둥치가 느린 물살에 씻기고 있는 풍경뿐이었다. 비버들이 굉장히 많네, 단델라이온은 잠시 생각에 잠겼다. 이상할 것도 없었다. 이곳은 나무를 갉아먹는 이 해로운 짐승들을 상관하지 않는 곳이었다. 산적들도, 양봉꾼들도 들어오지 않았고, 어느 곳에나 덫을 놓는 사냥꾼들도 이곳에는 덫을 놓지 않았다. 혹여 이곳에 덫을 놓으려고 했던 자들은, 목에 화살을 맞고 강가의 진흙 속에서 민물 가재에게 뜯어 먹혔겠지. 그런데 나는 바보같이 아무도 강요하지 않았건만 스스로 여기, 이 리본 강가에서 민트와 창포 냄새로도 시체 냄새를 지우지 못하는 이곳에…….

단델라이온은 힘겹게 한숨을 내쉬었다.

페가수스는 천천히 앞발을 물에 담그고 주둥이를 강 표면에 가져다 대더니 오랫동안 물을 마셨다. 그러고는 머리를 돌려 단델라이온을 바라보았다. 물이 콧구멍과 입에서 흐르고 있었다. 시인은 고개를 끄덕이고, 다시 한번 한숨을 쉬고는 크게 코를 들이켰다.

"영웅은 거대한 소용돌이가 이는 물을 바라보았다."

단델라이온은 이빨을 딱딱 부딪치지 않으려고 노력하며 조그만 목소리로 말했다.

"바라보고는 전진했다. 그의 심장은 두려움을 알지 못했다."

페가수스는 고개를 숙이고 귀를 축 늘어뜨렸다.

"두려움을 알지 못했다니까."

페가수스가 고개를 젓자, 고삐에 달린 방울들이 소리를 냈다. 단델라이온은 발꿈치로 페가수스의 옆구리를 툭 찼다. 페가수스는 할 수 없다는 듯 물속으로 걸음을 내딛었다.

리본 강은 얕았지만 물풀이 잔뜩 자라 있었다. 강 중간까지 다다르기도 전에 페가수스의 발에는 물풀들이 길게 엉켜 있었다. 말은 힘들게 발걸음을 떼며 방해가 되는 물풀을 떼어내려고 애썼다.

오른쪽 기슭의 오리나무 숲이 이미 가까워져 있었다. 너무 가까워서 단델라이온은 위가 아래로 떨어져 안장에 붙어버릴 것만 같은 기분이 들었다. 단델라이온은 물풀에 얽혀서 강 한복판에 서 있는 건 그야말로 최적의, 절대로 빗나갈 리 없는 표적이 된다는 것을 알고 있었다. 머릿속으로는 이미 휘어지고 있는 활과 팽팽히 당겨지는 활시위, 그리고 자기를 표적으로 삼은 화살의 뾰족한 촉이 그려졌다.

단델라이온은 정강이로 페가수스의 옆구리를 꽉 잡았지만, 페가수스는 아무것도 상관없는 모양이었다. 속도를 내기는커녕 멈춰 서서 꼬리를 들었다. 똥 덩어리가 물에 풍덩 떨어졌다. 단델라이온은 길게 신음을 흘리고는 눈을 질끈 감고 중얼거렸다.

"영웅은…… 굉음을 내며 흐르는 폭포를 건너지 못하였다. 수많은 탄환이 박힌 채, 용감한 죽음을 맞았다. 수 세기 동안 푸른 물결과 옥빛의 물풀들이 그를 감쌌다. 그의 흔적을 찾는 자들에게 남겨진 것은, 물결을 타고 먼 바다로 흘러간 말똥……."

편안한 상태가 된 것이 분명한 페가수스는 이제 재촉하지 않아도 건너편 강기슭을 향해 즐겁게 발걸음을 옮기고 있었다. 물풀이 없는 강기슭에 닿자 말에서 내려 걷기 시작했는데, 덕분에 단델라이온은 신발과 바지가 모두 젖고 말았다. 하지만 그는 옷이 젖고 있다는 것도 몰랐다. 자신의 배로 날아와 꽂힌 화살 생각에서 단 한순간도 벗어나지 못했고, 공포감이 등과 목을 타고 거머리처럼 스멀거렸다. 오리나무 숲 뒤, 백 보도 떨어지지 않은 강기슭의 풀숲 뒤로, 높이 뻗어 있는 어둡고 위협적인 숲의 벽이 시작되고 있었다.

브로킬론.

강기슭에서 몇 발짝 떨어지지 않은 곳에서 말의 해골이 허옇게 탈색되어가고 있었다. 쐐기풀과 세모고랭이가 말의 갈비뼈 사이에서 자라나고 있었다. 그 옆에는 조금 더 작은 뼈들도 있었는데, 말의 뼈로는 보이지 않았다. 단델라이온은 소스라치며 시선을 돌렸다.

재촉당한 페가수스는 첨벙첨벙 소리를 내며 강가의 늪에서 벗어났다. 진흙의 냄새는 좋지 않았다. 개구리들도 울음소리를 잠시 멈췄다. 갑자기 주위가 온통 고요해졌다. 단델라이온은 눈을 감았다. 이제는 낭송도, 상상도 그만두었다. 영감과 환상은 알 수 없는 먼 곳으로 달아나버렸다. 엄청난 경험이었지만, 남은 것은 오로지 차갑고 끔찍한 공포뿐이었고 창작의 욕구 따위는 조금도 느껴지지 않았다.

페가수스는 귀를 늘어뜨린 채 천천히 드라이어드의 숲으로 무심하게 발걸음을 옮겼다. 사람들이 죽음의 숲이라고 부르는 곳으로.

난 경계를 넘은 거야, 시인은 생각했다. 이젠 모든 것이 얼어붙는 거지. 강기슭이나 물에서는 그들이 그냥 봐줄 수도 있었겠지. 하지만 이제는 아니야. 이제 나는 침입자라고. 바로 저 사람처럼…… 나도 저런 해골로 남겠지. 다른 이들에 대한 경고로…… 만약 드라이어드들이 여기 있다면, 날 본다면…….

단델라이온은 그동안 자신이 봤던 궁수들과 시장에서 열리는 활쏘기 대회, 다양한 활쏘기 묘기, 지푸라기로 만든 과녁과 허수아비, 끝이 뾰족하거나 갈라진 금속의 화살촉들을 생각했다. 인간이 화살에 맞으면 어떤 기분이 들까? 얻어맞은 기분일까? 많이 아플까? 어쩌면 아무것도 느낄 수 없는 게 아닐까?

근처에는 드라이어드들이 없거나, 아니면 혼자 말을 타고 가는 사람을 어떻게 할지 결정하지 못한 것 같았다. 왜냐하면 단델라이온은 공포로 온몸이 굳었지만 아직 살아 있었고, 아무 데도 다치지 않았으며 무사히 숲 앞까지 다다랐기 때문이었다.

숲으로 다가가는 길은 들쑥날쑥 뻗어 나와 있는 뿌리들과 바람에 꺾인 가지들로 막혀 있었지만, 단델라이온은 숲 속 깊숙이 들어갈 생각이라곤 전혀 없었다. 위험을 무릅쓸 수는 있지만, 자살까지 할 필요는 없었으니까.

단델라이온은 아주 천천히 말에서 내려 땅에서 뻗어 나온 뿌리 위에 고삐를 고정시켰다. 보통은 하지 않는 짓이었다. 페가수스는 주인 옆을 떠나지 않기 때문이었다. 하지만 단델라이온은 페가수스가 화살이 휙 하고 날아오는 소리에 어떻게 반응할지 확신이 없었다. 지금까지는 자신도, 페가수스도 그런 소리를 들을 만한 짓을 한 적이 없었기 때문이었다.

단델라이온은 말안장에서 류트를 꺼냈다. 세상에 단 하나밖에 없는, 손잡이가 날씬한 아주 고급스러운 악기였다. 엘프로부터의 선물이었지. 단델라이온은 상감이 되어 있는 류트의 나무 부분을 만지며 생각했다. 어쩌면 오래된 종족들에게 돌아갈 운명인지도 모르지. 어쩌면 드라이어드들이 내 시체 옆에 이 류트를 놓아둘지도 몰라…….

멀지 않은 곳에 바람에 쓰러진 고목이 누워 있었다. 시인은 나무둥치에 앉아 류트를 무릎에 기대놓고는 입술을 핥고, 땀에 젖은 손을 바지에 닦았다.

태양이 서쪽으로 지고 있었다. 리본 강에서는 안개가 피어올라 희뿌옇게 들판을 뒤덮기 시작했다. 쌀쌀해졌다. 날아오르는 학들의 긴 울음소리가 지나가고 개구리 소리만 남았다.

단델라이온은 류트의 현을 뜯었다. 한 번, 두 번, 세 번. 그러고는 음을 맞춰 조율을 하고 연주를 시작했다. 이어서 시인의 노래가 시작되었다.

이비스, 메벨리엔 벤테 카엘룸 엔 텔

엘라이네 에타리엘

아엡 코르 메 로데 데이트 에스비에들

인 블라트 케 메 다리엔

아엔 민네 바인 테겐 아 메

인 토인 아브 무이레안 케 디스 에베이 에 아엡 레아

어느새 태양은 숲 뒤쪽으로 사라졌다. 브로킬론의 거대한 나무 아래는 곧 어두컴컴해졌다.

레아산 람 페아인네 렌, 에세엘

엘라리에 레차히렝,

아엡 코르……

아무것도 들리지 않았다. 그러나 누가 있다는 것이 느껴졌다.

"엔테 미레 다에트레. 샤엔테 보르트."

"쏘지 말아요…… 나엔 마에스파르 아 메…… 나는 평화를 원하오."

단델라이온이 속삭였다. 그리고 시키는 대로 돌아보지 않았다.

"네스 아 테아르트. 샤엔테."

단델라이온은 손가락이 곱아들고, 연주가 어긋나고, 쉰 목소리로 간신히 노래를 하면서도 시키는 내로 했다. 그러나 드라이어드의 목소리에는 직대감이 없었고, 단델라이온은 뼛속까지 프로였다.

레아산 람 페아인네 렌, 에셀,

엘라이네 에타리엘,

아엡 코르 아엔 테드 테비엘 에 그웰

인 블라트 케 메 다리엔

에스 인 에 에벨리엔 아 메

케 샤엔트 테 카엘름 아베안 민네 메 스트리스체아……

이번엔 어깨 너머로 슬쩍 돌아보았다. 아주 가까이, 나무둥치 옆에 쪼그리고 앉아 있는 것은, 담쟁이가 잔뜩 달라붙은 덤불 같았다. 하지만 덤불은 아니었다. 덤불은 커다랗고 빛나는 눈이 없으니까.

페가수스는 조용히 콧김을 내뿜었다. 단델라이온은 누군가가 어둠 속에서 말을 쓰다듬고 있다는 것을 알았다.

"샤엔테 보르트."

단델라이온의 등 뒤에 쪼그리고 앉은 드라이어드가 또다시 부탁했다. 드라이어드의 목소리는 빗방울에 흔들리는 나뭇잎들의 소리 같았다.

"나, 나는…… 나는 위쳐 게롤트의 친구요. 게롤트가…… 그윈블리드가 여기 브로킬론에 있다는 걸 알고 있어요. 난 평화를……."

"엔테 디체엔. 샤엔테, 바."

"샤엔트."

단델라이온의 등 뒤에서 두 번째 드라이어드가 부드럽게 부탁했다. 세 번째 드라이어드와 마치 합창이라도 하는 것 같았다. 어쩌면 네 번째 드라이어드일지도 몰랐다.

"예아, 샤엔테, 타에드."

단델라이온 몇 발짝 앞에 있던, 여태 자작나무라고 생각했던 것이 은빛의 목소리로 말했다.

"에스라이네…… 타에드. 당신은 노래를 해…… 에타리엘 노래…… 알았지?"

단델라이온은 두말없이 그의 말에 따랐다.

당신을 사랑했네, 그것이 내 인생의 목표

어여쁜 에타리엘

우리 기억의 보물을 기억하도록 허락해주오

그리고 마법의 꽃

당신이 준 사랑의 상징

은빛 눈물과 같은 이슬방울 맺혔네

곧이어 발자국 소리가 들려왔다.

"단델라이온."

"게롤트!"

"그래, 나야. 이제 소음은 그만 내도 돼."

"날 어떻게 찾아낸 거야? 도대체 내가 브로킬론에 있다는 건 어디서 알아냈어?"

"트리스 메리골드…… 아이쿠."

단델라이온은 또다시 무엇엔가 걸려 넘어질 뻔했지만, 그 옆을 지나가던 드라이어드가 때맞춰 잡아주는 덕분에 넘어지지 않았다. 가느다란 몸에 비해 잡는 힘은 놀랍도록 강했다.

"가레안, 타에드, 바 카엘름."

드라이어드는 은빛 목소리로 주의를 주었다.

"고마워요. 여긴 정말 캄캄하군. 게롤트, 어디 있는 거야?"

"여기. 뒤처지지 말라고."

단델라이온은 발걸음을 서두르다가 또다시 무엇엔가 부딪혀 이번엔 게롤트에게 쓰러질 뻔했다. 게롤트는 어둠 속에서 멈춰 섰고, 드라이어드들은 소리 없이 그들을 지나쳐갔다.

"뭐가 이렇게 캄캄해. 아직 멀었어?"

"별로. 곧 야영지에 다다르게 될 거야. 트리스 말고, 내가 여기 숨어 있다는 걸 누가 알지? 누군가에게 말했나?"

"벤즐라프 왕에게 말할 수밖에 없었어. 브뤼헤를 지나는 통행증이 필요했거든. 요즘 상황은…… 말할 필요도 없어. 브로킬론으로 오는 데도 허락이 필요했어. 하지만 벤즐라프는 자네를 잘 알고 좋아하니까. 날 말이지, 상상이 되나? 의원으로 임명했다니까. 벤즐라프는 분명 비밀을 지킬 거야. 내가 비밀을 지켜달라고 했거든. 화내지 마, 게롤트."

게롤트가 가까이 다가왔다. 단델라이온에게는 게롤트의 표정이 보이지 않았다. 어둠 속에서 보이는 것은 하얀 머리카락과 오랫동안 깎지 않은 흰 수염뿐이었다.

"화 안 났어."

단델라이온은 어깨에 올려진 손을 느꼈다. 그리고 지금까지 차갑게 느껴지던 게롤트의 목소리가 조금 달라진 것 같았다.

"자네가 여기 와서 기쁘다고. 이 못 말릴 친구야."

"여긴 춥군. 불 좀 피우면 안 될까."

단델라이온이 몸을 떨며 앉아 있던 나뭇가지들을 부러뜨렸다.

"꿈도 꾸지 마. 지금 어디 와 있는지 잊었어?"

게롤트가 나지막이 중얼거리자 단델라이온은 소심하게 주위를 둘러보았다.

"저들은 정말로…… 불은 전혀 사용하지 않는 건가?"

"나무는 불을 싫어하잖아. 드라이어드들도 마찬가지야."

"젠장. 이 추위에 떨고 있어야 한단 말이야? 게다가 이렇게 캄캄한데? 손을 뻗으면 내 손가락이 안 보일 지경이라고."

"그럼 뻗지 마."

단델라이온은 한숨을 쉬고는 허리를 굽혀 팔꿈치를 어루만졌다. 옆에 앉아 있는 게롤트가 잔가지들을 부러뜨리는 소리가 들려왔다.

갑자기 어둠 속에서 초록빛이 반짝였다. 처음에는 가물가물 잘 보이지 않았지만, 곧 밝아졌다. 많은 빛들이 이곳저곳에서 춤추는 광경이 마치 반딧불이나 늪지대의 도깨비불 같았다. 숲은 반짝거리는 빛들로 살아나고 단델라이온은 자신들을 둘러싼 드라이어드들을 볼 수 있었다. 그중 하나가 다가와 그들 앞에 불타는 식물 더미 같은 것을 갖다놓았다. 단델라이온은 조심스럽게 팔을 뻗어 손을 가까이 댔다. 초록빛 불덩이는 차가웠다.

"이게 뭐야, 게롤트?"

"썩은 뿌리와 이끼의 한 종류야. 여기, 브로킬론에서만 자라지. 그리고 이들을 이렇게 함께 얽이야 빛이 나는지는 드라이어드들만 알아. 피우베, 고마워."

드라이어드는 대답하지 않았지만, 자리를 떠나지도 않은 채 옆에 웅크리고 앉았다. 이마에는 화환이 걸려 있었고 긴 머리는 어깨로 드리워져 있었다. 빛 속에서 머리카락은 초록색으로 보였는데, 어쩌면 머리칼 색이 정말 그런지도 몰랐다. 단델라이온은 드라이어드들의 머리카락 색이 신기한 색을 띠기도 한다는 것을 알고 있었다.

"타에드."

드라이어드는 노래하듯 말하며 빛나는 눈으로 단델라이온을 바라봤다. 얼굴에는 위장을 위해 두 개의 검은 줄이 대각선으로 그어져 있었다.

"에세베 보르트 샤엔테 아엔 에타리엘? 샤엔테 아베안 보르트?"

"아, 미안하지만 나중에……."

단델라이온은 예의 바르게, 고어의 단어를 신중히 고르며 대답했다. 드라이어드는 한숨을 쉬고 몸을 굽히더니 자기 옆에 놓여 있는 류트의 손잡이 부분을 부드럽게 어루만지다가 일어났다. 단델라이온은 드라이어드가 숲 속, 흐릿한 초록 불빛 속에서 그림자가 어른거리는 무리들 사이로 가는 모습을 바라보았다.

"내가 저 드라이어드를 화나게 한 건 아니지? 자기들 사투리로 말을 해서 존댓말은 어떻게 하는지 모르겠군."

단델라이온이 작게 물었다.

"배에 칼이 들어왔나 확인해봐. 드라이어드들은 모욕당했을 때 배에 칼을 찌르는 걸로 반응하지. 겁낼 건 없어, 단델라이온. 내 생각에는 말실수보다 더한 것도 자네라면 용서해줄 것 같은데. 숲 앞에서 했던 공연이 이들의 취향에 딱 맞았던 것 같아. 지금 자네는 아드 타에드, 대 시인이라고. 저들은 '에타리엘 꽃'의 뒷부분을 기다리고 있어. 뒷부분도 알고 있나? 자네 발라드는 아니잖아."

게롤트의 목소리는 빈정거림도 유머도 없이 진지했다.

"편곡은 내가 한 거야. 그리고 엘프 음악도 내가 첨가했다고. 눈치 못 챘나?"

"그런 걸 알 리가 있나."

"뭐, 그렇겠지. 드라이어드들이 자네보단 예술에 일가견이 있어 다행이야. 어디에선가 읽었는데, 아주 음악적인 종족이라고 하더라고. 그래서 내가 이런 뛰어난 계획을 세우게 된 거야. 덧붙여 말하는데, 자네는 아직 칭찬하지 않았지만."

"칭찬할게."

잠시 침묵이 흐른 후 게롤트가 말했다.

"정말 좋은 계획이었어. 하지만 운도 좋았어, 항상 그랬듯이. 드라이어드들의 화살은 이백 보 밖에서도 적중해. 보통은 강기슭까지 와서 노래를 할 때까지 기다려주지 않아. 드라이어드들은 좋지 않은 냄새에 매우 민감해. 하지만 리본 강의 물살이 시체를 실어가는 덕에 숲 바로 앞에서 악취가 날 일은 없거든."

"아니, 무슨……."

단델라이온은 헛기침을 하며 침을 삼켰다.

"뭐, 가장 중요한 건 어쨌거나 일이 잘 풀려서 자네를 찾은 거잖아. 게롤트, 도대체 어떻게 여길……?"

"면도칼 있어?"

"면노칼? 낭연히 있시."

"아침에 빌려줘. 이 수염 때문에 미칠 지경이야."

"드라이어드들은 면도칼 없어? 아, 그렇지. 면도칼이 필요 없겠지. 빌려줄게. 그런데 게롤트?"

"왜?"

"난 먹을 게 하나도 없어. 아드 타에드, 대 시인이 이 드라이어드들에게 저녁 좀 얻어먹을 수 있을까?"

"드라이어드들은 저녁을 먹지 않아, 절대. 그리고 브로킬론의 경계를 지키는 수비병 드라이어드들은 아침도 먹지 않지. 점심까지는 기다려야 할 거야. 난 이미 익숙해졌어."

"하지만 그들의 수도에 가면, 그 유명한 두엔 카넬 황무지 한복판에 있는……."

"우린 그곳에 절대로 못 가, 단델라이온."

"어째서? 내 생각엔…… 드라이어드들이 이렇게 쉼터를 마련해줬잖아. 자네에 대해서 만큼은 참을성을 보여주는 것 같은데……."

"참을성, 바로 그 단어가 맞아. 거기까지야."

둘은 오랫동안 말이 없었다. 그러다 마침내 단델라이온이 입을 열었다.

"전쟁. 전쟁과 증오와 모욕. 어디에나, 누구의 가슴에나 있군."

"시를 쓰는 건가."

"사실이 그렇잖아."

"정확히 그렇지. 자, 무슨 일이 있었는지 말해줘. 내가 여기서 치료를 받는 동안 세상에서는 어떤 일이 일어났는지."

"트리스가 말 안 해줬어?"

단델라이온이 작은 목소리로 물었다.

"가스탕에서 정말로 무슨 일이 일어났는지 얘기해줘."

"트리스가 말해주지 않은 거야?"

"말했지. 하지만 난 자네의 버전이 듣고 싶어."

"트리스의 버전을 들었다면, 더 정확하고 세세하게 들은 거야."

"내가 여기 브로킬론에 있을 때, 생긴 일들에 대해 얘기해봐."

"게롤트. 난 정말로 예니퍼와 시리에게 무슨 일이 생겼는지 아는 바가 없어. 아무도 그건 몰라. 트리스도······."

단델라이온이 속삭였다.

게롤트가 갑자기 움직이는 바람에 나뭇가지들이 우두둑 부러졌다.

"내가 지금 시리나 예니퍼에 대해 물었나? 전쟁에 대해 얘기해, 자세히."

게롤트의 목소리는 변해 있었다.

"아무것도 모른단 말이야? 여기로는 아무 소식도 전해지지 않아?"

"전해지지. 하지만 자네한테서 듣고 싶다고. 제발, 말해줘."

잠시 침묵하던 단델라이온이 입을 열었다.

"닐프가드인들은 리리아와 에이단을 공격했어. 선전포고 없이. 그 이유는 데머번드의 군대가 돌 앙그라의 국경선에 있는 요새를 공격한 것이라나? 마법사들의 대회의가 타네드에서 열릴 때 생긴 일이야. 어떤 이들은, 이건 그냥 도발이었을 뿐이라고도 해. 닐프가드인들이 데머번드의 병사로 위장했던 거라고. 진실이 무엇인지는, 절대로 알 수 없을 거야. 어쨌든 닐프가드의 복수는 재빠르고 대대적이었어. 국경을 넘은 건 대부대였는데, 돌 앙그라에 몇 주, 아니 몇 달은 집결해 있었어야 하는 규모였지. 스팔라와 스칼라, 리리아의 국경 요새는 사흘 만에 함락되었어. 리비아는 몇 달 정도 포위를 버틸 수 있었지만 상인들과 길드의 압박으로 이틀 만에 넘어갔어. 문을 열고 몸값을 내면 약탈을 하지 않겠다는 약속에 넘어간 거지."

"그 약속은 지켜졌나?"

"응, 지켜졌지."

"흥미롭군."

게롤트의 목소리는 다시 한 번 조금 변해 있었다.

"요즘 같은 시대에 약속을 지키다니. 옛날에는 그런 약속 따위는 할 생각조차 못했었는데. 아무도 기대조차 안 했으니까. 상인들과 기술자 길드들이 성채 문을 열기는커녕 방어하곤 했었는데 말이야. 조합들마다 자기네 망루와 총안이 있었지."

"돈은 조국이 없네, 게롤트. 누구 밑에서 돈을 벌건 상인들에게는 다 똑같아. 그리고 닐프가드 관리들도 똑같지, 누구에게 세금을 걷든 다 똑같은 세금이니까. 죽은 상인은 돈도 못 벌고 세금도 못 내지."

"그리고 어떻게 됐지?"

"리비아가 함락된 후 닐프가드 군대는 지금껏 본 적이 없는 속도로 북쪽을 향해 진격했어. 거의 저항도 없이 말이지. 데머번드와 메브의 군사들은 중요한 전투에서 전선을 구축하지 못하고 후퇴하고 말았어. 닐프가드인들은 알데스버그까지 진격했지. 요새의 방어막을 포기하지 않기 위해, 데머번드와 메브는 전투를 결심했고. 하지만 이들 군대의 배치나 방어진은 좋지 못했어. 젠장, 조금만 더 환했으면 그림을 그려줄 텐데……."

"그림은 됐어. 요약해줘. 그래서 누가 이겼는데?"

"들으셨습니까, 여러분!"

행정 관리 중 하나가 헐떡거리며 땀에 젖은 채 식탁을 둘러싼 사람들을 밀치고 들어왔다.

"전장에서 파발꾼이 왔어요. 승리에요! 전투 승리! 이겼다고요! 우리의 날! 우리의 날이군요! 적들을 물리쳤어요! 물리쳤다고요!"

"조용히 좀. 당신 목소리에 머리가 터질 것 같소. 네, 들었어요, 들었다고
요. 적을 물리쳤죠. 우리의 날이에요. 저 들판도 우리 것이고 승리도 우리
것이에요. 대단한 일이죠."

에버트센이 얼굴을 찡그리며 대꾸했다.

행정 관리들은 목소리를 죽이고 윗사람을 이상하다는 듯 바라보았다.

"대신님, 기쁘지 않습니까?"

"기쁘죠. 하지만 저는 조용히 기뻐할 줄 압니다."

행정 관리들은 입을 다문 채 서로를 바라보았다. 애송이들, 에버트센은
생각했다. 흥분한 똥강아지들. 물론 나도 왜 저러는지는 알지만, 제발, 저
언덕에서는 메노 코에훈과 엘란 트라헤, 거기다가 백발의 수염이 성성한
브라이반트 장군까지 환호성을 지르고 펄쩍펄쩍 날뛰며 서로 등을 두드리
는 꼴이라니! 승리다! 우리의 날이다! 아니 그럼 누구의 날이어야 한단 말인
가? 에이단과 리리아가 합쳐서 삼천 명의 기수와 일만 명의 육군을 모았는
데, 그중 5분의 1이 이미 전투 초반에 성채에 고립되었다고. 그 나머지 군대
는 양 날개를 보호하기 위해서 후퇴해야 했는데, 멀리서 달려오는 스코이아
텔의 기마대와 갖가지 공격에 노출되었지. 나머지 오륙천의 병사들은―그
중에서 기사는 천이백 명밖에 되지 않았잖아―알데스버그 들판에서 전투
를 했어. 코에훈은 여기에 천삼백 명의 군사를 보냈는데 그중에는 닐프가드
기사대의 꽃인 기갑부대가 있었고. 그런데 지금 기뻐하며 괴성을 지르고 허
버지에 철퇴를 내리치며 맥주를 마셔대는 꼴이라니…… 승리라고? 참, 대
단도 하네.

에버트센은 식탁 위에 늘어져 있는 지도와 메모들을 확 밀어내고는 머리

를 들고 주위를 둘러보았다. 그러고는 관리들에게 거칠게 말했다.

"내 말을 잘 들으시오. 명령을 내릴 테니까."

부하들은 무슨 명령일까 싶어 긴장했다.

"어젯밤 전장의 대원수 코에훈 님이 병사들과 장교들에게 뭐라고 연설을 했는지 모두들 들었을 거요. 여러분께 내가 하고 싶은 말은, 대원수님이 병사들에게 한 연설과 당신들은 상관이 없다는 거요. 당신들은 다른 작전과 다른 명령을 수행해야 하오. 내 명령 말이오."

에버트센은 잠시 생각에 잠긴 채 이마를 닦았다.

"성채에는 전쟁을, 집에는 평화를. 어제 코에훈 님이 대장들에게 했던 연설이오. 여러분들은 모두 이 원칙을 알고 있을 거요. 군사 학교에서 가르치는 말이기도 하고. 이 원칙은 오늘까지만 해당될 뿐, 내일부터는 잊어버리란 말이오. 내일부터는 다른 원칙이 적용되고, 바로 그 원칙이 우리 전쟁의 표어가 되는 거요. 그 표어, 곧 나의 명령은 이렇소. 살아 있는 모든 것은 전쟁에 참여한다. 전쟁은 불과 같이 모든 것에 평등하지. 여러분이 지나간 자리에는 불타버린 대지가 남아야 하오. 내일부터 우리는 이 전쟁을, 우리가 협약을 맺은 그곳, 우리가 후퇴해야 하는 그곳 밖으로 가져갈 거요. 우리는 후퇴하지만 그곳, 우리가 가는 곳 바깥에는 불타버린 땅만 남을 것이오. 리비아와 에이단은 잿더미로 변해야 한다, 이 말이오. 소든을 기억해보시오! 오늘에야 우리에게 복수의 시간이 왔소!"

에버트센은 크게 헛기침을 했다. 그리고 입을 다문 관리들에게 말했다.

"병사들이 불타버린 땅을 남기기 전에, 당신들의 임무는 그 땅과 이 나라에서 쓸 수 있는 것은 모두 다, 우리 닐프가드의 부에 도움이 될 만한 모든 것을 다 끌어내야 할 거요. 아우데가스트, 당신이 이미 모아서 창고에 쌓아

둔 농작물을 싣고 나르는 일을 책임지시오. 아직 들판 위에 남아 있는 것, 그리고 코에훈 장군의 용감한 기사들이 파괴하지 않은 것은 모조리 모아들여야 할 거요."

"대신님, 우리는 인력이 부족……."

"노예들이라면 얼마든지 있소. 그들에게 일을 시키시오. 마르데르와 그…… 이름이 뭐였더라?"

"헬벳, 에반 헬벳입니다, 대신님."

"당신들은 가축을 맡으시오. 한곳으로 몰아놓고, 검역할 장소로 보내시오. 부제병*을 특히 주의하고, 다른 전염병들도 조심하시오. 병든 가축이나 의심스러운 것은 죽이고, 그 후에는 태우도록 하시오. 나머지는 표시된 길, 남쪽으로 몰고 가시오."

"알겠습니다, 대신님."

이제는 특별한 임무다. 에버트센은 부하들을 바라보며 생각했다. 누구에게 맡겨야 할까? 다들 젖비린내 나는 애송이들이다. 아는 것도 없고, 경험도 전무하다. 아, 전에 있었던 나이든 부하들이 그립다. 전쟁, 전쟁, 계속된 전쟁…… 병사들은 수없이 죽고, 늘 죽어갔지만 관리들도 사실 비율적으로 생각해보면, 많이 죽었다. 하지만 병사들은 없는 게 표가 나지 않는다. 계속해서 새 인원이 확충되고, 모두들 병사가 되고 싶어 하니까. 하지만 누가 회계나 행정관이 되고 싶겠는가? 만약 고향에 돌아간 후 아들이, 아버지는 전쟁에서 어떤 활약을 하셨냐고 물으면, 어느 누가 나는 자루에 곡식을 담고, 냄새나는 가죽을 세고, 왁스의 무게를 달았다고 말하고 싶겠는가. 그것도

---

* 부제병(腐蹄病): 말이나 소 등 가축의 발굽이 썩는 질환.

소똥으로 가득한 울퉁불퉁한 길에 약탈한 물건들을 가득 채운 마차를 몰면서, 매 울어대는 가축들을 몰면서, 먼지와 날벌레를 들이마시면서……

특별 임무. 거대한 화로가 있는 구엘타의 주조 공장. 철을 만드는 화로, 아연을 제련하는 화로, 그리고 거대한 철공소, 1년에 500톤을 생산하는 공장이 에이센란에 있다. 알데스버그에 있는 주석 제련소와 양모 공장. 벤거버그에 있는 맥아를 만드는 방앗간과 양조장, 직조소와 염색 공장……

해체해서 옮겨올 것. 에미르 황제, 적들의 무덤에서 춤추는 백색 불꽃의 황제는 이렇게 명령했다. 단 두 마디로. 해체해서 옮겨와라, 에버트센.

명령은 명령이다. 무조건 실행에 옮겨야 한다.

가장 중요한 것이 남았다. 광산과 그곳의 광물들. 동전. 값진 물건들. 예술 작품들. 하지만 이것들은 나 혼자서 관리할 것이다. 개인적으로.

지평선 위에 보이는 연기의 검은 기둥들 옆에 또 다른 연기가 뿜어져 나오고 있었다. 군대가 코에훈 장군의 명령을 수행하고 있는 중이었다. 에이단은 불의 왕국이 되고 있었다.

포위 기계들이 덜컹덜컹 소리를 내며 먼지구름이 이는 길에 늘어서 있었다. 아직도 저항하고 있는 알데스버그 때문이었다. 그리고 데머번드 왕의 수도 벤거버그 때문이었다.

피터 에버트센은 수를 헤아렸다. 계산을 해보고 다시 셈해보았다. 에버트센은 제국의 위대한 대신이었으며, 전쟁 시에는 군대의 제1회계였다. 이 역할을 수행한 지는 25년 째였다. 숫자와 계산, 이것이 그의 인생 전부였다.

큰 투석기는 500플로렌, 작은 투석기는 200, 이동형은 150, 가장 단순한 노포*는 80플로렌이다. 훈련된 인력은 한 달에 월급으로 9.5플로렌을 지급

해야 한다. 벤거버그까지 이어진 포위 기계는 말과 소와 자잘한 기기까지 나 합치면 최소한 300그쥐브나는 될 것이다. 순도 높은 금속으로 만들어져서 반 파운드나 되는 마르크로 치면 더 될 테지만, 그쥐브나로는 60플로렌이다. 큰 광산의 1년 수입은 5000, 6000그쥐브나……

포위망 앞을 기마대가 지나갔다. 가슴에 붙인 문장으로 보아, 신트라에서 보낸 부대 중 하나인 빈넨버그 공의 전략 부대인 것을 알아보았다. 그렇겠지. 에버트센은 생각했다, 좋아할 만도 하겠지. 전투는 이기고, 에이단 군대는 뿔뿔이 흩어졌으니까. 예비역들은 보통 어려운 전투에는 투입되지 않는다. 후퇴하는 적들을 뒤쫓거나, 대장이 없어진 오합지졸 부대를 뒤쫓거나, 아니면 살인을 하고 훔치고 불태우는 것이 일이었다. 저들이 좋아하는 이유는 앞으로는 유쾌하고 즐거운 전쟁만이 남았기 때문이다. 어렵지 않은 전쟁, 죽이지 않는 전쟁.

에버트센은 차근차근 계산을 이어나갔다.

전략 보병부대는 열아홉 명의 보통 보병과 이천 명의 기마부대로 되어 있다. 빈넨버그인들이 여기 큰 전투에 참여하지는 않더라도, 일단 싸움이 붙으면 최소한 6분의 1은 잃을 것이다. 이어서 야영지와 비박, 상한 음식, 더러움, 이, 모기, 오염된 물, 언제나 절대로 피할 수 없는 티푸스와 이질, 말라리아가 찾아와 4분의 1을 해치운다. 거기에 예측할 수 없는 사건들을 5분의 1은 잡아야 한다. 집으로 돌아가는 건 팔백 명이다. 이보다 더 많을 리는 없다. 그리고 보통은 더 적었다.

길에는 다음 부내가 나타났는데, 기마부대 뒤로는 보병들이 뒤따랐다.

---

* 노포(弩砲, Balista): 돌을 발사하는 옛 무기.

활을 쏘는 사람들은 노란색 조끼를 입고 둥근 모자를 썼다. 석궁을 쏘는 사람들은 판판한 카팔린*을 쓰고, 파비즈*를 든 병사들과 창잡이가 뒤를 따랐다. 그 뒤로는 방패를 든 사람들과 비코바로와 에톨라에서 온 갑옷을 입은 나이 든 기사들이 있었고, 메틴나, 투른에서 온 용병들, 마에흐트, 게소와 엡빙에서 온 가재처럼 갑옷을 입은 자들로 이어졌다.

뜨거운 날씨에도 불구하고 부대들은 활기차게 행진했고, 병사들의 군화에서 일어난 먼지는 길 위로 뭉게뭉게 피어올랐다. 북 소리가 나고, 깃발이 휘날리고, 창과 미늘창은 번쩍번쩍 빛났다. 병사들의 사기가 하늘을 찔렀다. 승전 부대였던 것이다. 패하지 않은 부대였다. 모두들 전진! 앞으로! 벤거버그로! 적들을 끝내버리자! 소든의 복수를 하자! 이 전쟁을 즐기고, 약탈한 돈으로 주머니를 채우고, 집으로, 집으로 가자!

에버트센은 그 모든 광경을 지켜보았다. 그리고 계산했다.

"벤거버그는 함락된 지 일주일 만에 무너졌어. 놀랄지도 모르겠지만, 거기서는 길드들이 끝까지 자신의 망루와 자기에게 할당된 성벽을 지켰다고. 그래서 저항했던 길드와 도시민들이 모두 학살되었지, 대략 육천 명쯤이었어. 흩어진 병사들과 시민들은 테메리아와 르다니아로 피신했지. 엄청난 행렬이었어. 난민들의 무리가 폰타르 계곡에서 마하캄의 고갯길까지 늘어섰지. 하지만 도망가는 데 성공하지는 못했어. 닐프가드의 기마대가 쫓아왔고 도망갈 길을 막았으니까. 무슨 말인지 알겠지?"

---

* 카팔린(Kapalin): 챙이 달린 모자로 중절모처럼 생긴 쇠로 만들어진 병사용 모자.
* 파비즈(Pawiz): 중세 유럽에서 사용하던 온몸을 가릴 수 있는 커다란 방패.

단델라이온이 이야기를 끝냈다.

"아니, 모르겠어. 난 전쟁을 잘 몰라, 단델라이온."

"포로로 잡기 위한 거지, 노예사냥이야. 최대한 많은 사람들을 노예로 끌고 갈 작정이었던 거야. 닐프가드를 위해서는 가장 싼 노동력이 될 테니까. 그래서 닐프가드는 항상 난민들을 쫓아가는 거야. 쉬운 먹이니까. 군대는 도망가고, 난민들을 보호해주는 사람은 아무도 없으니까."

"아무도?"

"거의 아무도 없지."

"시간에 못 맞출 것 같아. 못 갈 거야…… 젠장, 국경이 이렇게 가까운데. 코앞인데……."

빌리스는 주위를 돌아보며 헐떡거렸다.

라일라는 등자 위에 서서 언덕으로 구불구불 뻗어 올라가는 나무숲 길을 바라보았다. 눈이 닿는 곳 어디나 사람들이 버리고 간 물건들과 말의 시체들, 옆으로 밀쳐낸 마차들로 가득했다. 그들 뒤, 숲 뒤에서 하늘로 검은 연기 기둥이 솟아올랐다. 함성 소리가 점점 더 가까이 들려오고 전투 소리가 또렷해지고 있었다.

"뒤쪽의 수비대를 끝장내고 있는 거야. 들려, 라일라? 뒤쪽 수비대를 쫓아와서 그들을 끝장내고 있어! 이제 늦었다고!"

빌리스는 재와 땀으로 뒤범벅된 얼굴을 닦아내며 초조하게 소리쳤다.

"이제는 우리가 맨 뒤쪽 수비대야. 이제 우리 차례라고."

용병 대장 라일라가 건조하게 대꾸했다.

빌리스의 얼굴은 창백해지고, 그 말을 듣고 있던 병사들 중 하나가 긴 한

숨을 쉬었다. 라일라는 고삐를 거칠게 낚아채고는 힘겹게 콧김을 내뿜으며 간신히 머리를 들고 있는 거세 수말을 돌렸다. 그러고는 차분하게 말했다.

"어차피 못 가. 말들은 곧 쓰러질 거야. 우리가 고갯길까지 가기도 전에 우릴 쫓아와서 죽일 거라고."

"그럼 싹 다 버리고 숲속으로 도망가자. 한 명씩, 각자 자력으로…… 어쩌면 살아남을 수도 있어."

빌리스가 라일라를 쳐다보지도 않고 말했다. 라일라는 대답하지 않았다. 그녀의 시선은 고갯길을, 국경까지 늘어선 난민들의 마지막 행렬의 긴 줄을 바라보고 있었다. 빌리스는 무슨 뜻인지 알아챘다. 그는 욕설을 퍼붓고는 안장에서 뛰어내려 칼에 기대섰다. 그러고는 쉰 목소리로 병사들에게 소리쳤다.

"모두 말에서 내려라! 주변에 있는 물건들을 있는 대로 끌어다가 길을 봉쇄한다! 뭘 쳐다봐! 어머니가 한 번 낳아주신 목숨, 한 번 끝장나는 거다! 우린 군인이다! 우린 맨 뒤쪽의 수비대다! 우리가 이 추격을 막아내고 지연시켜야……."

빌리스는 말을 잇지 못했다.

"우리가 이 추격을 막으면, 사람들은 테메리아까지 건너갈 시간을 벌 수 있다. 산 저쪽으로."

라일라가 말에서 내려오며 말했다.

"저쪽에는 여자들과 아이들이 있어. 뭘 그렇게 쳐다보나! 이게 우리 일이다. 이 일을 하라고 월급을 받는 거야!"

병사들은 서로를 바라보았다. 잠시 동안 라일라는 병사들이 도망쳐버릴 거라고 생각했다. 지친 말들을 죽을 때까지 몰아붙여 난민들의 행렬을 비집고 들어가 구원이 기다리고 있는 고갯길로 도망치리라 생각했다. 하지만 라일라의 생각은 틀렸다. 이들을 잘 알지 못했던 것이다.

병사들은 길목에 마차를 뒤집어 배치하고 서둘러 바리케이드를 쌓았다. 엉성하게 만든, 낮은 바리케이드였다. 어림도 없었다.

오래 기다릴 필요는 없었다. 협곡으로 두 마리의 말이, 거품을 문 채 거친 숨을 몰아쉬며 달려 들어왔다. 기수는 한 명이었다.

"블레이즈!"

"준비해. 준비들고 있어. 젠장…… 바로 내 뒤로 오고 있으니까."

블레이즈라고 불린 용병이 안장에서 내려와 병사들의 팔에 쓰러지며 말했다.

말은 거친 콧김을 내뿜더니 비틀비틀 옆으로 몇 발짝 움직이고는 엉덩방아를 찧으며 큰 소리와 함께 쓰러졌다. 말은 넘어진 채로 발길질을 하더니 목을 뻗고는 길게 울었다.

"라일라…… 나, 뭐 좀…… 줘. 칼을 잃어버렸어."

라일라는 화재로 뿌옇게 된 하늘을 바라보다가 고갯짓으로 뒤집어진 마차에 비스듬히 세워둔 도끼를 가리켰다. 블레이즈는 도끼를 집어 들고는 비틀거렸다. 왼쪽 바지통이 피로 질퍽하게 젖어 있었다.

"다른 사람들은 어떻게 됐어, 블레이즈?"

"모두 다 죽었어. 모조리, 부대 전체를…… 라일라, 닐프가드 놈들이 아니야…… 다람쥐들이야. 우릴 뒤쫓고 있는 건 엘프들이라고. 스코이아텔이 닐프기드 놈들보디 앞서서 오고 있어."

그는 고통스러운 듯 신음 소리를 냈다.

병사들 중 한 명이 공포에 찬 욕설을 내질렀고, 다른 한 명은 손으로 얼굴을 가린 채 풀썩 주저앉았다. 빌리스는 욕설을 퍼붓고 흉갑의 끈을 꽉 죄었다.

"전원 자기 자리로! 바리케이드 뒤로 이동해! 우리를 산 채로는 못 끌고 간다! 약속한다!"

라일라가 고함을 질렀다.

빌리스는 침을 퉤 뱉고는 서둘러 검정, 금색, 빨강 세 가지 색깔로 된 데 머번드 왕의 특별 부대 리본을 얼른 떼어내어 덤불로 던져버렸다. 라일라는 자신의 부대 마크를 쓰다듬고 윤을 내면서 비꼬듯 웃었다.

"그게 도움이 될지 모르겠네, 빌리스. 정말 모르겠다."

"약속했잖아, 라일라."

"약속했지. 그리고 난 약속을 지켜. 전원 자기 자리로! 석궁과 활을 들고 준비해라!"

오래 기다릴 것도 없었다.

첫 번째 파도가 휩쓸고 지나가자, 여섯 명밖에 남지 않았다. 전투는 짧고 격렬했다. 벤거버그에서 온 병사들은 마치 악마처럼 싸웠고 필사적인 걸로 는 여느 용병들 못지않았다. 누구도 스코이아텔에게 산 채로 잡히고 싶은 마음은 없었다. 차라리 전장에서, 화살투성이가 되고 창을 맞고 칼에 찔려 죽는 편이 나았다. 블레이즈는 누워 있는 그에게 달려들어 바리케이드에서 끌어내린 엘프 둘의 단검을 맞고 죽었다. 그 엘프들도 일어나지 못했다. 죽은 블레이즈의 손에는 도끼가 들려 있었다.

스코이아텔은 쉴 시간을 주지 않았다. 곧이어 두 번째 부대들이 도착했다. 창에 찔린 빌리스가 쓰러졌다.

"라일라! 약속을 지켜!"

고함 소리는 잘 들리지 않았다.

용병 대장 라일라는 엘프 한 명을 쓰러뜨리고 재빨리 몸을 돌렸다.

"잘 가, 빌리스."

라일라는 누워 있는 빌리스의 쇄골 밑으로 칼끝을 대고 세게 찔러 넣었다.

"지옥에서 다시 만나자!"

잠시 동안 라일라는 혼자였다. 스코이아텔이 사방에서 둘러싸고 있었다. 머리부터 발끝까지 피범벅이 된 라일라는 칼을 들고 한 바퀴 돌며 땋아 내린 검은 머리를 흔들었다. 시체들 사이에 선 라일라는 마치 악마처럼 얼굴을 일그러뜨렸다. 엘프들이 뒤로 물러났다.

"덤벼! 뭘 기다려! 날 산 채로는 못 잡아가! 난 검은 라일라야!"

라일라가 사납게 외쳤다.

"글라에디브 보르트, 베안나."

천사 같은 얼굴을 하고 수레국화처럼 푸른 눈을 한 금발의 아름다운 엘프가 차분하게 말했다. 아직도 망설이고 있는 스코이아텔들의 뒤에서 갑자기 나타난 것이다. 눈처럼 하얀 말은 콧김을 내뿜으며, 머리를 아래위로 세차게 흔들고는 피로 물든 흙바닥을 힘차게 걸어찼다.

"글라에디브 보르트, 베안나. 칼을 버려, 아가씨."

말에 탄 엘프가 다시 말했다.

라일라는 거칠게 웃어 보이고는 소매 끝으로 얼굴을 훔쳤다. 얼굴은 먼지와 피와 땀으로 뒤범벅이 되었다.

"내 칼은 그냥 버리기엔 너무 비싸, 엘프! 이 칼을 기지려면, 내 손가락을 부러뜨려야 할 거다! 난 검은 라일라다! 덤벼!"

라일라가 있는 힘껏 소리를 질렀고, 오래 기다릴 필요는 없었다.

"에이단은 봉쇄에서 아무도 못 빠져나온 거야? 연맹이라는 것이 있잖아. 서로 도움을 주고받자는 약속이나 협약 같은……."

한동안 생각에 잠겨 있던 게롤트의 물음에 단델라이온이 헛기침을 하며 대꾸했다.

"르다니아는 비지미르 왕의 죽음 이후 혼란에 빠졌어. 비지미르 왕이 암살당한 건 아나?"

"알아."

"지금은 헤드위그 여왕이 다스리고 있지만, 나라는 혼란에 빠졌어. 그리고 공포가 만연해. 스코이아텔과 닐프가드의 첩자들을 사냥하고, 딕스트라는 나라 전체를 휘젓고 다녀. 교수대에서는 피가 그칠 날이 없다고. 딕스트라는 아직도 못 걷는다고 해. 들것에 실려다니는 신세지."

"그럴 거라 생각했어. 자넬 쫓아왔나?"

"아니. 그럴 수 있었을 텐데 그러진 않았어. 아, 중요하진 않아. 여하튼 대혼란에 빠져 있는 르다니아는 에이단을 지원할 만한 군사를 보낼 수 없었어."

"그러면 테메리아는? 테메리아의 폴테스트 왕은 어째서 데머번드를 돕지 않았지?"

"돌 앙그라에서 무력 사태가 일어나자마자, 에미르 황제는 비지마로 곧장 사신을 보냈어."

단델라이온이 작은 목소리로 말했다.

"젠장맞을!"

브로니보르는 잠긴 문을 바라보며 씩씩거렸다.

"뭘 한다고 이렇게 오랫동안 회의를 하는 거야? 대체 무슨 이유로 왕께서 협상을 할 정도로 자신을 낮춘 거지? 저 닐프가드 개자식의 말을 왜 듣고 있는 거야? 머리를 잘라 에미르에게 보내면 좋으련만! 자루에 담아서!"

"신들이시여! 영주님, 사신이잖아요! 사신은 절대로 건드리면 안 되는 거라고요! 그건 정말 옳지 않은……."

빌레머 사제는 말을 못할 지경이었다.

"옳지 않다고? 내가 뭐가 옳지 않은지 말해주지! 옳지 않은 건 우리와 동맹국인 나라에 침략자가 들어와 휘젓고 있는데도 아무 일도 하지 않고 구경만 하는 거라고! 리리아도 넘어갔고, 에이단도 곧 넘어간다고! 데머번드 혼자서는 닐프가드를 막을 수 없어! 곧장 에이단으로 정벌대를 보내고, 야루가 강 왼쪽 기슭을 쳐서 데머번드의 부담을 덜어줘야 한다고! 거긴 군대도 거의 없어. 대부분의 육군은 돌 앙그라로 이동했다고! 그런데도 여기서 우린 회의 따위를 한단 말이지! 싸우는 대신 입이나 나불거리고! 그것도 모자라서 닐프가드의 사신이나 접대하고 있다니!"

"그만하십시오, 영주님!"

엘란더의 헤레바드 공이 늙은 브로니보르를 차가운 눈으로 노려보았다.

"이것이 정치입니다. 말 머리 끝이나 창끝보다는 더 멀리 볼 줄도 알아야죠. 사신의 말도 들어봐야 하고요. 에미르 황제가 아무 이유 없이 사신을 보냈을 리는 없을 겁니다."

"당연히, 아무 이유 없이 보내진 않았겠지. 에미르가 지금 에이단과 전쟁 중이니, 우리가 끼게 된다면 우리와 함께 르다니아와 케드웬까지 들어와 에미르를 돌 앙그라 저쪽 에빙까지 물리칠 수 있다는 걸 알겠지. 그리고 우리가 신트라를 치게 된다면, 그야말로 약한 곳을 공격당하는 셈이라 두 전선에서 동시에 전투를 진행해야 한다는 것도 알고 있을 거야! 그걸 겁내는 거지! 그래서 우리를 겁주고 우리가 방해하지 못하게 하려는 수작이겠지. 그런 이유로 닐프가드의 사신이 여기 온 거라고!"

브로니보르가 고래고래 고함을 질렀다.

"그러니까 사신의 말을 들어봐야 한다는 것 아닙니까. 그리고 우리 테메리아에 가장 이익이 되는 결정을 내려야죠. 데머번드가 똑똑치 못하게 닐프가드를 자극해서 지금 그런 결과를 낳은 겁니다. 그리고 저는 벤거버그를 위해 목숨을 바치고 싶은 마음이 조금도 없습니다. 에이단에서 일어나는 일은, 우리 일이 아닙니다."

헤레바드 공이 냉정한 어조로 말했다.

"우리 일이 아니라고? 악마 같은 자들과 함께 도대체 무슨 작당을 하는 거지? 닐프가드인들이 에이단과 리리아에, 야루가 강의 오른쪽 기슭에 있고, 우리를 그들과 가로막고 있는 건 마하캄뿐이라는 이런 사실이 지금 남의 일이라는 건가? 제대로 된 이성이 있다면……."

"언쟁은 이제 그만하시죠. 이제는 멈추세요. 폐하께서 오십니다."

빌레머 사제가 경고했다.

홀의 문이 열렸다. 왕의 대신들은 일어나 의자를 찾았다. 많은 자리가 비어 있었다. 군대의 수장과 대장 대부분은 돌 폰타르나 마하캄, 야루가 지역의 주둔지에 가 있었다. 평소 마법사들이 앉던 자리도 비어 있었다. 마법사들…… 빌레머 사제는 생각했다. 비지마의 이 왕궁, 마법사들의 자리는 오랫동안 비어 있을 것이다. 어쩌면 영원히 비어 있을지도 모른다.

폴테스트 왕은 홀을 살피고서 왕좌 옆에 섰지만 앉지는 않았다. 단지 몸을 약간 굽힌 채 주먹으로 탁자를 짚었다. 왕의 얼굴은 매우 창백했다.

"벤거버그는 포위당했다."

테메리아 폴테스트 왕은 낮은 목소리로 말했다.

"그리고 함락은 시간문제다. 닐프가드는 무서운 속도로 북쪽을 향해 치고 올라오고 있다. 포위당한 부대들은 아직도 싸우고 있지만, 그렇다고 변하는 건 없다. 에이단은 이미 함락당했다. 데머번드는 르다니아로 도망쳤고, 메브 여왕의 생사는 알려진 바 없다."

대신들은 침묵했다.

"우리의 동쪽 국경, 폰타르 계곡의 입구를 닐프가드가 점령하는 것도 며칠 남지 않았다."

폴테스트는 뜸을 들였다. 목소리는 계속해서 작고 낮았다.

"하게, 에이단의 마지막 성채도 오래 버티지는 못할 것이다. 그리고 하게는 우리의 동쪽 국경이다. 남쪽 국경 사정도…… 매우 좋지 못하다. 베르덴의 에르빌 왕이 에미르 황제에게 충성을 맹세했다. 항복하고 야루가 강을 열었다. 우리 국경을 지켜야 할 날개인 나스트록, 로즈록, 보드록에는 이미 닐프가드의 군함들이 버티고 있다."

대신들은 여전히 침묵했다. 폴테스트 왕이 말을 이었다.

"에르빌 왕이 충성을 맹세한 덕분에 왕의 칭호는 지킬 수 있었으나, 그를 다스리는 것은 이제 에미르다. 베르덴은 아직도 형식적으로는 왕국이지만, 실제로는 닐프가드의 한 지방으로 전락했다. 이것이 무엇을 뜻하는지 알겠는가? 상황은 역전되었다. 베르덴의 성채와 야루가의 강어귀는 닐프가드의 손아귀에 있다. 야루가에 더 이상 병력을 충원할 수도 없고, 그곳에 있는 병력을 차출해서 에이단에 들어가 데머번드 왕의 군대를 지원할 부대를 꾸릴 수도 없다. 그렇게 할 수 없는 이유는, 우리 테메리아에 대한 책임감과 우리의 백성을 지켜야 하는 사명감 때문이다."

대신들은 여전히 침묵했고, 왕은 다시 입을 열었다.

"닐프가드의 황제, 에미르 바 엠레이스가 나에게 제안하기를…… 협정을 맺자고 했다. 나는 그것을 받아들였다. 그 협정이 어떤 것인지 지금부터 설명하겠다. 내 말을 다 듣고 나면, 대신들도 이해할 것이다. 아마도 내가 왜……."

대신들은 침묵했고, 폴테스트는 이야기를 끝맺었다.

"대신들도 평화를 위한 나의 노력을 인정할 것이다."

"그렇게 폴테스트가 꼬리를 내렸군. 닐프가드와 손발이 맞아서는, 에이단이 어떻게 되건 말건……."

게롤트가 또다시 나뭇가지를 부러뜨리며 중얼거렸다.

"그렇지. 하지만 폰타르 계곡까지 군대를 몰고 가 그곳을 점령하고 하게에 병력을 지원했어. 그래서 닐프가드는 마하캄 언덕까지는 못 올라오고, 야루가를 건너 소든으로 오지도 못했어. 에르빌 왕의 충성 맹세 이후 이미 손아귀에 들어온 브뤼헤를 공격하지도 않지. 확실히 그것이 테메리아가 중립을 선언한 이유일 거야."

"시리 말이 맞군. 중립. 중립이라는 것이 대체로 치사하다는 말이……."

게롤트는 낮게 중얼거렸다.

"뭐라고?"

"아무것도 아니야. 그럼 케드웬은 어떻게 된 거지, 단델라이온? 케드웬의 헨젤트 왕은 왜 데머번드와 메브를 돕지 않은 건가? 그들은 동맹을 맺었잖아. 그리고 헨젤트가 폴테스트의 본을 받아, 협약에 자기가 한 서명도 도장도 무시하고, 왕으로서 뱉은 말에 책임도 지지 않는 거라면, 바보는 아니지 않을까? 아니, 에이단이 함락되고 테메리아가 협정을 맺은 상황이라면, 이제는 닐프가드의 명단에서 자기 차례가 왔다는 것을 몰랐단 말이야? 헨젤트 왕이 제정신이면 데머번드 왕을 도와줘야 한다고. 이 세상에 믿음도 진실도 남아 있지 않다고 치자고, 하지만 이성은 남아 있어야 하는 것 아닌가? 안 그래, 단델라이온? 이 세상에 이성이 아직 남아 있는 건가? 아니면 그런 건 다 없어지고, 비열함과 경멸만 남은 건가?"

단델라이온은 고개를 돌렸다. 초록색 불빛들이 자신과 게롤트 주위를 완전히 둘러싸 원을 만들고 있었다. 단델라이온은 이제 와서야 지금까지 모든 드라이어드들이 자신의 얘기를 듣고 있었다는 것을 알았다.

"아무 대답이 없는 걸 보니, 시리 말이 맞았군. 코드링거 말이 맞아. 모두의 말이 맞았어. 오직 나만, 순진하고 시대에 뒤떨어진, 어리석은 위쳐만 잘못 알고 있었던 거야."

게롤트는 혼잣말처럼 또다시 중얼거렸다.

세트닉* 디고드의 별명은 '반 통'이었다. 반 통 디고드는 막사로 들어가 씩씩거리며 화를 냈다. 지에시엔트닉*들이 자리에서 일어나 차렷 자세를 취하며 표정을 관리했다. 지빅은 요령 있게 디고드의 눈이 어둠에 익숙해지기 전, 안장 사이에 늘어선 보드카 통들 위로 털 망토를 던져놓았다. 디고드가 부대에서 술을 마시는 걸 보고 화를 낼까봐 겁이 나서가 아니라, 보드카 통들을 보전하기 위해서였다. 디고드의 별명이 괜히 생긴 건 아니었다. 떠

---

* 세트닉(Setnik): 군대에서 백 명의 부하를 담당하는 부대의 대장.
* 지에시엔트닉(Dziesiętnik): 군대에서 열 명의 부하를 담당하는 분대의 대장.

도는 소문에 따르면, 디고드는 여건만 되면 순식간에 보드카 반 통은 호쾌하게 들이켠다는 주당이었다. 병사들에게 할당되는 술을 디고드는 마치 물처럼 꿀꺽 삼키고, 그러면서도 전혀 취한 적이 없다고 했다.

"그래서 어떻게 됐습니까, 대장님? 지휘관들께서 뭐라고 결정하셨나요? 명령은 무엇입니까? 국경을 넘는 건가요? 말씀해주십시오!"

궁수들의 지에시엔트닉인 보데가 물었다.

"잠깐만. 젠장, 이렇게 더워서야…… 알았어, 이제 다 말할게. 일단 뭐 마실 것 좀 내놔봐. 목이 말라 죽겠다고. 마실 게 없다고는 말하지 마. 보드카 냄새가 온 천지에 가득하니까. 그리고 그 냄새가 어디서 나는지도 내가 알지. 저기, 저, 저 털 망토 밑에 좀 봐봐."

반 통 디고드가 말을 더듬으며 부하들을 재촉했다.

지빅은 욕설을 중얼거리며 보드카 통을 가져왔다. 지에시엔트닉들은 술잔과 주석 잔들을 쩔렁거리며 가까이 모였다.

반 통 디고드가 술을 한 잔 들이켜더니 수염을 쓱 닦으며 눈을 비볐다.

"으악, 무슨 술 맛이 이래? 더 좀 따라봐, 지빅."

"그러니까 이제 말씀해주시죠. 명령이 뭡니까? 닐프가드인들을 깨부수러 가는 겁니까, 아니면 여기 국경에서 하릴없이 앉아 있는 겁니까?"

보데가 재촉했다.

"싸우고 싶어 근질근질한가?"

반 통 디고드는 초조한 듯 서성거리다가 침을 뱉더니 안장 위에 털썩 주저앉았다.

"그렇게 국경을 넘어서 에이단에 가고 싶나? 누가 떠밀기라도 해? 늑대 새끼처럼 용감하군, 이빨을 드러내고 말이야."

"그렇습니다."

키가 작은 스탈러가 발을 이리저리 옮기며 차갑게 말했다. 평생 말만 타온 늙은 기사의 양다리는 거미 다리처럼 휘어져 있었다.

"네, 대장님. 모든 준비를 갖추고 군화를 신고 잠든 지도 벌써 닷새째입니다. 이제 어떻게 될지 저희도 알고 싶습니다. 싸우든지, 아니면 요새로 돌아가든지 말입니다."

"국경을 넘어간다."

디고드가 짧게 말했다.

"내일 새벽에. 다섯 부대가 이동하고 회갈색 깃발 부대가 앞장선다. 그리고 지금부터 잘 들어. 왜냐하면 지금 내가 하는 얘기는 아드 카라그에서, 왕으로부터 직접 명령을 들은 만스펠드 대원수님이 우리 세트닉들과 부대장들에게 직접 말씀하신 거니까. 귀를 쫑긋 세우라고. 두 번 얘기하지 않을 테니까. 특수한 명령이야."

막사 안이 조용해지자 디고드가 입을 열었다.

"닐프가드 놈들이 돌 앙그라를 넘어왔어. 리리아를 함락시키고, 나흘 만에 알데스버그까지 진격해서 치열한 싸움 끝에 데머번드의 군대를 전멸시켰지. 그리고는 더 밀고 올라와 고작 엿새 동안 포위하고는 벤거버그의 배신자들에게 항복을 받아냈어. 그리고 곧장 북쪽으로 전진해 폰타르 계곡과 돌 블라탄 쪽으로 에이단의 군대를 몰아붙이고 있어. 이제 우리 쪽으로 온다. 케드웬으로 말이지. 그러니 회갈색 부대에게 내리는 명령은 바로 이런 거야. 국경을 넘어 남쪽으로 이동헤 꽃의 계곡 쪽에서 압박하는 거야. 사흘 안에 우리는 디프네 강에 도착해야 한다. 반복한다, 사흘 안이야. 그 말은 즉 서둘러야 한다는 거고. 디프네 강 너머로는 한 발짝도 가지 않는다. 반복하는데, 디프네 강 너머로는 절대 한 발짝도 가지 않아. 강 너머에는 닐프가드 놈들이 나타날 테니까. 주의사항은, 그놈들과는 절대 싸우지 않는다는 것이다. 자극해서도 안 돼, 알겠나? 만약 닐프가도 놈들이 강을 넘어오려고 하면, 그들에게 우리가 케드웬 군대라는 표시를 보여주기만 하라고.”

더 조용해질 수는 없으리라 생각했지만, 막사 안은 조금 전보다 더 조용해졌다.

“그게 무슨 말입니까? 닐프가드 놈들을 해치지 말라는 겁니까? 지금 전쟁을 하는 겁니까, 장난을 치자는 겁니까? 무슨 말인지 자세히 설명해주십시오, 대장님!”

결국 보데가 소리쳤다.

“명령이 이렇다니까. 우린 전쟁을 하러 가는 게 아니라…….”

반통 디고드는 잠시 말을 멈추고 목을 긁적였다.

“그저 형제간의 도움만 주러 가는 거다. 국경을 넘어가서 에이단 윗동네 사람들을 보호하고…… 잠깐, 내가 무슨 소리를 하는 거지? 에이단이 아니라, 마르히아 아래쪽을 말하는 거다. 만스펠드 대원수님이 그렇게 말씀하셨다. 원수님이 말씀하시길, 데머번드가 참패하고 헛발질을 하며 쓰러진 건 나라를 잘못 다스리고 정치를 이해하지 못해서라고. 그래서 에이단 전체가 끝장이 난 거지. 우리 헨젤트 폐하께서는 데머번드 왕을 도와주려고 돈도 많이 빌려줬는데, 이제는 그 돈에 이자를 붙여서 받을 때라는 거지. 또한 우리는 돌 마르히아의 동지들과 형제들이 닐프가드의 노예가 되는 걸 보고 있을 수는 없다. 그러니까 그들을 말이지, 해방시켜야 하는 거야. 왜냐하면 이 땅은 원래 우리 땅이었거든. 돌 마르히아가 옛날에는 우리 케드웬 영토였고, 그러니 이제는 원래대로 돌아와야 할 때지. 디프네 강 앞까지는 말이야. 바로 그런 협약을 우리 자비로우신 헨젤트 왕께서 닐프가드와 맺은 거라고. 하지만 협약은 협약이고, 회갈색 부대는 강 앞에서 지키고 있어야 한단 말이지. 알겠나?"

아무도 대답하지 않았다. 디고드는 얼굴을 찡그리며 손을 흔들었다.

"젠장, 이 바보들. 아무것도 이해하지 못했군. 하지만 걱정들 마. 나도 뭐잘 모르겠으니까. 하지만 이런 걸 이해하라고 국왕 폐하며 대신들이며 대장님이며 귀족들이 있는 거니까. 우리야 뭐 전쟁이나 하면 되지! 우리는 명령만 들으면 된다. 디프네 강까지 사흘 안에 가서, 거기 벽처럼 서 있으라고. 그게 다야. 자, 더 따라, 지빅."

"대장님, 그렇다면…… 그러니까…… 에이단의 군사들이 저항하면요? 길을 막거나 하면 어떻게 됩니까? 우리가 에이단 영토를 넘어서 가는 거잖아요. 그럼 어쩝니까?"

지빅이 말을 더듬거렸다.

"우리의 동지들과 형제들이, 우리가 해방시켜야 하는 그들이…… 만약 활을 쏘거나 돌을 던지면 어쩝니까? 네?"

스탈러가 따져 물었다.

"우린 사흘 안에 디프네 강에 자리를 잡아야 한다. 늦으면 안 돼. 우리를 지연시키거나 붙잡는 세력이 있다면, 그건 당연히 우리의 적이다. 그리고 적은 칼로 다스려야 한다. 그러나 주의할 것! 마을도 집도 불태워서는 안 된다! 사람들에게서 물건을 빼앗지도 말고, 약탈도 안 된다! 여자를 강간하는 것도 안 돼! 명령을 제대로 기억하고 병사들에게도 전달해라! 이 명령을 어기 놈은, 교수형에 처해질 것이다. 대장님이 열 번이나 되풀이하셨다. 우리는 침략을 하러 가는 것이 아니라 형제로서의 도움을 주러 가는 것이다! 왜 이빨을 드러낸 거지, 스탈러! 제기랄, 이게 명령이란 말이다! 이제 지에시엔트닉들에게 가서 모두 일어나라고 하고, 말과 마구를 보름달처럼 반짝반짝하게 준비해둬라! 저녁이 되기 전 모든 부대는 훈련장에 나와 깃발을 앞세우고 대장님에게 직접 훈련을 받을 것이다! 만약 어떤 지에시엔트닉이라도 자기 부하들을 제대로 통솔하지 못한다면, 내가 호된 맛을 보여주겠다! 자, 움직여!"

디고드가 잔뜩 겁을 주며 목소리를 높였다.

막사를 마지막으로 나간 것은 지빅이었다. 햇볕에 눈살을 찌푸리며, 지빅은 야영지가 혼란에 휩싸인 것을 보았다. 지에시엔트닉들은 자기 부대로 서둘러 향하고 있었고, 세트닉들은 뛰면서 욕을 하고, 귀족들과 기병대들과 하인들은 발이 꼬이고 있었다. 반 아드의 기갑부대는 들에서 속보를 하며 먼지를 뭉게뭉게 날리고 있었다. 끔찍하게 더운 날이었다.

지빅은 걸음을 서둘렀다. 아드 카라그에서 온 네 명의 음유시인들이 화려하게 장식된 영주의 천막 그늘에 앉아 있었다. 음유시인들은 전투의 승리와 국왕의 현명함, 지도자들의 영민함, 병사들의 용맹함에 대한 발라드를 막 작곡한 참이었다. 보통 이런 발라드는 시간을 허비하지 않고자 전투가 시작되기 전에 완성하는 것이 관례였다.

"우리를 환영한 것은 우리의 형제들, 빵과 소금으로 환영했네*."

시인 중 한 명이 시험 삼아 노래를 불러보고 있었다.

"구원자와 해방자들을 환영했네, 빵과 소금으로 환영했네. 흐라프니르, 소금과 운율이 맞는 괜찮은 단어 없어?"

다른 시인이 뭐라고 대답했지만 지빅에게는 무슨 단어인지 들리지 않았다.

---

* 빵과 소금을 집 밖으로 가지고 나와 귀한 손님을 맞이하는 폴란드의 풍습.

연못 위에 늘어진 버드나무 사이에서 야영을 하던 열 명의 병사가 지빅을 보고 벌떡 일어났다.

"준비해라!"

지빅은 자신의 흔들리는 마음이 부하들의 사기에 영향을 미치지 않을 만큼 멀리 떨어져 고함을 질렀다.

"태양이 네 번째 손가락까지 올라오기 전에 모두 준비해라! 무기, 마구, 줄, 말 모두 바로 저 태양처럼 반짝반짝하게 빛나도록 닦아! 이제 곧 훈련이 있다. 만약 누구라도 내가 세트닉에게 창피를 당하게 만든다면, 다리몽둥이를 부러뜨려놓겠다! 서둘러!"

"이제 출격이군요? 싸우러 가는 거죠, 지에시엔트닉 님?"

기마병인 크라스카가 얼른 웃옷을 바지 안에 집어넣으며 물었다.

"그럼 뭐겠냐, 춤추러 가는 줄 알았냐! 국경을 넘는다. 내일 새벽 회갈색 깃발 부대 전체가 움직인다. 순서는 아직 정해지지 않았지만, 우리 열 명은 언제나처럼 선두에 설 것이다. 자, 정신 차리고 엉덩이를 움직여! 잠깐, 돌아와 봐! 나중엔 말할 시간이 없을까봐 미리 말해두는데, 이건 보통 전투가 아니다. 높으신 양반들이 뭔가 새로운 작전인지 뭔지를 생각해내셨다. 우리는 적과 싸우러 가는 것이 아니라, 그러니까, 원래 우리의 땅이었던, 그러니까 그, 형제의 도움을 주러 가는 것이다. 그러니 내가 말하는 것을 잘 듣고 주의해라. 에이단 사람들은 건드리면 안 되고, 약탈해서도 안 된다."

"그게 무슨 소립니까? 훔치지 말라니요? 그러면 말 먹이는 어떻게 구합니까?"

크라스카가 입을 헤벌린 채 물었다.

"말 먹이만 조달하고, 다른 건 안 된다. 사람들은 건드리지 말고, 집도 태우지 말고, 작물도 가만히 놔둬야 한다. 입 다물어, 크라스카! 우린 산적이 아니라 군대라고! 그리고 이게 명령이다! 명령을 듣지 않으면 교수형이다! 사람들을 죽이거나 태우거나, 여자를……."

지빅은 말을 끊고는 잠시 생각에 잠겼다가 덧붙였다.

"여자를 강간할 때는 조용히, 아무도 모르게 해라."

"디프네 강 다리 위에는, 아드 카라그의 만스펠드 원수와 돌 앙그라에서 닐프가드 군사를 이끄는 메노 코에훈이 서 있었지. 이들은 고통으로 신음하며 피 흘리는 에이단 왕국 위에서 서로 악수를 나누며 도적들처럼 전리품 위에 자기 도장을 찍었어. 구역질이 나는 역사의 한 장면이었지."

단델라이온이 손을 쥐어짜며 이야기를 계속했다.

게롤트는 침묵했다. 그러고는 예상치 못한 차분한 목소리로 물었다.

"구역질 나는 얘기가 나온 김에, 그럼 마법사들은 어떻게 되었나, 단델라이온? 그 위원회며 위원들 말이지."

잠시 후 단델라이온이 입을 열었다.

"데머번드 옆에는 아무도 남지 않았어. 그리고 폴테스트 왕은 자기 밑에 있었던 마법사들을 모두 테메리아에서 쫓아냈어. 필리파는 트레토고르에서 헤드위그 여왕이 르다니아의 혼란을 극복하는 것을 돕고 있어. 트리스는 필리파와 함께 있고, 이름이 잘 기억나지 않는 마법사들도 세 명 있어. 케드웬에도 몇 명 남아 있고. 코비어와 헹포르스로 많이들 도망쳤지. 이들은 중립을 선언했어. 왜냐하면 에스테라드 티센과 니다미르는, 자네도 알다시피 중립이니까."

"알아. 그럼 빌게포츠는? 그리고 빌게포츠와 한편이었던 이들은?"

"빌게포츠는 사라졌어. 아마도 에미르 황제가 함락된 에이단에 빌게포츠를 총독으로 임명하지 않을까 싶어. 하지만 그의 자취는 찾을 수가 없어. 그와 한편이었던 이들 모두. 예외는 단 한 명……."

"말해봐, 단델라이온."

"단 한 명의 여자 마법사만 예외야. 여왕이 되었지."

필라반드렐 아엡 피드하일은 침묵 속에서 대답을 기다렸다. 여왕 역시 창문만 바라보며 침묵하고 있었다. 창문은 정원 쪽으로 향해 있었다. 얼마 전까지만 해도 돌 블라탄의 지배자, 벤거버그에서 보낸 독재자 총독의 자부심이며 자랑거리였던 정원이었다. 엘프 자유 운동가들을 피해 도망치고, 에미르 황제의 군대를 피해 도망치면서 인간이었던 총독은 오래된 이 엘프의 궁전에서 값나가는 물건 대부분을 챙겨갔다. 심지어 가구의 일부분까지. 하지만 정원을 가져갈 수는 없었기 때문에 총독은 정원을 파괴했다.

긴 침묵 끝에 마침내 여왕이 입을 열었다.

"아니, 필라반드렐. 그러기엔 아직 일러요, 너무 일러. 아직은 국경이 어디가 될지 모르니, 우리의 국경을 확정 짓고 확장하는 것에 대해서는 생각하지 말기로 하죠. 케드웬의 헨젤트는 협정을 지키거나 디프네 강 너머로 물러설 생각이 전혀 없어요. 정보원들의 말에 따르면, 공격에 대한 생각도 완전히 버리지 않았고요. 불시에 공격해올 수도 있어요."

"그렇다면 우리가 얻은 건 하나도 없군요."

여왕은 천천히 손을 뻗었다. 아폴로모시나비 한 마리가 창문으로 날아들어 와 여왕의 레이스 소매에 앉아 끝이 뾰족한 날개를 접었다 폈다 했다.

"우리가 얻은 건 많아요."

여왕은 나비를 놀라게 하지 않으려고 작은 목소리로 말했다.

"우리가 예상했던 것보다 말이죠. 백 년이 지나서야 우리의 '꽃의 계곡'을 되찾았는데……."

"저 같으면 그 계곡을 다른 이름으로 부르겠습니다만. 군대가 휩쓸고 간 지금의 그 계곡은 '잿더미의 계곡'이 더 어울릴 것 같습니다."

필라반드렐은 슬픈 미소를 지었다.

"하지만 우리에게는 다시 우리나라가 생겼어요. 우린 다시 하나가 되었고, 더는 난민이 아니에요. 그리고 재는 땅을 풍요롭게 만들죠. 봄이 되면 계곡은 다시 피어날 거예요."

여왕은 나비를 바라보며 말했다.

"하지만 그런 건 아무것도 아닙니다, 에니드 님, 아무것도. 우리가 잃은 것이 너무나 많지요. 바로 얼마 전까지만 해도 우리는, 인간들을 그들이 건너온 바다로 돌려보내겠다고 했습니다. 하지만 지금은 우리의 국경선도, 야심도, 고작 돌 블라탄까지로 줄어들었습니다."

"에미르는 우리에게 돌 블라탄을 선물로 줬어요. 필라반드렐, 나에게 뭘 기대하는 거죠? 내가 더 많이 달라고 요구했어야 했나요? 선물을 받을 때에도, 정도를 지켜야 한다는 것을 잊어서는 안 돼요. 특히나 에미르의 선물은 말이죠. 왜냐하면 에미르는 어떤 것도 공짜로 주지 않아요. 우리에게 주어진 땅은, 우리가 지켜야만 해요. 그리고 우리가 가지고 있는 병력은 돌 블라탄을 간신히 지킬 정도밖에 안 되지요."

"테메리아와 르다니아, 케드웬에서 병력을 철수시키면 됩니다. 인간들과 싸우고 있는 스코이아텔을 모두 불러들이는 겁니다. 당신은 이제 여왕이십니다. 모두들 당신 명령을 따를 겁니다. 이제 우리에게 우리의 땅이 생긴 지금, 그들의 싸움은 더 이상 아무런 의미가 없지요. 스코이아텔의 의무는 이제 이곳으로 돌아와 꽃의 계곡을 지키는 것입니다. 조국의 국경을 지키는 자유인으로서 싸워야 합니다. 지금은 마치 산적들처럼 숲에서 의미 없이 죽어가고 있잖습니까.”

머리가 하얀 엘프, 필라반드렐의 말에 엘프의 여왕은 고개를 떨군 채 속삭였다.

“에미르 황제가 그걸 허락하지 않아요. 스코이아텔은 그곳에서 계속 싸워야 해요.”

“왜죠? 도대체 무슨 이유로?”

필라반드렐이 성난 듯 언성을 높였다.

“할 말이 더 있어요. 우리는 그들을 도와줘서도 지지해서도 안 돼요. 그게 바로 폴테스트와 헨젤트의 조건이에요. 테메리아와 케드웬은 우리가 공식적으로 다람쥐 스코이아텔의 투쟁을 부정하고, 그들과 우리를 분리하는 한에서 돌 블라탄에서의 주권을 존중한다는 것이죠.”

“그 아이들은 죽어가고 있습니다, 에니드 님. 매일매일, 상대도 되지 않는 싸움에서 죽어가고 있어요. 에미르와의 비밀 협약을 맺고 인간들이 그들을 공격해 짓밟고 있는 겁니다. 우리의 아이들은 우리의 미래란 말입니다! 우리의 피! 지금 여왕께서는 우리가 이 아이들과 분리되어야 한다고 말씀하신 겁니까? 케스 아엔 메 디체테, 에니드? 보르사에케란? 아엔 바이네?”

나비는 날개를 펄럭거리며 창문 쪽으로 날아가 더운 공기에 실려 빙글 돌았다. 에니드 인 글레인니리고도 불리는 계곡의 데이지 프란체스카 핀다베어, 순혈통의 엘프이자 한때 마법사였고, 지금은 엘프의 여왕인 그녀가 고개를 들었다. 아름다운 푸른 눈에는 눈물이 반짝였다.

"그 부대들은 전투를 계속해야만 해요. 인간들의 왕국을 혼란에 빠트리고, 전쟁을 준비할 수 없도록 만들어야 합니다. 그게 바로 에미르의 명령이에요. 난 에미르의 뜻을 반대할 수 없어요. 필라반드렐, 나를 용서해주세요."

여왕의 목소리는 잠겨 있었다.

필라반드렐 아엡 피드하일은 여왕을 바라보더니, 몸을 깊숙이 숙였다.

"에니드 님, 당신을 용서합니다. 하지만 그 아이들이 당신을 용서할지는 모르겠습니다."

"단 한 명의 마법사도 이 일들을 다시 곱씹어본 자가 없다는 거야? 닐프가드가 학살을 하며 에이단을 불태울 때, 그 누구도 빌게포츠를 버리고 필리파에게 가담하지 않았다는 건가?"

"아무도."

게롤트는 오랫동안 침묵했다. 마침내 아주 작은 목소리로 말했다.

"믿을 수 없어. 빌게포츠를 떠난 자가 아무도 없다는 사실을. 배신의 진짜 이유와 결과가 그렇게 다 밝혀졌는데도 말이야. 모두들 알다시피 내가 순진하고 아무 생각도 없고 시대에 뒤떨어진 위쳐이긴 하지만, 그래도 난 믿을 수가 없어. 어떤 마법사도 양심이 깨어나지 않았다는 것을."

티사이아 드 브리스는 특별히 고안한 자신의 장식적인 서명을 편지 말미에 적었다. 그러고는 오랫동안 고민한 끝에, 자신의 진짜 이름을 상징하는 그림을 서명 옆에 그려 넣었다. 그 이름을 아는 사람은 아무도 없었다. 자기 스스로도 아주 오랫동안 쓰지 않은 이름이었다. 마법사가 된 이후로는.

종다리.

티사이아는 펜을 놓았다. 노력해서 아주 똑바로, 지금 쓴 편지지를 정확히 가로지르도록. 오랫동안 티사이아는 미동도 없이 앉아서 저물어가는 태양의 빨간 점을 똑바로 응시한 후, 자리에서 일어났다. 그녀는 창가로 다가갔다. 잠시 동안 집들의 지붕을 바라보았다. 보통 사람들이 잠을 자기 위해 돌아가는 집, 평범한 삶과 보통의 문젯거리에 지쳐 운명에 대한, 내일에 대한 평범한 인간의 불안감으로 가득한 보통 사람들의 집. 티사이아는 책상 위에 놓인 편지를 바라보았다. 편지는 보통 사람들을 향한 것이었다. 사실 보통 사람들 대부분이 글을 읽을 줄 모른다는 사실은 별로 의미가 없었다.

거울 앞의 촛대가 비뚤어져 있었다. 하녀가 청소할 때 건드린 것이 틀림없었다. 하녀. 보통 여자. 앞으로 일어날 일들에 대해 걱정하고 불안해하는 보통 사람. 이 모욕의 시간에 길을 잃은 보통 사람. 내일에 대한 확신과 희망을 티사이아와 같은 마법사들에게서 찾는 보통 사람……

자신은 바로 그런 보통 사람들의 신망을 저버린 것이었다.

거리에서는 발걸음 소리가 울려 퍼졌다. 쿵쿵거리는 군홧발 소리였다. 티사이아는 조금도 떨지 않았고, 창에서 눈길을 돌리지도 않았다. 그것이 누구의 발소리인지 전혀 상관하지 않았다. 왕의 군사들? 배신자를 체포하는 재판부? 청부 살인자들? 빌게포츠가 고용한 살인자들? 티사이아에게는 그 무엇도 상관없었다.

군홧발 소리가 멀리 사라졌다.

거울 앞의 촛대는 비뚤어져 있었다. 티사이아는 촛대를 바로잡고, 냅킨의 보서리가 정확히 한가운데에 오도록 내만지고, 촛대들의 사각형 빈침에 정확히 대칭이 되도록 놓았다. 그리고 손목에서 금팔찌를 빼 매끈하게 정돈한 냅킨 위에 똑바로 놓았다. 그러고는 조그마한 실수라도 있는 건 아닌지

매서운 눈으로 바라보았다. 모든 것이 반듯하게 놓여 있었다. 그렇다. 이렇게 되어야 하는 것이다.

티사이아는 서랍장에서 작은 서랍을 열고 그 안에서 상아 손잡이가 달린 작은 칼을 꺼냈다.

얼굴은 긍지에 차 있는 듯 보였지만 움직임도, 표정도 없었다.

집 안은 조용했다. 너무 조용해서 시들고 있는 튤립의 꽃잎이 책상 위에 떨어지는 소리가 들릴 지경이었다.

피처럼 새빨간 태양이, 천천히 집들의 지붕 뒤로 넘어갔다.

티사이아 드 브리스는 식탁 앞 안락의자에 앉아 초를 불어 끄고는, 다시 한 번 편지 위를 가로지르는 펜의 위치를 바로잡고, 양쪽 손목의 동맥을 끊었다.

여독과 각종 사건의 피로감이 몰려왔다. 단델라이온은 잠에서 깨어나 자신이 이야기를 하다가 코를 골며 잠들었다는 것을 깨달았다. 몸을 뒤척거리다가 나뭇가지를 모아 만든 잠자리에서 떨어질 뻔했다. 그를 잡아줄 게롤트는 보이지 않았다.

"아니, 도대체 내가 어디까지 말한 거지? 아하, 마법사들…… 게롤트? 어디 갔어?"

단델라이온은 기침을 하며 바로 앉았다.

"여기. 이야기를 계속해. 지금 예니퍼 얘기를 할 참이었어."

보이지 않는 곳에서 게롤트가 말했다.

"게롤트, 난 정말로 아무것도……."

단델라이온은 예니퍼에 대해서는 이야기할 생각이 전혀 없었다는 것을 정확히 기억하고 있었다.

"거짓말 마. 내가 자네를 아는데……."

"만약 정말로 날 그렇게 잘 알고 있다면, 그럼 도대체 왜 자꾸 말을 하라고 하는 거야? 날 옛날 동전처럼 뻔히 알고 있다면, 내가 왜 아무 말도 하지 않는지, 왜 내가 들은 얘기를 되풀이하지 않는지 짐작이 갈 것 아닌가! 그리고 그 얘기가 뭔지도, 내가 왜 그 소문들을 자네에게 전하지 않는지도 알아야 하잖아!"

단델라이온이 덜컥 화를 냈다.

"케 수엑스?"

잠든 드라이어드 중 하나가 단델라이온의 높아진 목소리에 깼다.

"미안해."

게롤트가 작은 목소리로 말했다.

"단델라이온 자네에게도 미안하고."

브로킬론의 초록 불빛들은 이제 꺼졌고, 단 몇 개만이 희미하게 남아 있었다.

단델라이온이 침묵을 깼다.

"게롤트, 언제나 자네는 이렇게 말하지 않았나. 자네는 그냥 옆에 서 있을 뿐이라고, 이러나저러나 자네는 상관없다고. 예니퍼는 그 말을 믿었을지도 몰라. 빌게포츠와 그 게임을 시작했을 때는 그 말을 믿었을지도……."

"그만."

게롤트가 단델라이온의 말을 잘랐다.

"단 한마디도 더 하지 마. 그 '게임'이라는 말을 들으면, 난 누군가를 죽이고 싶어져. 이렇게 된 김에 그 면도칼 좀 줘봐. 면도하고 싶어."

"지금? 아직 컴컴한데……."

"나에게 컴컴한 건 없어. 난 돌연변이니까."

게롤트가 세면 용품이 들어 있는 자루를 단델라이온의 손에서 빼앗아 들고 강 쪽으로 가자, 단델라이온은 완전히 잠이 깨버렸다. 하늘은 이미 새벽빛으로 밝아오고 이었다. 단델라이온은 자리에서 일어나 조심스럽게, 서로를 끌어안고 잠든 드라이어드들을 지나 숲으로 갔다.

"당신도 이 모든 일을 일으킨 쪽에 속했나요?"

단델라이온은 휙 고개를 돌렸다. 은색 머리의 드라이어드가 소나무에 기대서 있었다. 새벽의 어둠 속에서도 그 은빛은 도드라졌다.

"너무나 끔찍한 광경이에요."

드라이어드는 양팔을 가슴 위에 십자로 교차하고는 말했다.

"모든 것을 잃은 사람의 모습. 노래꾼님도 아시나요? 난 이 세상에서 모든 것을 잃을 수는 없다고 생각했어요. 이러한 모욕의 시간에도, 순진하게 사는 이들이 가장 잔인한 방법으로 복수를 당하는 이런 시대에도, 모든 것을 잃을 수는 없다고 생각했죠. 하지만 저 사람은…… 저 사람은 엄청난 양의 피를 흘리고, 이제 잘 걸을 수도 없고, 왼쪽 팔을 제대로 가누지도 못하고, 위쳐의 칼도 잃고, 사랑하는 여자도 잃고, 기적처럼 얻게 된 딸도 사라지고, 믿음도…… 그러면, 그러면 위쳐에게는 도대체 뭐가 남아 있는 거죠? 내가 잘못 생각한 거예요. 위쳐에게는 이제 아무것도 없어요. 면도칼조차 없다고요."

단델라이온은 아무 말도 하지 않았다. 드라이어드는 움직이지 않았다.

"그가 이렇게 되기까지 당신은 어떤 역할을 했나요? 하지만 내가 쓸데없는 질문을 하는 거겠죠. 왜냐하면 당신이 무언가 역할을 한 건 당연하니까요. 당신은 위쳐의 친구니까요. 만약 친구가 있다면 당연히 친구들에게 어느 정도의 책임은 있는 거니까요. 친구들이 한 일에 대해, 아니면 친구들이 했어야 했는데 하지 않은 일에 대해서요. 아니면, 했어야 하는데도 몰랐던 일들에 대해서요."

"내가 뭘 할 수 있었을까요? 내가 어떤 일을 할 수 있었나요?"

단델라이온이 속삭이듯 물었다.

"나도 몰라요." 드라이어드가 대답했다.

"게롤트에게 모든 것을 말한 건 아니에요."

"그건 알아요."

"난 아무 잘못도 없어요."

"있어요."

"아니! 아니에요. 난 잘못이 없어요!"

단델라이온은 누운 자리의 나뭇가지들을 부러뜨리며 일어났다. 게롤트는 얼굴을 비비며 옆에 앉아 있었다. 비누 냄새가 풍겼다.

"뭐가 아니라는 거야? 무슨 꿈을 꾼 건지 궁금하군. 자네가 개구리가 아니라는 건가? 진정해. 개구리는 아니니까. 허풍쟁이라는 거? 글쎄, 그렇다면 예지몽일 수도 있고."

게롤트가 퉁명스럽게 말했다.

단델라이온은 주위를 돌아보았다. 들판 위에 있는 건 자신과 게롤트, 둘뿐이었다.

"드라이어드는…… 드라이어드들은 어디로 간 거야?"

"숲 끝에. 자, 준비해. 우리도 움직여야지."

"게롤트, 난 좀 전에 어떤 드라이어드와 이야기를 하고 있었어. 악센트가 전혀 섞이지 않은 우리 말로. 그리고 그 드라이어드가……."

"여기 드라이어드 중에서 악센트가 섞이지 않은 우리 말로 말할 수 있는 드라이어드는 없어. 자네가 꿈을 꾼 거야. 여긴 브로킬론이야. 꿈을 꾸는 게 이상한 일은 아니지."

숲 끝에서 드라이어드 하나가 기다리고 있었다. 단델라이온은 그 드라이어드가 초록빛 머리칼을 하고 빛나는 이끼를 가져와 노래를 더 해달라고 부탁하던 파우베라는 것을 알 수 있었다. 초록빛 머리의 파우베는 손을 들어 두 사람을 멈추게 했다. 다른 손에는 화살이 걸려 있는 활을 들고 있었다. 게롤트는 단델라이온의 어깨를 꽉 잡았다.

"무슨 일이라도 있는 거야?" 단델라이온이 속삭였다.

"그런 것 같아. 조용히 하고 움직이지 마."

리본 계곡에 내린 빽빽한 안개가 목소리도, 소음도 뒤덮고 있었지만, 강을 건너오는 누군가의 첨벙거리는 물소리와 말의 투레질 소리까지 가리지는 못했다. 누군가가 그것도 여럿이 말을 타고서 강을 건너오고 있었다.

"엘프들인가? 스코이아텔? 브로킬론으로 도망쳐오는 모양이지? 저항군 전체가……."

"아니야."

게롤트가 안개 속을 바라보며 중얼거렸다. 단델라이온은 위쳐의 시력과 청력이 엄청나게 날카롭고 예민하다는 것을 알고 있었지만, 보는 것으로 짐작하는 것인지 아니면 소리를 듣고 짐작하는 것인지는 알 수가 없었다.

"저건 저항군이 아니야. 저항군 중 일부지. 말을 탄 기수가 대여섯, 기수를 잃은 말이 셋이야. 여기 있어, 단델라이온. 저기로 가봐야겠어."

"가르에안. 엔테 바, 그윈블리드! 키린!"

초록빛 머리의 파우베가 활을 들며 경고하듯 말했다.

"타에스 아엡, 파우베."

게롤트의 목소리는 예상 외로 날카로웠다.

"마에스파르 케 바엔, 엘에라? 활을 쏘든지 아니면, 가만히 있고 날 위협할 생각은 하지 마. 난 이제 무엇으로도 위협할 수 없으니까. 난 밀바 바링과 꼭 이야기를 해야 해. 네가 좋아하든 말든."

파우베는 고개를 떨궜다. 활도 내렸다.

물안개 속에서 말 아홉 마리의 모습이 나타나고 단델라이온은 그중 여섯 마리만 기수가 있는 것을 보았다. 또한 풀숲에서 나타나 이들을 맞이하러 가는 드라이어드들의 모습을 보았다. 기수 중 셋은 안장에서 내려올 때 도와줘야 하는 상태였고, 안장에서 내려온 뒤에는 그들을 안전하게 감춰줄 브로킬론 숲으로 걸어올 때까지 잡아줘야 하는 형편이었다. 다른 드라이어드들도 바람으로 쓰러진 나무들과 언덕 사이에서 유령처럼 나타나 리본 강의 안개 속으로 사라졌다. 강 건너편에서는 고함 소리와 말들의 울음소리, 그리고 물이 튀기는 소리가 들려왔다. 화살이 휘익 하고 공기를 가르는 소리가 들린 것 같기도 했지만, 확실치는 않았다.

"추격해왔군……."

단델라이온이 중얼거렸다. 파우베는 활을 움켜쥐고서 몸을 돌렸다.

"이제 이런 노래를 불러요, 타에드. 엔테 샤엔트 아민네, 에타리엘에 대해서가 아니라요. 사랑하는 이여, 지금은 그럴 시간이 아니에요. 지금은 살육의 시간이에요. 그런 노래를!"

파우베의 말에 단델라이온이 화를 냈다.

"난, 난 지금 일어나는 일에 책임이 없다고요."

파우베는 잠시 눈길을 피한 채 침묵했다.

"나도요."

그러고는 서둘러 풀숲 사이로 사라졌다.

한 시간이 지나기 전에 게롤트가 돌아왔다. 그는 안장이 놓인 두 마리 말을 끌고 있었다. 페가수스와 암갈색 암말이었다. 암말의 안장 위에는 핏자국이 있었다.

"강을 건너온 엘프들의 말이지?"

"맞아. 엘프들의 암말이야. 하지만 잠시 동안은 내 말이지. 만약 기회가 생긴다면, 몸이 성치 않은 기수를 태울 수 있는 말로 바꾸려고. 그런 말은 기수가 땅에 떨어져도 그 옆에 남지. 이 말은 그런 건 배우지 못한 말이야."

게롤트가 대답했다. 그의 얼굴 표정은 변해 있었고 목소리는 낯설었다.

"여기서 떠나려고?"

"자네가 떠나는 거지."

게롤트는 페가수스의 고삐를 단델라이온에게 건넸다.

"잘 가게, 단델라이온. 드라이어드들이 강 상류까지 자네를 안내해줄 거야. 그쪽에서 돌아다니는 브뤼헤 병사들에게 잡히지 않도록 말이야."

"그럼 자네는 여기 남는 건가?"

"아니. 안 남아."

"다람쥐들에게서 뭔가 알아낸 거로군. 시리에 대해서 들은 거지?"

"잘 가게, 단델라이온."

"게롤트, 내 말 좀 들어봐⋯⋯."

"내가 뭘 들어야 하는데!"

게롤트는 버럭 소리를 지르고는 더듬거리며 말을 이었다.

"내가 시리에게…… 시리가 운명의 먹이가 되도록 놔둘 수는 없어. 시리는 완전히…… 완전히 혼자야. 단델라이온, 시리를 혼자 놔둘 수는 없어. 자네는 이해하지 못해. 아무도 이해하지 못하지만 나는 알아. 만약 시리가 혼자 남게 된다면, 시리에겐…… 언젠가 내게 생겼던 일들이…… 그런 일들이 생기고 말 거야. 자넨 이해할 수 없어."

"알겠어. 그러니까 나도 같이 갈게."

"미쳤군. 지금 내가 어디로 가는지 알아?"

"알아. 게롤트, 내가 모든 걸 다 말한 건 아니야. 난…… 나에게도 잘못이 있어. 난 아무것도 하지 못했어. 내가 뭘 해야 하는지도 몰랐던 거야. 하지만 지금은 알아. 난 자네와 같이 갈 거야. 자네와 함께 있을 거라고. 내가 자네에게 얘기하지 않은 건…… 시리에 대해 돌고 있는 소문들이야. 코비어의 아는 사람들을 만났는데, 닐프가드에서 돌아오는 사신들에게 들은 말이 있더군. 그런 소문이라면 아마 다람쥐들 귀에도 들어갔겠지. 이제 자네도 리본 강을 넘어온 엘프들에게서 다 들었을 테고. 하지만 내가 자네에게 말해 줄 수도 있었는데……."

게롤트는 오랫동안 침묵하더니 어쩔 수 없다는 듯 양손을 늘어뜨렸다. 그리고 마침내 조금은 따뜻해진 목소리로 말했다.

"말에 올라타. 그리고 가는 길에 말해줘."

그날 아침 록 그림의 궁전, 황제의 여름 거처에는 유례없는 소동이 벌어졌다. 소동이 상당히 특이했던 것은, 소란을 피우거나 감동을 받거나 흥분하는 일은 닐프가드의 귀족 관습에는 없는 일이었다. 또한 불안감이나 북받치는 감정을 드러내는 건 미성숙의 증거로 여겨졌다. 이런 행동은 닐프가드

귀족들이 비난하며 경멸해 마지않는 것으로, 흥분을 하거나 감정의 과열을 내보이는 것은 자유분방한 젊은이들조차 창피해했다.

그러나 그날 아침 록 그림에 모인 이들은 젊은이들이 아니었다. 록 그림에서 젊은 세대는 찾아보기 힘들었다. 옥좌가 놓여 있는 거대한 홀은 심각하고 엄숙한 표정의 대귀족들과 기사들, 궁전 사람들로 가득했는데, 이들은 마치 한 사람처럼 옷깃과 커프스 부분만 하얗고 나머지는 모두 검은색으로 디자인된 예복을 입고 있었다. 주로 남자들이었지만, 남자들 못지않게 심각하고 엄숙한 얼굴을 한 여자들도 있었다. 여자들 역시 단순한 액세서리를 조금 착용하고 있을 뿐이었다. 모두들 엄숙하고 중요한 사람이라는 인상을 풍기느라 정신이 없었다. 하지만 모인 이들 모두 흥분 상태였다.

"아주 못생겼다더군요. 비쩍 마른데다가 못생겼다던데."

"하지만 왕실의 피가 흐른다던데요."

"후처 자식이랍디까?"

"무슨. 순수 혈통을 가진 왕가의 피라던데요."

"그럼 왕위에 앉게 되는 건가요?"

"만약 황제가 그렇게 명한다면……."

"어머나, 아르달 아엡 다히와 드 베트 공 좀 봐요. 얼굴이 식초라도 마신 표정이군요."

"공작님, 목소리 낮추세요. 이상할 것도 없잖아요. 만약 소문이 사실이라면, 에미르 황제가 저 귀족 가문에 뺨을 때린 거나 다름없어요. 이런 식으로 모욕을……."

"소문은 사실이 아닐 수도 있어요. 황제가 느닷없이 찾아낸 여자애와 결혼할 리가 없어요. 그런 일을 하실 분이……."

"에미르 황제는 어떤 일이라도 할 수 있어요. 단어를 가려 쓰셔야 해요, 남작님. 말조심해야죠. 함부로 말하다가 교수형을 당한 사람이 한두 명이 아니에요."

"벌써 그 여자애에게 줄 연금에 서명을 했다고 하던데요. 매년 300그쥐 브나라니, 상상이나 가세요?"

"그리고 칭호는 공주래요. 그런데 혹시 그 여자애를 보신 분은 있나요?"

"오자마자 바로 리데르탈 백작부인의 보호 아래 넘기고 집 주위에 삼엄한 경비를 세웠다고 하더군요."

"백작부인에게 넘긴 건, 그 코흘리개 여자애에게 예절의 기본이라도 가르치라고 그런 걸 거예요. 그 공주라는 여자애가 행동하는 게 마치 농장의 시골뜨기처럼……."

"이상할 것도 없죠. 북쪽에서 온 애잖아요. 야만적인 신트라에서……."

"그러니까 에미르 황제와 결혼한다는 소문이 더 황당한 거죠. 아니, 절대 그럴 리가 없어요. 황제는 드 베트 공의 막내딸과 결혼할 거예요, 예정대로 말이죠. 그런 여자애와 결혼할 리가 없어요!"

"누가 되든 황제가 결혼할 시기라는 건 명백하오. 우리 황실을 위해서라도. 이제 황태자가 나올 시기라는 것이……."

"그럼 결혼을 하라고 하세요! 하지만 그 주워온 아이와는 안 된다고요!"

"흥분하지 말고, 조용히 좀. 내가 확실히 말하건대, 그렇게는 안 될 거요. 그런 결혼을 도대체 왜 해야 한단 말이오?"

"정치 때문이죠, 백작님. 우리는 전쟁 중이에요. 이 결혼은 성치적, 전략적 의미가 있어요. 공주의 혈통은 야라 강 아래 지역에 대한 법적 권리를 가지고 있는 가문이에요. 만약 우리 황제의 부인이 된다면…… 하, 굉장히 좋은 한 수가 되는 거죠. 에스테라드 왕의 사신들이 저기서 자기들끼리 쑥덕쑥덕하는 걸 좀 봐요."

"그럼 이 황당한 결합을 찬성한다는 거요, 존경하는 공작님? 아니, 설마 공작님께서 에미르 황제께 이런 제안을 하신 건 아니겠죠?"

"대원수님, 제가 뭘 지지하든 안 하든 그건 제 문제입니다. 그리고 황제의 결정에는 의문을 제기하지 않는 편을 권해드리고 싶군요."

"그럼, 벌써 결정을 내리신 거요?"

"그건 아닐 텐데요."

"그렇게 생각하시다니, 착각이세요."

"아니, 그게 무슨 소리요?"

"에미르 황제가 궁에서 데르블라 트리핀 브로인네 백작부인을 쫓아냈어요. 남편에게 돌아가라고 명했다고요."

"데르블라와 결별했다고? 그럴 리가! 그녀는 3년이나 황제의 여자였는데……."

"확실하게 말씀드리는데, 데르블라는 궁에서 쫓겨났어요."

"그건 사실이에요. 황금 머리의 데르블라가 난리를 쳤다는 소문이 파다해요. 네 명의 호위병이 붙잡아서 간신히 마차에 태웠다고……."

"남편이 좋아하겠군."

"글쎄요."

"맙소사! 에미르 황제가 데르블라와 헤어졌다고! 아니 그 고아 여자애 때문에? 북쪽에서 온 야만족 처녀 때문에?"

"쉿, 조용히…… 목소리 낮춰요."

"이 혼사를 추진하는 자들이 누구요? 누가 대체?"

"목소리 낮추라니까요. 우릴 쳐다보고 있어요."

"그 계집…… 아니, 내 말은 그 공주가 엄청 못생겼다던데요. 황제가 얼굴을 본다면…….."

"지금 그 말은, 황제가 아직 얼굴도 보지 않았다는 겁니까?"

"시간이 없었잖소. 단 루아후에서 돌아오신 지 한 시간밖에 되지 않았어요."

"에미르 황제는 못생긴 여자들은 싫어하는데. 아이네 데르모트, 클라라 아엡 그윈돌린 고르, 데르블라 트리핀 브로인네, 다들 엄청난 미인이잖아요."

"그 고아 여자애도 시간이 지나면 예뻐질지도…….."

"얼굴을 씻으면 말인가요? 북쪽의 공주들은 잘 씻지도 않는다던데…….."

"말조심해요. 그러다 정말 황제의 부인이 되면 어쩌려고…….."

"아직은 어린애예요. 겨우 열네 살이라나."

"내가 말하지만, 이건 정략결혼이오. 완전히 형식적인."

"정말로 그렇다면, 데르블라는 궁정에 남아 있었겠죠. 신트라의 고아가 에미르 황제 옆자리에 정치적으로, 그리고 형식적으로 앉게 되고, 밤이면 에미르는 그 여자애에게 왕관과 보석들을 장난감처럼 쥐어준 후에 자기는 데르블라의 침실로 들겠죠. 그 어린애가 안전하게 임신을 할 수 있는 나이가 되기 전까지는."

"흠, 그렇군. 뭔가 이상하지만. 그 공주는 이름이 뭔가요?"

"제렐라인가 뭔가."

"아니, 그런 이름은 아니고…… 지릴라, 맞아, 지릴라일 거예요."

"이름이 야만스럽군."

"조용히 해요, 젠장."

"체면 좀 차려요. 마치 어린애들처럼!"

"말 좀 가려 쓰세요! 이렇게 경거망동해서야 어디!"

"대원수님, 저에게 이러시면……."

"조용히들 해요! 황제께서……."

전령이 알리고 말고 할 필요도 없었다. 장대로 바닥을 한 번 치자마자 검은 베레모를 쓴 대귀족과 기사들의 머리가 마치 회오리바람에 이삭이 굽어지듯 숙여졌다. 옥좌가 있는 홀은 순식간에 고요해졌고 전령이 목소리를 높일 필요도 없었다.

"에미르 바 엠레이스, 데이트벤 아단 인 카른 아엠 모르부드!"

적의 무덤에서 춤추는 백색 불꽃, 에미르 바 엠레이스가 홀로 들어섰다. 황제는 보통 때처럼 빠른 걸음으로, 오른손을 힘차게 흔들며 들어왔다. 황제의 검은 옷은 옷깃이 하얗지 않다는 것만 제외하고는 궁정의 귀족들과 다를 바가 없었다. 언제나처럼 빗질이 되어 있지 않은 검은 머리카락은 좁은 황금 머리끈 아래 정리되어 있었고, 목에는 황제의 증표인 목걸이가 빛나고 있었다.

에미르 황제는 높은 곳에 자리한 옥좌의 팔걸이에 한쪽 팔꿈치를 걸치고 턱을 괸 채 대충 앉았다. 하지만 다른 쪽 팔걸이에 다리를 걸치지는 않았다. 아직은 격식을 차리고 있는 것이었다. 깊숙이 숙인 귀족들의 머리는 조금도 움직이지 않았다.

황제는 자세를 바꾸지 않은 채 크게 헛기침을 했다. 귀족들은 한숨을 내쉬며 고개를 들었다. 전령이 또다시 장대로 바닥을 두드렸다.

"시릴라 피오나 엘렌 리아논, 신트라의 여왕, 브뤼헤의 공주이며 소든의 공작, 이니스 아드 스켈리그와 이니스 안 스켈리그의 후계자, 아트레와 아브 야라의 지배자 등장이오!"

모든 사람의 시선은 키가 크고 위엄 있는 리데르탈 백작부인, 스텔라 콘그레브 쪽으로 쏠렸다. 백작부인 옆에 지금 막 낭독된 엄청난 칭호들의 주인이 서 있었다. 깡마른 금발 머리에 얼굴이 매우 창백하고, 푸른 드레스를 입은 여자아이였다. 드레스는 본인 것이 아니라는 게 티가 날 만큼 불편해 보였다.

에미르 황제가 옥좌에서 몸을 쭉 펴자, 귀족들은 얼른 절을 하며 고개를 숙였다. 리데르탈 백작부인인 스텔라 콘그레브는 눈에 띄지 않게 금발 머리의 여자아이를 슬쩍 밀었다. 둘은 함께 고개를 숙이고 있는 귀족들 사이를 걸었다. 이들은 닐프가드에서 가장 중요한 귀족들이었다. 여자아이는 딱딱하고 불안한 걸음으로 걷고 있었다. 저러다 발을 헛디디겠군. 스텔라 콘그레브는 생각했다. 그 생각이 끝나기 무섭게 시릴라 피오나 엘렌 리아논은 발을 헛디뎠다.

예쁘지도 않고 말라빠졌어. 스텔라 콘그레브는 옥좌 옆으로 다가가며 생각했다. 몸매가 좋지도 않고 거기다 구부정하군. 하지만 내가 이 아이를 아름다운 여인으로 거듭나게 해주겠어. 에미르, 당신이 명령한 것처럼 이 애를 여왕으로 만들겠어.

닐프가드의 백색 불꽃, 에미르 황제는 높은 옥좌에서 이들을 바라보았다. 언제나처럼 눈은 실눈을 뜨고 있었고 입술에는 비웃는 듯한 웃음이 어려 있었다.

신트라의 여왕은 또다시 발을 헛디뎠다. 황제는 높은 옥좌에 팔을 걸친 채 손바닥으로 턱을 괴었다. 그리고 웃음을 지었다. 스텔라 콘그레브는 그 웃음의 의미를 알 정도로 황제와 가까웠다. 스텔라 콘그레브는 두려움에 온몸이 굳었다. 뭔가가 제대로 되지 않은 거야. 그녀는 위협을 느꼈다. 뭔가가 이상해. 머리들이 날아가겠군. 머리들이 날아갈 거야……

그러다 정신을 차리고 스텔라 콘그레브는 절을 한 후, 여자아이 역시 절을 하도록 슬쩍 떠밀었다. 에미르 바 엠레이스는 옥좌에서 일어나지 않았다. 하지만 살짝 고개는 숙였다. 귀족들은 숨을 참았다.

"여왕이시여."

마침내 에미르 황제가 입을 열었다. 여자아이의 몸이 움츠러들었다. 황제는 여자아이를 보고 있지 않았다. 황제의 시선은 홀에 모인 귀족들에게 향해 있었다.

"여왕이시여, 당신을 나의 궁, 나의 나라에서 맞이하다니 오늘은 기쁜 날이오. 제국의 이름으로, 당신에게 속했던 모든 칭호들과 당신이 법적인 권리를 가지고 있는 영토들이 그대에게 돌아갈 날이 멀지 않았음을 약속하오. 당신의 영토에서 활개 치고 있는 그 왕위찬탈자들은 나와 전쟁을 벌이고 있소. 나를 공격하면서, 당신의 정당한 권리를 보호하고 있다는 궤변을 늘어놓고 있소. 그러니 이제 당신이 그들이 아닌, 나에게 도움을 청하러 왔다는 사실을 온 세상에 알리도록 하겠소. 지금까지 나의 적들 사이에서 당신은 피난민이었을 뿐이지만 여기, 나의 왕국에서는 당신에게 적합한 존경과 칭호를 돌려주었다는 사실 또한 만방에 알리겠소. 더불어 나의 적들이 당신의 왕관을 부정했을 뿐 아니라, 당신의 목숨까지 위태롭게 하였으나 이제 나의 왕국에서 당신이 안전하게 지낸다는 사실도."

닐프가드 에미르 황제의 눈길은 코비어의 지배자 에스테라드 티센이 보낸 사자들과 헹포르스 연맹의 왕인 니다미르의 대사에게 머물렀다.

"이 세상이 진실을 알게 되고, 지금까지 그러한 진실을 모르고 있던 왕들이, 누구에게 공명정대함과 정의가 있는지 알게 되기를. 그리고 당신이 도움의 손길을 얻었다는 것을 만국이 알게 되기를. 당신과 나의 적들은 곧 함락될 것이오. 신트라에서, 소든과 브뤼헤에서, 아트레에서. 스켈리게 열도와 야리 강어귀에는 평화가 찾아오고, 당신은 당신의 백성들과 정의를 사랑하는 사람들이 염원하는 바대로 왕위에 앉게 될 거요."

푸른 드레스를 입은 소녀의 시선이 점점 더 아래로 향했다. 에미르는 계속 말을 이었다.

"그렇게 되기 전에 먼저, 당신은 내 왕국에서 나로부터, 그리고 나의 백성들로부터 당신에게 능히 바쳐야 할 존경을 받으며 머물게 될 것이오. 당신의 나라에 아직도 전쟁의 불꽃이 이글거리기에, 당신에 대한 존경과 우정의 표시로 닐프가드는 로완과 임락, 단 로완 성의 공주라는 칭호를 내리겠소. 그곳으로 가서 평안하고 행복한 시대가 찾아올 때까지 기다려주길 바라오."

스텔라 콘그레브는 자신의 얼굴에 놀란 표정이 드러나지 않도록 애썼다. 이 여자아이를 자기 옆에 두지 않는군. 단 로완이라니, 황제가 절대로 갈 일이 없는 오지로 보내는군. 그 말은 곧 이 아이에게 구애할 생각도, 빨리 결혼할 생각도 없다는 것이야. 자주 볼 생각도 없다는 뜻일 텐데. 그럼 왜 데르블라를 내보낸 거지? 도대체 무슨 속셈인 걸까?

스텔라 콘그레브는 정신을 차리고 얼른 공주의 손을 잡았다. 알현은 이제 끝났다. 스텔라 콘그레브와 여자아이가 홀을 나설 때, 왕은 이들을 쳐다보지도 않았지만 귀족들은 몸을 굽혀 절을 했다.

이들이 나가자 에미르 황제는 옥좌 팔걸이에 다리 한쪽을 걸쳤다.

"셀락은 이리 오라." 에미르가 말했다.

비서관은 궁의 법도에 따라 황제로부터 조금 떨어진 곳까지 다가와 고개를 숙였다.

"더 가까이. 셀락, 더 가까이 와봐. 말을 작게 할 테니. 그리고 지금 내가 하는 말은 그대만 알고 있어야 한다."

"폐하……."

"오늘 일정이 또 뭐가 있지?"

"청원서들을 살펴보시고 코비어의 에스테라드 왕의 사신을 공식적으로 인가하는 것입니다. 또한 새로운 영토와 지방의 총독들과 영주들, 그리고 영주들을 임명하는 일과 백작 칭호 수여, 그리고 부수입에 대한……."

에미르 황제는 서둘러 말하는 셀락 비서관의 말을 잘랐다.

"사신들에 대한 공식적인 인가는 따로 자리를 마련하겠다. 나머지 일은 내일로."

"예, 말씀을 받들겠습니다, 폐하."

"바티에와 스켈렌 부백작들에게 대사를 맞이한 후 바로 서가로 오라고 이르거라, 비밀리에. 그대도 거기로 가 있고. 그리고 지난번에 말한 점성술사, 유명하다는 그 마법사 이름이……."

"자르티시우스입니다, 폐하. 도시 밖에 있는 성에 삽니다."

"어디 사는지는 관심 없다. 사람을 보내 궁으로 불러들여. 다른 이들은 모르도록, 비밀리에."

"폐하, 그렇지만 점성술사를 부르는 것이……."

"명령이다, 셀락."

"예, 폐하."

세 시간도 지나기 전에 부름을 받은 이들이 모두 황제의 서가로 모였다. 에이돈의 부백작인 바티에 드 리도는 전혀 놀라지 않았다. 바티에는 군대의 정보국장이었다. 에미르는 바티에를 자주 불러들였다. 전쟁 상황이었으니까. 올빼미라는 별명을 가진 스테판 스켈렌 역시 부름을 받은 것에 놀라지 않았다. 스켈렌은 황제의 검시관이며 특수 임무를 맡고 있었다. 그리고 원래 스켈렌은 어떤 일에도 놀라지 않았다.

세 번째로 부름을 받은 인물은 매우 놀랐다. 게다가 자신을 가장 먼저 불렀다는 것은 더 놀랄 만한 일이었다.

"자르티시우스."

"황제 폐하……."

"어떤 인물의 위치를 알아야만 하오. 실종되었거나 아니면 숨겨져 있을 수도 있고. 어쩌면 감금되어 있을 수도 있고. 내가 이 임무를 맡겼던 마법사들은 이미 실패했지. 이 일을 맡아주겠나?"

"그 인물이 얼마나 떨어져 있습니까?"

"그걸 알면, 그대에게 마법의 도움을 청하지 않았겠지."

"죄송합니다, 황제 폐하. 멀리 떨어져 있으면 점성술로 위치를 알아내는 일이 사실 거의 불가능…… 게다가 그 인물이 마법의 보호 아래 있다면…… 제가 시도는 해볼 수 있지만……."

점성술사 자르티시우스는 말을 더듬었다.

"짧게 말하시오."

"시간이 필요합니다. 그리고 마법에 필요한 요소들이…… 만약 별들의 운항이 저희에게 유리하게 되었다면…… 흠…… 폐하, 폐하께서 말씀하신 일이 쉬운 일은 아닙니다. 시간이……."

조금만 더 있으면 에미르가 점성술사를 창으로 꿰어버리라고 하겠군. 올빼미 스켈렌은 점성술사를 보며 생각했다. 만약 점성술사가 계속 저런 식으로 말했다가는…….

"자르티시우스, 필요한 것은 모두 지원해드리지. 시간 역시 마찬가지. 이해할 수 있는 한도 내에서 말이오."

황제가 예상치 못한 부드러운 목소리로 말했다.

"제가 할 수 있는 건 모두 해보겠습니다. 하지만 그 인물이 어디 있을지 대략적인…… 그러니까 지역이나 반경……."

"무슨 말이오?"

"점성술은…… 멀리 떨어져 있는 경우 근접하게만…… 그 위치를 상당히 대략적으로만…… 사실을 말씀드리자면, 그러니까 제가 과연……."

자르티시우스는 점점 더 심하게 말을 더듬거렸다.

"할 수 있을 거요."

에미르 황제가 잘라 말했다. 황제의 눈이 불길하게 빛나고 있었다.

"선생의 능력에 대한 믿음이 크오. 그리고 대략적이라는 것도 선생의 기준과 나의 기준이 다르니."

자르티시우스는 몸을 움츠렸다.

"그 인물의 생년월일을 알아야 합니다. 될 수 있는 한 정확히, 시간까지요. 그리고 그 인물이 지녔던 무언가를……."

"머리카락. 머리카락은 어떤가?"

황제의 말에 자르티시우스의 얼굴이 밝아졌다.

"오오! 머리카락! 머리카락만 있으면 일이 훨씬 쉬워집니다. 혹시 오줌이나 배설물은……."

에미르의 눈이 무섭게 가늘어졌다. 점성술사는 다시 움찔하며 깊숙이 절을 했다.

"죄송합니다, 폐하…… 용서해주십시오. 알겠습니다. 머리카락이면 충분…… 아주 충분하죠. 언제…… 언제쯤 받을 수 있겠습니까?"

점성술사는 다시 말을 더듬거렸다.

"오늘, 생년월일과 태어난 시간과 함께 머리카락을 전달해주겠네. 선생, 더 이상 시간은 뺏지 않을 테니, 탑으로 돌아가서 별자리를 연구해주게."

"위대한 태양이 황제를 보호하기를……."

"알았네, 알았다고. 이제 가봐."

이제 우리 차례다. 뭐가 기다리고 있는지 궁금하군. 올빼미 스켈렌은 생각했다.

황제는 천천히 입을 열었다.

"지금 내가 하는 말들을 단 한마디라도 발설하는 자는, 몸을 네 조각으로 잘라내 죽이겠다. 바티에!"

"네, 폐하."

"그 공주라는 아이가 어떻게 여기로 왔나? 누가 관여했지?"

"공주께서는 나스트로그 성채에서 헌병이 호위하여……."

정보국장 바티에는 이마를 찡그렸다.

"그걸 묻는 게 아니야, 젠장! 그 여자애가 어떻게 베르덴의 나스트로그에 오게 되었는지를 묻는 거야! 누가 성채로 인도했지? 지금 그곳의 대장이 누구인가? 보고서에 써 있는 그자인가? 고디브론인가 뭔가."

"고디브론 피트케언입니다."

바티에가 서둘러 대답했다.

"물론 리엔스와 카히르 엡 셀락 백작의 임무에 대해서도 전달받은 바 있습니다. 타네드 섬에서의 일이 있고 사흘 후, 나스트로그에 두 사람이 찾아왔습니다. 정확히 말하면 사람 한 명과 하프엘프 한 명이었지요. 이들이 리엔스와 카히르 백작이 지시했다고 하면서 고디브론에게 공주를 넘긴 것입니다."

"아하."

황제는 미소를 지었다. 올빼미 스켈렌은 등골이 서늘해지는 것을 느꼈다.

"빌게포츠는 타네드에서 시릴라를 잡아다주겠다고 장담했지. 리엔스도 나에게 똑같이 말했고. 카히르도 이 일에 대해 명령을 받았고. 그런데 야라 강 너머 나스트로그에, 섬에서 일이 난 지 사흘 만에 빌게포츠도 아니고, 리엔스도 아니고, 카히르도 아니고 듣도 보도 못한 인간과 하프엘프가 시릴라를 데려왔다는 거지. 고디브론은 당연히, 그 둘을 체포해둘 생각은 못했겠지?"

"그, 그렇습니다. 이 일에 책임을 물어 고디브론을 처벌할까요?"

"아니."

올빼미 스켈렌은 침을 삼켰다. 에미르는 아무 말 없이 이마를 훔쳤다. 손가락에 낀 거대한 다이아몬드 반지가 번쩍거렸다. 잠시 후 황제가 고개를 들었다.

"바티에."

"네, 폐하."

"부하들을 모아서 리엔스와 카히르 엡 셀락 백작을 잡아들이라 명해라. 이 둘은 아마 우리 군대가 아직 점령하지 않은 땅에 있을 것이다. 이 과정에서 스코이아텔이나 엘프 여왕 프란체스카를 이용해도 좋다. 리엔스와 카히르를 잡아들인 후에는 단 루아흐로 옮겨 고문해라."

"무엇을 심문할까요, 폐하?"

바티에가 눈을 껌뻑거리며, 셀락 비서관의 얼굴이 창백하게 질리는 것을 못 본 척하고는 물었다.

"아무것도. 나중에 두 사람이 지칠 대로 지치면 그때 내가 직접 신문하겠다. 스켈렌!"

"예, 폐하."

"자르티시우스라는 점쟁이가…… 똥오줌 어쩌고 하는 저 말더듬이가, 내가 명한 대로 위치를 알아낸다면…… 그때는 그 위치에 해당하는 지역에서 어떤 인물에 대한 대대적인 수색을 시작한다. 초상화는 줄 것이다. 점쟁이가 가리키는 지역이 우리가 이미 지배하는 지역일 수도 있다. 그럴 경우에는 그 지역을 담당하는 모든 이들을 총동원한다. 일반인과 군인 모두. 이 일은 최우선 사항이다. 알았나?"

"네, 알겠습니다. 제가 혹시……."

"아니, 안 돼. 앉아서 들어라, 올빼미. 자르티시우스는 아마도 아무것도 발견하지 못할 것이다. 지금 내가 찾아내라고 한 인물은 우리 영토가 아닌 곳에서 마법의 보호 아래 있을 확률이 크다. 비밀스럽게 사라진 우리 친구, 로게빈의 마법사 빌게포츠와 같은 장소에 있을 거라는데 머리를 걸어도 좋다. 그러니 스켈렌 자네가 특수부대를 구성해 직접 이끌도록. 가장 뛰어난 인물들을 선발하라. 무슨 일이든지 할 수 있는…… 그리고 미신을 믿지 않는 인물들을 골라라. 내 말은, 마법을 두려워하지 않는 자들 말이다."

올빼미 스켈렌은 양미간은 모은 채 눈썹을 치켜세웠다.

"내가 아직 모르는, 아주 살 위장하고 보호되고 있는 빌게포츠의 은신처를 치는 것이 자네 부대의 최우선 임무다. 우리의 옛 친구이자 동지인 빌게포츠 말이야."

"알겠습니다. 아마도 그곳에 있을, 폐하께서 찾으신다는 그 인물은 머리 카락 한 올 상해서는 안 되는 것이겠지요?"

올빼미 스켈렌이 감정이라고는 느껴지지 않는 사무적인 태도로 물었다.

"잘 알고 있군."

"빌게포츠는 어찌할까요?"

"빌게포츠는 상관없어. 빌게포츠의 머리카락이야, 그 머리와 함께 떨어 져야겠지. 놈의 은신처에서 발견되는 다른 마법사들에게도 모두 해당되는 사항이다. 예외를 두지 마라."

황제는 잔인하게 웃어 보였다.

"알겠습니다. 빌게포츠의 은신처는 누가 발견하는 것입니까?"

"바로 자네, 올빼미 스켈렌."

올빼미 스켈렌과 바티에는 시선을 교환했다. 에미르는 의자 팔걸이에 깊 숙이 기대었다.

"다 알아들었겠지? 아니 그런데…… 왜 그러나, 셀락?"

"폐하……."

지금까지 아무도 신경을 쓰지 않았던 비서관 셀락이 더듬거리며 입을 열 었다.

"자비를 베풀어주……."

"배신자에게 자비는 없다. 나의 뜻을 거역한 자들에게 자비란 없어."

"제 아들…… 카히르는……."

에미르 황제는 눈을 가늘게 떴다.

"네 아들이 무엇을 잘못했는지는 아직 모른다. 카히르 엡 셀락의 잘못이 그 저 멍청함과 무능함에서 비롯되었을 뿐이고 반역은 아니리라 믿고 싶다. 만약 그렇다면 목을 자르기만 할 뿐, 바퀴로 으스러뜨려 죽이진 않을 것이다."

"폐하! 카히르는 반역자가 아닙니다. 카히르는 절대……."

"그만, 셸락, 단 한마디도 듣고 싶지 않다. 잘못한 자들은 벌을 받아야 한다. 나를 속이고자 한 짓을 용서할 수는 없다. 바티에, 스켈렌, 한 시간 후 서명된 작전과 명령, 그리고 권한 대행서를 받은 후 바로 임무에 착수하라. 그리고 하나 더. 지금 와서 내가, 조금 전 홀에서 본 여자아이는 다른 모든 이들에게 시릴라로, 신트라의 여왕이자 로완 공주로 통해야 한다는 걸 강조할 필요는 없겠지. 이는 국가의 가장 엄중한 비밀로, 반드시 지킬 것을 명한다."

모인 이들은 놀란 눈으로 황제를 바라보았다. 에미르 황제는 비웃듯 웃음을 지었다.

"그걸 몰랐단 말인가? 신트라의 진짜 시릴라 대신 나에게 어떤 백치 계집애 하나를 보낸 거야. 그 배신자들이, 내가 시릴라를 못 알아볼 것이라 생각했겠지. 하지만 진짜 시릴라를 난 알아볼 수 있다. 이 세상 끝에서도, 지옥의 어둠 속에서도 시리는 단번에 알아볼 수 있어."

유니콘의 행동은 수수께끼와 같다. 겁이 많고 사람을 두려워하면서도, 아직 남자와 육체적으로 맞대하지 않은 아가씨를 만나게 되면, 그녀에게 다가가 무릎을 꿇고 아무런 두려움 없이 자신의 머리를 그 아가씨의 허벅지에 파묻는다. 이미 지나간 옛날에는 이러한 광경을 보여주는 그런 아가씨들도 있었다. 사냥꾼들이 유니콘에 대한 미끼로 자신들을 이용할 수 있도록 오랫동안 결혼을 하지 않고 금욕적인 생활을 하는 이들 역시 있었다. 그러나 유니콘들은 늙은 처녀들을 지나쳐 젊은 처녀들에게만 간다는 것이 알려졌다. 현명한 짐승인 유니콘은, 처녀인 상태가 너무 오랫동안 지속된다는 것은 의심스러우면서도 자연에 반하는 일임을 알고 있었던 것이다.

피지올로구스

제 6 장

시리를 깨운 것은 열기였다. 고문 기구인 달궈진 인두처럼 살을 태우는 열기가 정신을 들게 했다.

머리를 움직일 수가 없었다. 무언가가 잡고 있었다. 시리는 몸을 거칠게 움직였고 관절의 살갗이 찢어지는 아픔을 느끼며 고통에 비명을 질렀다. 그리고 눈을 떴다. 머리를 기대고 있던 바위는 말라붙은 피로 적갈색이 되어 있었다. 시리는 관자놀이를 어루만졌다. 손가락 아래로 딱딱한, 터져서 말라버린 피딱지가 느껴졌다. 딱지는 바위에 달라붙어 있다가, 머리를 움직이는 바람에 찢어져 피와 고름이 흘러나오고 있었다. 시리는 콜록콜록 기침을 하면서 끈적끈적한 가래침과 함께 모래를 뱉었다. 그녀는 팔꿈치로 딛고 일어나 주위를 둘러보며 간신히 앉았다.

어디를 둘러보아도 돌로 가득한 회적색의 협곡과 낭떠러지밖에 보이지 않았다. 가끔가다 돌로 된 커다란 언덕이나 기묘한 모양의 거대한 암석이 보일 뿐이었다. 이 광활한 평지에 거대한 황금빛의 이글거리는 태양이 하늘 전체를 노랗게 물들이고, 어른거리는 아지랑이 때문에 눈앞에 보이는 모든 것들이 왜곡되어 보였다.

여기가 어디지?

시리는 부어오른 관자놀이를 조심스럽게 만져보았다. 아팠다. 엄청나게 아팠다. 오다가 완전히 굴렀나봐. 땅에 얼굴을 처박았을지도 모르지. 시리는 자신의 옷이 너덜너덜 찢어진 것을 보고, 새로운 통증이 느껴지는 곳들을 발견했다. 허리, 등, 어깨, 허벅지 등 먼지와 꺼끌꺼끌한 모래, 자갈들이 어디에나 들어와 있었다. 머리카락, 귀, 입, 눈까지 들어와 눈물이 나고 있었다. 손바닥과 팔꿈치는 살이 벗겨질 정도로 까져 있었다.

시리는 조심스럽게 다리를 뻗다가 다시 비명을 질렀다. 얼얼하게만 느껴졌던 왼쪽 무릎이 충격적인 통증으로 변했다. 시리는 찢어지지 않은 바지 위로 만져보았지만, 부어올라 있지는 않았다. 숨을 들이쉬자 예감이 좋지 않은 찌르는 듯한 통증이 옆구리로 전해져왔고, 몸을 앞으로 구부리려다가 허리 아래쪽에서 무서운 경련이 일어나 비명을 지를 뻔했다. 완전히 심하게 부딪혔네. 하지만 부러진 데는 없는 것 같아. 만약 뼈가 부러졌으면 더 아팠을 테니까. 난 괜찮아, 여기저기 부딪힌 것뿐이야. 일어날 수 있어. 그리고 일어날 거야.

시리는 천천히, 최대한 동작을 절제해서 자세를 잡은 후 깨진 무릎을 보호하며 어정쩡하게 무릎을 꿇었다. 그리고 나서 두 발로 서려다가 비명을 지르며 숨을 몰아쉬었다. 마치 영원처럼 느껴지는 시간이 지난 후에야 일어날 수 있었다. 하지만 바로 다음 순간, 다시 바위 위로 쿵 쓰러지고 말았다. 시야가 흐릿했고 현기증이 심하게 밀려와 다리에 힘이 빠진 것이었다. 시리는 갑자기 구토가 밀려오는 것을 느끼며 옆으로 누웠다. 태양에 달아오른 바위들은 마치 시뻘건 석탄처럼 뜨거웠다.

"못 일어나겠어…… 못하겠다고…… 태양 때문에 타 죽을 것 같아……."

시리는 흐느끼며 혼잣말을 중얼거렸다.

머리는 멍멍하고 절대 사라지지 않는 통증 때문에 욱신거렸다. 조금만 움직여도, 고통은 점점 더 심해져서 시리는 움직임을 멈추었다. 머리를 팔로 가려보았지만, 뜨거운 열기가 곧 참을 수 없는 지경이 되었다. 시리는 어떻게 해서든 이 열기를 피해야 한다는 것을 깨달았다. 아픈 몸이 저항하는 것을 모른 척하고, 관자놀이에서 타오르는 고통에 눈살을 찌푸린 채 네 발로 기어 더 큰 바위 쪽으로 다가갔다. 바위는 모래바람에 의해 기이한 버섯 모양으로 깎여 있었는데, 그 버섯의 머리 부분 아래쪽에는 작은 그늘이 만들어져 있었다. 시리는 기침을 하고 숨을 들이마시며 몸을 동그랗게 말았다.

그러고는 오랫동안, 하늘을 오고 가는 태양이 또다시 작열할 때까지 누워 있었다. 태양이 하늘 한가운데에 자리를 잡자, 버섯 모양의 바위 아래에는 이제 그늘이 거의 없었다. 시리는 고통으로 터질 것 같은 관자놀이에 손바닥을 갖다 댔다.

그러다 온몸을 잡고 흔드는 듯한 전율에 시리는 다시 깨어났다. 태양은 눈이 멀 것 같았던 황금빛이 가셔 있었다. 이제는 훨씬 아래쪽에, 삐죽삐죽 깎여나간 바위들 위에 걸려 있는 태양은 주홍빛이었다. 열기도 조금은 누그러져 있었다.

시리는 겨우 자리에 앉아 주위를 둘러보았다. 두통도 약간 덜해져, 눈을 뜰 수 없을 정도는 아니었다. 시리는 머리를 만져보고는, 뜨거운 열기가 관자놀이의 상처를 말려 딱지가 딱딱한 껍질로 변한 것을 알았다. 온몸이 아픈 것은 계속되었고, 어느 한 곳도 성한 데가 없는 것 같았다. 시리는 기침을 하고, 잇새에 낀 모래를 뱉어내려고 해봤지만 잘되지 않았다. 버섯 모양 바위에 등을 기대었다. 바위는 아직도 태양의 열기 때문에 뜨거웠다. 그래도 델 정도는 아니구나, 시리는 생각했다. 이제 태양이 서쪽으로 넘어가면 좀 참을 만할 거야. 하지만 곧…… 곧 밤이 온다.

시리는 몸을 떨었다. 도대체 여기가 어디지? 여기서 어떻게 빠져나가지? 어디로? 어디로 가야 하지? 아니면 그냥 꼼짝 않고, 누군가 나를 발견할 때까지 여기 있어야 하나? 날 찾으러 올 거야. 게롤트가, 예니퍼가. 날 혼자 놔두지 않을 거야…….

시리는 다시 한 번 침을 뱉으려 했지만 되지 않았다. 그 순간 깨달았다.

목마름.

기억이 났다. 이미 도망치고 있을 때부터 목이 말라 있었다. 갈매기의 탑으로 도망갈 때 올라탄 검은 말의 안장에 나무로 된 작은 물병이 있었는데. 시리는 정확히 기억할 수 있었다. 하지만 그때도 시간이 없어 그 물병을 꺼낼 수도, 챙겨둘 수도 없었다. 지금은 그 물병마저도 없었다. 지금은 아무것도 없었다. 이 뾰족뾰족하고 열기로 달아오른 바위들 빼고는, 관자놀이에서 피부를 잡아당기는 상처 딱지를 빼고는, 온몸의 상처와 침을 삼키지 못할 정도로 말라붙은 목구멍 빼고는.

여기 있을 수는 없다. 물을 찾아야 해. 물을 찾지 못하면, 그대로 죽는 거야.

시리는 버섯 모양의 바위에 손을 긁히면서도 일어나려고 애써보았다. 간신히 일어날 수 있었고, 천천히 한 발짝 떼어보았다. 시리는 바로 비명을 지르며 양팔과 다리로 바닥을 짚고 구토할 것 같은 경련을 견뎠다. 온몸이 떨리며 현기증이 덮쳐와 다시 한 번 누울 수밖에 없었다.

힘이 하나도 없어. 그리고 혼자야, 또다시. 배신하고, 버리고, 나를 홀로 남겨졌어. 언젠가 그러했던 것처럼…….

시리는 보이지 않는 거머리가 목구멍을 틀어막는 것을, 턱 근육이 고통으로 욱신거리는 것을, 말라서 터진 입술이 떨리는 것을 느꼈다. 여자 마법사가 울고 있는 것처럼 끔찍한 광경은 없어. 예니퍼의 말이 생각났다. 하지만 여기서 날 볼 사람은 아무도 없어…… 아무도…….

시리는 버섯 모양의 바위 아래 온몸을 둥글게 말고, 기침을 쿨럭거리며 마른 울음을 터뜨렸다. 눈물은 나오지 않았다.

퉁퉁 부어올라 잘 떠지지 않는 눈꺼풀을 겨우 들었을 때, 열기가 좀 더 누그러지고, 샛노랗던 하늘이 코발트빛을 띠고, 옅은 구름이 떠가는 모습이 보였다. 태양은 빨갛게 변해 있었고 더 아래로 내려왔지만, 아직도 사막 위에 열기를 쏟아내고 있었다. 어쩌면 이미 데워진 바위들이 열기를 발산하고 있는 걸까?

시리는 머리와 부딪힌 곳들의 통증이 누그러진 것을 확인하며 앉아 있었다. 지금은 배 속에서 쥐어짜듯 커져가는 고통과 안쪽을 긁고 싶을 정도로 말라붙어 버린 목 때문에 훨씬 더 힘들었다.

포기하면 안 돼, 시리는 생각했다. 포기해선 안 된다고. 케어 모헨에서 늘 그랬던 것처럼, 다시 일어나. 고통과 나약함은 내 안에서 삭여버리고 싸워서 이겨야 해. 일어나서 가야 한다고. 지금은 방향을 알 수 있으니까. 지금 해가 지고 있는 저 방향이 서쪽이야. 가야 해, 물과 먹을 것을 찾아야 해. 가야만 해. 아니면 죽는 거야. 여긴 사막이야. 난 사막으로 날아온 거야. 내가 갈매기 탑에서 들어갔던 곳은 마법의 포탈이었고, 그 포탈을 통해 멀리 이동해온 거야. 마법사들의 도구였던 토르 라라의 포탈.

토르 라라의 포탈은 이상한 포탈이었다. 시리가 꼭대기 층까지 뛰어 올라갔을 때, 그곳에는 아무것도 없었다. 창문도 없고 곰팡이로 가득한 빈 벽밖에 없었다. 그 벽 중 한 곳에 갑자기 오색 빛으로 가득한 반듯한 타원이 나타났다. 시리는 망설였지만 포탈은 시리를 끌어들였고, 시리를 불렀으며 마치 들어오라고 손짓하는 듯했다. 달리 빠져나갈 곳도 없었다. 빛나는 포탈밖에. 시리는 눈을 감고 그 안으로 들어갔다.

그러고는 눈이 멀 것 같은 빛과 거친 소용돌이, 갈비뼈를 뭉그러뜨릴 만큼 강렬한 회오리바람. 시리는 고요하고 차가운 공허 속에서의 비행도, 그 후에 다시 번쩍하며 바람이 몰아치던 것도 기억했다. 위쪽에는 푸른빛이, 아래쪽에는 회색빛이……

포탈은 마치 독수리 새끼가 자기에게는 너무 무거운 물고기를 하늘에서 놔버리듯, 시리를 던져버렸다. 모래 바닥에 떨어졌을 때, 시리는 정신을 잃었다. 얼마나 오랫동안 정신을 잃었는지는 알 수 없었다.

사원에 살았을 때 포탈에 대해서 읽은 적이 있어. 시리는 머리에서 모래를 털어내며 생각했다. 책에는 손상되거나 불안정한 포탈에 대해서도 서술되어 있었다. 어디로 데려갈지, 그리고 어디서 버려질지 알 수 없는 포탈. 갈매기 탑의 포탈이 바로 그런 포탈인 것 같았다. 그 포탈이 날 세상 끝에 버렸어. 어딘지 아무도 모르는 곳에. 누구도 날 찾으러 오지 않을 거고, 아무도 날 찾지 못할 거야. 여기 계속 있다가는 죽고 말 거야.

시리는 일어났다. 모든 힘을 짜내어 바위를 붙들고 첫 번째 발걸음을 떼었다. 한 발짝, 두 발짝, 세 발짝.

몇 발짝 걸음을 옮기고 나서야 시리는 오른쪽 신발의 걸쇠가 끊어졌고, 밑창도 떨어지려고 해 걸을 수 없다는 것을 알았다. 시리는 이번에 조심스럽게, 힘을 주지 않고 옷과 차림새를 차근차근 살펴보았다. 이 과정에서 정신을 집중하자 피로와 고통을 잊을 수 있었다.

시리가 처음 발견한 것은 단검이었다. 칼집이 옆으로 돌아간 바람에 단검을 잊고 있었다. 단검 옆 허리띠에는 언제나처럼 작은 주머니가 매달려 있었다. 예니퍼로부터의 선물이었다. '숙녀라면 언제나 지녀야 할 것들'이 들어 있는 주머니였다. 시리는 주머니를 열어보았다. 그러나 숙녀의 이 표준 장비는 시리가 처해 있는 현재 상황과 전혀 맞지 않았다. 자라의 등딱지로 만든 빗, 손톱 정리를 할 수 있는 작은 톱칼, 포장되어 뭉쳐진 마로 만든 탐폰, 그리고 손에 바르는 크림이 들어 있는 옥으로 만든 작은 갑.

시리는 얼른 따가운 얼굴과 입술에 크림을 바르고는 입술에 발라진 크림을 탐욕스럽게 핥았다. 더 생각해보지도 않고 결국은 갑 안에 든 크림을, 그 기름기와 약간의 습기에 행복해하며 모두 핥아 먹었다. 크림에 향기를 더하기 위해 들어간 캐모마일과 용연향*, 좀약의 맛은 끔찍했지만 몸을 깨우는 듯한 느낌이 들었다.

시리는 소매에서 가죽끈을 뜯어내어 떨어지려고 하는 신발 밑창을 잡아 묶고는 일어나 발을 몇 번 굴러보았다. 그리고 탐폰을 풀어 긴 머리띠를 만들고 깨진 관자놀이와 태양열에 화상을 입은 이마를 싸맸다.

시리는 일어나 허리띠를 고쳐 매고 단검을 왼쪽 허벅지 가까이 차고는 반사적으로 단검을 칼집에서 빼 엄지손가락으로 날을 만져보았다. 날카로웠다. 만져보기 전에도 알 수 있었다.

나에겐 무기가 있어. 시리는 생각했다. 나는 위쳐야. 난 여기서 죽지 않아. 굶주림 따위는 참으면 되지. 멜리텔레 신전에서 이틀 동안 금식한 적도

---

* 용연향: 향유고래의 창자에서 얻는 동물성 향료.

있었어. 물…… 물은 찾아야만 해. 물을 찾을 때까지 걸어갈 거야. 이 젠장 맞을 사막도 어딘가는 끝이 있겠지. 이곳이 거대한 사막이라면 언젠가 지도에서 본 적이 있을 텐데, 쟝이랑 함께 보았던 큰 지도책에서. 쟝…… 지금은 무얼 하고 있을까.

가는 거야, 시리는 결정했다. 서쪽으로 간다. 지금 해가 떨어지는 방향이, 가장 확실한 방향이야. 난 절대로 길을 잃지 않으니까, 어느 쪽으로 가야 할지 언제나 알아. 만약 그래야만 한다면 밤새도록 갈 거야. 난 위쳐니까. 다시 기운이 나기만 한다면, 케어 모헨의 코스에서처럼 뛰어갈 거야. 그러면 이 아무것도 없는 사막 끝에 더 빨리 다다를 수 있겠지. 참으면 돼. 참아야 해. 하, 게롤트도 아마 이런 사막에 한두 번 있어 본 게 아닐 거야. 더 심한 곳에 머문 적도 있겠지.

가자.

걷기 시작한 지 한 시간이 지나도 풍경은 바뀌지 않았다. 주위에는 아무것도 없었다. 보이는 것이라고는 회색과 붉은색의, 뾰족뾰족하고 위험한 돌들밖에 보이지 않았다. 어쩌다 나타나는 덤불들은 바싹 마른데다가 가시가 나 있었으며, 바위들의 움푹 들어간 자리에서 휘어진 가지들이 뻗어 있었다. 처음 본 덤불에서 시리는 혹시 빨아먹거나 씹을 수 있는 잎사귀나 어린 가지가 있지 않을까 하고 멈춰 섰다. 하지만 덤불은 손가락을 찌를 듯한 가시로 덮여 있을 뿐이었다. 그렇다고 부러뜨려 지팡이로 쓸 수 있을 정도로 단단한 것도 아니었다. 두 번째, 세 번째 본 덤불들도 마찬가지였다. 시리는 덩굴들이 나타나도 더는 멈추지 않고 지나갔다.

해는 생각보다 빨리 떨어졌다. 태양은 울퉁불퉁한 이빨 모양의 지평선을 향해 내려가고, 하늘은 붉은색과 보라색으로 빛났다. 어둠과 함께 바로 냉기가 엄습했다. 처음에 시리는 뜨겁게 달아오른 피부에 닿는 찬 기운이 반가웠다. 하지만 점점 더 추워지면서 이가 딱딱 부딪힐 지경이 되었다. 시리는 속도를 냈다. 몸에 열이 날거라 생각하고 발걸음을 서둘렀지만, 힘을 썼더니 다시 옆구리와 무릎의 통증이 재발했다. 시리는 발을 절기 시작했다. 더더욱 큰 문제는, 해가 지평선 아래로 완전히 떨어지자 바로 캄캄해졌다는 것이다. 달은 상현달이었고, 하늘은 조금 밝아졌지만 별빛으로는 도움이 되지 않았다. 눈앞의 길도 보이지 않았다. 시리는 몇 번이나 넘어져 손목의 피부를 긁히고 말았다. 두 번은 바위 사이에 난 구멍에 빠졌는데, 떨어질 때 몸을 피하는 위쳐의 훈련에 익숙해져 있지 않았다면 발을 삐거나 부러졌을 것이다. 시리는 이렇게 계속 갈 수 없다는 것을 깨달았다. 어둠 사이로 계속 가는 것은 위험하고 불가능했다.

시리는 판판한 현무암 위에 앉아 온몸을 엄습하는 절망을 느꼈다. 오면서 방향을 제대로 유지했는지도 알 수 없었다. 태양이 지평선 아래로 넘어간 그 자리가 어디였는지도 생각이 나지 않았고, 해가 진 후 처음 몇 시간 동안 기준으로 삼았던 희뿌연 빛도 더 이상 보이지 않은 지 오래였다. 주위에는 앞을 내다볼 수 없는, 벨벳처럼 두꺼운 어둠밖에 없었다. 그리고 엄습하는 추위. 사막의 추위는 온몸을 마비시키고, 관절을 갉아먹고, 몸을 움츠러들게 하고 아프게 저려오는 팔 안으로 목을 파묻게 하는 추위였다. 시리는 태양이 그리워지기 시작했다. 그러나 태양이 뜨자마자 이 사막 위에 또다시 참을 수 없는 열기가 가득하리라는 것도 알고 있었다. 그리고 그 열기 아래에서는 걸을 수 없다는 섯노 알고 있있다. 시리는 또 한 번 울음이 쏟아지는 것을, 절망의 파도가 온몸을 뒤덮는 것을 느꼈다. 그러나 이번엔 좌절과 절망이 분노로 바뀌었다. 시리는 어둠에 대고 소리쳤다.

"울지 않을 거야! 난 위쳐야! 그리고 난……."

마법사다.

시리는 손을 들고 손바닥을 관자놀이에 갖다 댔다. 힘은 어디에나 있다. 물에도, 공기 중에도, 땅에도.

시리는 얼른 일어나 천천히 손을 뻗고 자신 없이 몇 발짝을 내디디며 흥분한 채로 근원을 찾았다. 운이 좋았다. 귀에 익숙한 쉭쉭거리는 소리와 맥박, 땅 깊은 곳에 숨겨져 있는 물줄기에서 나오는 에너지가 느껴졌다. 시리는 조심스럽게, 숨조차 쉬지 않고 힘을 끌어냈다. 지금 자신의 약해진 상태로 갑자기 뇌에 산소를 공급했다가는 정신을 잃을 수도 있고, 그랬다가는 모든 노력이 헛수고가 된다는 것을 알고 있었다. 에너지는 천천히 시리를 채우고, 몹시 익숙한, 잠시 동안의 희열을 선사했다. 폐는 더 힘차고 빠르게 운동을 시작했다. 시리는 빨라지는 숨소리를 제어했다. 너무 빨리 산소를 공급했다가는 무서운 결과가 나오리라는 것을 알고 있었기 때문이었다.

성공이다.

일단 피로감과 팔과 다리의 통증을 해결하고, 그 후에는 냉기를 몰아낼 수 있도록 몸의 온도를 높여야 해.

시리는 손짓과 주문을 하나하나 기억해냈다. 어떤 것들은 너무 빨리 손짓하고 너무 빨리 주문을 외운 것 같았다. 갑자기 온몸이 마비되면서 떨리기 시작했고 갑작스러운 발작과 현기증 때문에 다리가 푹 꺾여버렸다. 시리는 현무암 위에 앉아 벌벌 떨리는 손과 고르지 못한 가쁜 숨을 안정시켰다.

또다시 주문을 외우며 시리는 차분하고 정확하게, 집중할 수 있도록 최선을 다했다. 이번엔 바로 효과가 나타났다. 허벅지와 목에 따뜻한 기운이 도는 것을 느꼈다. 시리는 피로가 가시는 것을, 그리고 아팠던 근육들이 이

완되는 것을 느꼈다.

"난 마법사야! 죽지 않는 불꽃이여, 와라! 내가 너를 부른다! 아엔드레안바, 에베에그 아이네!"

시리는 승리한 듯, 손을 높이 들어 올리고 외쳤다.

크지 않은 따뜻한 구 모양의 불이 시리의 손바닥에서 마치 나비처럼 날아올라, 돌 위에서 움직이는 그림자를 만들었다. 천천히 손을 움직이며 공처럼 생긴 빛을 가만히 고정시킨 후, 눈앞에 매달려 있도록 만들었다. 하지만 그건 좋은 생각이 아니었다. 오히려 빛 때문에 앞이 잘 보이지 않았던 것이다. 이번엔 등 뒤로 빛의 공을 보내려 했지만, 그 효과도 좋지 못했다. 시리 자신의 그림자가 길에 드리워져 가는 길이 잘 보이지 않았던 것이다. 시리는 천천히 빛의 공을 옆으로 돌려, 자신의 오른쪽 어깨 위에 위치시켰다. 공은 진짜 마법의 아이네처럼 되지는 않았지만, 시리는 자신의 마법이 매우 자랑스러웠다.

"예니퍼 선생님이 이걸 못 보시다니 아쉬운데!"

시리는 신이 난 듯 소리치고는 활기차게 다시 길을 나섰다. 빠르고 자신감 있는 걸음으로, 빛의 공이 만든 명암대비가 확실한 길을 걸으며 다른 마법의 주문도 떠올리려고 애썼다. 하지만 지금 이 상황에 도움이 될 만한 주문은 떠오르지 않았다. 더구나 어떤 마법들은 너무 많은 힘을 필요로 하기 때문에, 시리는 꼭 필요한 경우가 아니라면 마법은 쓰지 않는 게 좋다는 결론을 내렸다. 음식이나 물을 만드는 마법은 전혀 알지 못했다. 그런 마법이 있다는 것은 알았지만, 어떻게 하는지는 몰랐다.

밝게 빛나는 빛의 공 아래 지금까지 죽어 있던 사막이 살아났다. 시리의 발아래로 울퉁불퉁하고 번쩍이는 딱정벌레들과 털 많은 거미들이 달아나고 있었다. 빨갛고 노란 전갈은 흉물스럽게 생긴 꼬리를 끌며 시리의 앞을 지나쳐 돌 사이의 틈으로 사라졌다. 꼬리가 긴 초록 도마뱀이 어둠 속에서 콧김을 내뿜으며 자갈 사이로 지나갔다. 시리 앞에서 커다란 쥐처럼 생긴 설치류들이 뒷발로 유연하고 높게 껑충껑충 뛰며 사라지기도 했다. 몇 번이나 어둠 속에서 야생동물의 반짝이는 눈을 봤고, 한 번은 동맥의 피를 얼어붙게 하는 쉭 소리가 바위틈에서 들려온 적도 있었다. 처음에는 무언가 먹을 만한 것을 사냥해볼까 싶었지만, 그 쉭 소리를 듣고는 바위틈을 뒤지고 싶은 마음이 사라지고 말았다. 시리는 발밑을 더 주위 깊게 살피기 시작했다. 눈앞에는 케어 모헨에서 보았던 책 속의 삽화들이 지나갔다. 거대한 전갈, 게거미, 스카를레티아*, 프셰라자*, 비흐트*, 라미아*를 비롯한 사막에 사는 괴물들. 시리는 겁을 먹고 주위를 살피며 귀를 쫑긋 세우고는 땀이 밴 손으로 단검의 칼자루를 꼭 쥔 채 걸었다.

몇 시간 후 마법 공의 불빛은 흐려지고, 작아지면서 점점 더 줄어들었다. 시리는 어렵사리 집중하며 또다시 주문을 외워보았다. 마법의 공은 잠시 동안 밝아졌지만, 금방 탁한 붉은색으로 변하더니 꺼져버렸다. 집중하느라 에너지를 많이 소모한 시리는 결국 몸을 비틀거리며 눈앞에서 검고 빨간 점이 춤추는 것을 보다가 쓰러졌다. 시리는 간신히 일어나 앉아 입에서 모래와 작은 돌이 씹히는 것을 느꼈다.

빛의 공은 완전히 꺼졌다. 시리는 이제 힘이 너무 빠져서 더는 마법을 쓸

---

* 스카를레티아: 사막에 사는 것으로 알려진 거대한 괴물.
* 프셰라자: 거미와 유사하게 생긴 커다란 몸집의 절지 괴물.
* 비흐트: 살아 움직이는 시체.
* 라미아: 남쪽 사막 지역에서 출몰하는 괴물로 뱀파이어의 일종.

수 없었다. 사막을 빠져나갈 수 있으리라 생각했던 남아 있던 에너지마저 완전히 상실해버렸다.

그때 멀리 지평선에서 작은 빛 덩어리가 보였다. 난 길을 잃은 거야. 시리는 겁에 질린 채 정신을 차렸다. 계속 빙글빙글 돈 거야. 분명 서쪽으로 방향을 잡았지만 지금 태양이 내 바로 앞에서 떠오르고 있잖아, 그 말은……?

시리는 꼼짝도 할 수 없는 피로감과 온몸을 떨게 만드는 추위에도 아랑곳하지 않는 수면욕을 느꼈다. 잠들지 않을 거야. 시리는 생각했다. 잠들어서는 안 돼…… 절대 안 돼…….

시리를 깨운 것은 뼈를 에는 듯한 추위와 점점 더 커지는 밝은 빛, 창자를 쥐어짜는 듯한 복통과 끔찍한 갈증이었다. 시리는 일어나려고 했지만 뜻대로 되지 않았다. 고통에 휩싸인, 굳어버린 몸이 말을 듣지 않았다. 주위를 손바닥으로 더듬자 손가락 아래로 습기가 느껴졌다.

"물…… 물이야!" 시리는 쉰 목소리로 외쳤다.

시리는 온몸을 떨며 네 발로 몸을 일으키고는 입술을 현무암에 가져다 대고 반반한 표면에 맺힌 물방울을 혀로 겨우 모은 후, 거칠거칠한 바위 옆면에 맺힌 물을 빨았다. 바위 한 개에서 겨우 손바닥 반만큼의 이슬이 모아졌다. 시리는 차마 뱉을 엄두도 내지 못하고 모래와 자갈과 함께 그 물을 삼키고는 주위를 바라보았다.

단 한 방울도 흘리지 않도록 주의하며 바위 사이에 기적적으로 돋아난 작은 덤불의 가시 끝에 걸린 이슬방울들을 혀로 모았다. 땅바닥에는 시리의 단검이 떨어져 있었다. 칼집에서 언제 단검을 뺐는지는 기억나지 않았다. 중요한 것은 칼날에 이슬방울이 맺혀 있다는 사실이었다. 시리는 신중하고 조심스럽게 칼날을 핥았다.

온몸을 지배하고 있는 고통을 물리치며 시리는 네 발로 엉금엉금 기어, 이슬을 찾아 다른 바위로 움직였다. 하지만 이미 황금빛 태양은 모래와 돌로 가득한 지평선을 치고 올라와 눈이 멀 것만 같은 노란색 빛을 뿌리며 순식간에 바위의 이슬을 증발시키고 있었다. 시리는 점점 차오르는 따뜻함이 반가웠지만 곧, 온몸이 뜨거워져 밤중의 냉기를 그리워하리라는 것을 알고 있었다.

시리는 태양으로부터 눈을 돌렸다. 태양이 떠오르는 방향은 동쪽이리라. 시리는 서쪽으로 가야 했다. 서쪽으로.

열기가 점점 뜨거워지더니 결국은 견딜 수 없는 지경에 이르렀다. 정오가 되자 시리는 너무나 지쳐, 그늘을 찾기 위해 걷는 방향을 바꾸어야만 했다. 겨우 찾은 쉼터는 버섯같이 생긴 커다란 바위였다. 시리는 엉금엉금 기어서 바위 밑에 자리를 잡았다.

그러고는 그 아래 돌들 사이에 놓여 있는 물건을 보았다. 옥으로 된, 안쪽까지 깨끗이 핥아 먹은 크림이 들어 있던 갑이었다.

시리에게는 울 힘도 남아 있지 않았다.

배고픔과 목마름이 피로와 좌절을 이겼다. 시리는 비틀거리며 다시 걷기 시작했다. 태양은 이글이글 불탔다.

파도치는 듯한 열기의 커튼 너머 지평선 멀리 무언가가 보였다. 산맥 같았다. 아주 멀리 보이는 산맥이었다.

밤이 되자 시리는 엄청난 노력으로 힘을 냈지만, 마법의 공을 만드는 일에 몇 번이나 실패한 끝에, 그리고 더 이상 걸을 수 없을 정도로 기력을 소진한 끝에 가까스로 성공했다. 에너지가 완전히 빠져서 몸을 따뜻하게 해주고 근육을 이완시키는 마법은 여러 차례 시도해도 되지 않았다. 다행히 빛의 공이 용기를 북돋아주고, 기분은 낫게 해주었지만 추위는 어쩔 수가 없었다. 살을 에는 듯한 추위가 새벽까지 시리의 몸을 파고들었다. 시리는 덜덜 떨며 동이 트기만을 기다렸다. 칼집에서 단검을 빼내, 돌 위에 반듯하게 올려놓았다. 금속 위에 이슬이 맺히도록 하기 위해서였다. 시리는 손가락 하나 까딱할 수 없었지만 배고픔과 목마름 때문에 잠을 이룰 수 없었다. 시리는 새벽까지 버텼다. 칼에서 이슬을 탐욕스럽게 핥기 시작했을 때는 아직 어두웠다. 날이 조금 밝아오자 시리는 얼른 네 발로 기어 근처의 바위틈 사이에서 물기를 찾았다.

그때 쉭 소리가 들렸다.

커다란 색색의 도마뱀이 옆 바위에 앉아 시리에게 이빨이 없는 입을 벌려 보이며 등을 뾰족이 세우곤 몸을 부풀리며 꼬리로 바위를 치고 있었다. 도마뱀 앞에는 약간의 물이 고여 있는 바위틈이 있었다.

시리는 처음엔 놀라서 물러섰지만, 곧 절박함과 참을 수 없는 분노에 휩싸였다. 떨리는 손으로 뾰족한 돌조각을 주웠다.

"이건 내 물이야! 내 거야!" 시리가 외쳤다.

그러고는 돌을 던졌다. 맞추진 못했지만, 도마뱀은 뾰족한 발톱이 달린 발로 재빨리 돌무더기 사이로 사라졌다. 시리는 바위틈으로 엎드려 고여 있는 물을 핥아먹었다. 그 순간 눈에 무언가가 들어왔다.

돌 뒤, 움푹 파인 자리에 일곱 개의 알이 붉은 모래 위에 모습을 드러내고 있었다. 시리는 조금도 주저하지 않았다. 무릎을 꿇고 그 둥지로 다가가 알을 하나 집어 들고는 이빨을 박아 넣었다. 가죽 같은 껍질이 깨지면서 끈끈한 액체가 손과 소매로 흘러들었다. 시리는 알을 빨아먹고 손을 핥았다. 삼키기가 힘들었고 아무 맛도 느끼지 못했다.

시리는 남은 알을 모두 빨아먹고는 끈끈하고 더럽고 모래투성이가 된 채로 미친 듯이 모래밭을 헤집으며 인간의 소리가 아닌, 흡사 짐승이 우는 듯한 소리를 냈다. 그러고는 그대로 얼어붙었다.

똑바로 앉아요, 공주님! 식탁에 팔꿈치 괴지 마시라니까요! 큰 접시에 손을 뻗을 때에는 소매 끝의 레이스를 빠트리지 않게 조심하셔야 해요! 입은 냅킨으로 닦고 먹을 때 후루룩 소리를 내어서는 안 돼요! 신들이시여! 아무도 이 어린 공주님에게 식탁 예절을 가르치지 않았단 말입니까! 시릴라 공주님!

시리는 울음을 터뜨리며 머리를 무릎에 묻었다.

시리는 정오가 될 때까지 걷고 또 걸었다. 그 후에는 열기 때문에 쉴 수밖에 없었다. 바위 벼랑 그늘에 몸을 숨긴 채, 시리는 쪽잠을 잤다. 그늘 아래도 시원하지는 않았지만, 그나마 불볕보다는 나았다. 목마름과 배고픔은 꿈도 쫓아버리는 것 같았다.

멀리 보이는 산맥은 태양 빛에 빛나며 타오르는 것 같았다. 산꼭대기에는 어쩌면 눈이 내려 있을지도 몰라. 어쩌면 얼음이 있을지도. 시냇물도 있겠지. 저기로 가야 해, 얼른 가야 해.

시리는 밤새도록 걸었다. 별을 보고 방향을 잡기로 결심했다. 하늘에는 무수히 많은 별이 있었다. 시리는 수업 시간에 주의를 기울이지 않고, 신전의 도서관에 있던 별자리 지도를 공부하지 않은 것을 후회했다. 물론, 가장 중요한 별자리들은 알고 있었다. 일곱 마리 염소자리, 물병자리, 도끼 자리, 용 자리, 그리고 겨울 아가씨 자리. 하지만 이 별자리들은 너무 하늘 높이 떠 있어서 기준점으로 잡고 걸을 수는 없었다. 그러다가 결국 개미만큼 작은, 반짝거리는 꽤 밝은 별 하나를 찾을 수 있었다. 제대로 된 방향을 가리키는 것 같았다. 어떤 별인지는 몰랐기 때문에, 시리는 자기가 이름을 붙이기로 했다. 시리가 별에 붙인 이름은 '눈'이었다.

시리는 계속해서 걸었다. 시리가 향하는 산맥은 조금도 가까워지지 않았다. 전날과 똑같은 곳을 맴도는 것만 같았다. 그러나 산맥은 가야 할 방향을 제시하고 있었다.

시리는 주위를 잘 보며 걸었다. 운 좋게도 도마뱀 둥지 하나를 발견했다. 알은 네 개가 놓여 있었다. 그리고 기적적으로 바위틈 사이에서 자라난, 새끼손가락보다도 짧은 초록빛 풀도 발견했다. 커다란 갈색 풍뎅이도 잡았다. 그리고 다리가 긴 거미도 잡았다.

시리는 이 모든 것을 먹었다.

정오가 되자, 시리는 먹은 것을 모두 토해내고 기절했다. 정신이 들자 그늘을 찾아 몸을 동그랗게 말고서 아픈 배 위에 손을 얹고 누웠다.

태양이 지자 다시 걷기 시작했다. 몇 번이나 넘어졌지만 마치 기계처럼 일어나서 다시 걸었다.

걸었다. 가야만 했다.

태양이 지고 어둠이 내리면 '눈'은 길을 알려주었다. 동이 틀 때까지 멀고 먼 길을 힘이 빠질 때가지 걷고 또 걸었다. 태양이 떠오르면 휴식을 취하고 얕은 잠을 잤다. 배고픔과 추위는 계속되었다. 노력해봤지만 마법의 에너지는 얻지 못했고, 빛과 열기를 만들어내는 데에는 계속 실패했다. 칼날과 바위에 맺힌 이슬로 섭취할 수 있는 수분은 턱없이 부족했고, 갈증은 점점 더 심해졌다.

태양이 떠오르자 시리는 따뜻해지는 공기 속에서 잠이 들었다가 온몸을 태우는 듯한 열기에 잠을 깼다. 그늘 속에 있어야 했지만 조금이라도 더 가기 위해 시리는 일어났다.

그러나 한 시간쯤 걷다가 결국 실신하고 말았다. 다시 정신이 들었을 때, 태양은 하늘 한가운데에서 이글이글 타고 있었다. 그늘을 찾을 힘도 없었다. 일어날 힘도 없었지만, 일어났다. 다시 걸었다. 포기하지 않았다. 낮부터 밤까지, 하루 종일.

한낮의 뜨거운 열기는 뻗어 나온 바위 밑에서 몸을 동그랗게 말고 자는 걸로 견뎌냈다. 얕은 잠은 피곤했다. 계속해서 시리의 꿈에 등장하는 것은 물, 물, 마실 수 있는 물이었다. 거대하고 하얀, 안개와 무지개로 둘러싸인 폭포. 노래하는 계곡. 물속에 잠긴 물풀의 그늘과 숲 속의 연못. 젖은 대리석 냄새가 나는 궁전의 분수들. 이끼가 잔뜩 낀 연못과 물을 긷는 두레박들. 녹고 있는 고드름에서 떨어지는 물방울…… 물. 이가 시릴 만큼 차가운 물. 생명을 주는 물. 다시는 마시지 못할 것만 같은 신선하고 깨끗한 물.

시리는 잠에서 깨어 일어나, 지금까지 왔던 길로 걸음을 옮겼다. 몸을 비틀거리며 왔던 길을 되돌아가기 시작했다. 돌아가야만 해! 오면서 물을 지나친 거야! 바위 사이에서 소리를 내며 흐르는 시냇물을 지나친 거야! 어떻게 그걸 지나칠 수 있었지?

그러다 정신을 차렸다.

열기가 조금 가시면서 저녁이 오고 있었다. 태양이 서쪽 방향을 가리켰다. 산맥. 태양을 등지고 가서는 안 돼. 시리는 시냇물의 환영을 물리치고 울음을 참았다. 그리고 돌아서서 가던 길을 다시 걷기 시작했다.

밤새도록 걸었지만 속도는 점점 더 느려졌다. 많이 걷지도 못했다. 물을 꿈꾸며, 시리는 걷는 중에도 자고 있었다. 떠오르는 태양이, 바위에 앉아 칼날과 드러낸 손목을 응시하고 있는 시리를 비추고 있었다.

피도 액체인데. 피를 마실 수도 있어.

시리는 가까스로 환영과 악몽을 떨쳐냈다. 이슬이 맺힌 칼날을 핥고 다시 걷기 시작했다.

정신을 잃었다. 태양과 달아오른 바위에 놀라 다시 정신이 들었다.

시리 앞에, 뜨거운 열기로 어른거리는 아지랑이 앞에 날카롭게 뻗은 산맥이 보였다.

가까워졌다. 분명 더 가까워졌다.

하지만 이제 힘이 남아 있지 않았다. 시리는 앉았다.

손에 든 단검이 태양 빛을 반사하며 타오르고 있었다. 칼날은 날카로웠다. 시리는 그것을 알고 있었다.

왜 이런 고생을 하고 있지? 칼날이 물었다. 심각하면서도 차분한, 티사이아 선생님의 목소리로. 왜 스스로 고통받는 거야? 그냥 모든 걸 끝내버려.

아니. 난 굴복하지 않아.

넌 견딜 수 없어. 목이 마르면 어떻게 죽는 줄 알아? 너는 곧 미치고 말 거야, 그때는 모든 게 너무 늦어. 그때는 모든 걸 끝내버릴 수도 없어.

아니. 난 지지 않아. 이겨낼 거야.

시리는 단검을 칼집에 집어넣었다. 그리고 일어나려다가 비틀거리며 쓰러졌다. 쓰러졌지만 다시 일어났고 비틀거리며 한 걸음, 한 걸음 내딛기 시작했다.

노란빛 하늘 저 위로 커다란 콘도르가 보였다.

시리가 다시 정신을 차렸을 때, 자신이 언제 쓰러졌는지도 기억하지 못했다. 얼마나 오랫동안 누워 있었는지도 알 수 없었다. 시리는 하늘을 바라보았다. 시리 위를 빙글빙글 돌고 있는 콘도르는 한 마리가 아니라 두 마리가 더 합세한 상태였다. 일어날 힘이 없었다.

시리는 이것이 끝이라는 것을 알았다. 그 사실을 차분하게 받아들였다. 안도감마저 느껴졌다.

무언가가 시리를 만졌다.

무언가가 가볍게, 그리고 조심스럽게 시리의 어깨를 건드렸다. 오랫동안 바위와 모래만 가득한 곳에서 홀로 지낸 탓에, 무언가가 자신을 건드리는 느낌이 들자 시리는 지쳤음에도 불구하고 화들짝 몸을 일으켰다. 아니, 일어나야겠다는 생각에만 사로잡혔다. 시리를 건드린 그 무엇이 콧김을 내뿜으며 발을 구르고 있었다.

시리는 사력을 다해 몸을 가누어 앉고는 손가락으로 눈을 문질렀다.

내가 미친 거야, 시리는 생각했다.

몇 발짝 떨어진 곳에 말이 서 있었다. 시리는 눈을 껌뻑였다. 환영이 아니었다. 진짜 말이었다. 작은 말. 망아지라고 해야 할 만큼 작은 말이었다.

시리는 정신을 차렸다. 그리고 터진 입술을 핥고 자기도 모르는 사이 헛기침을 했다. 작은 말은 자갈 소리를 내며 주위를 달리고 있었다. 움직임은 이상했고 털색도 묘했다. 암갈색도, 회색도 아니었다. 어쩌면 그냥 그렇게 보이는 것일 수도 있었다. 태양을 등지고 서 있었으니까.

작은 말은 콧김을 내뿜으며 몇 발짝 내딛었다. 이제는 말의 모습이 더 잘 보였다. 머리는 작고, 목은 늘씬하고, 발목은 가늘고, 길고 털이 풍성한 꼬리가 있었다. 작은 말은 멈춰 서서 고개를 옆으로 돌리며 시리를 바라보았다. 시리는 너무 놀란 나머지 숨을 훅 들이켰다.

작은 말의 둥근 이마 부분에, 두 뼘 길이의 뿔이 튀어나와 있었다.

어떻게 이런 일이…… 시리는 정신을 차리며 생각을 정돈하려 애썼다. 유니콘은 이 세상에 이제 없는데. 멸종되었잖아. 케어 모헨에 있는 위쳐의 책에도 유니콘은 없었어! 유니콘에 대해 읽은 건 신전에서 봤던 '전설 모음집'뿐이야. 아, '피지올로구스'에서도 읽었구나, 지안카르디 아저씨의 은행에서 본 삽화들, 그 책에 유니콘 그림이 있었는데…… 하지만 그림에서 본 유니콘은 말보다는 염소처럼 생겼고 털이 복슬복슬한 발목에, 염소수염을 하고 있었고 뿔은 2피트는 될 만큼 길었는데…….

시리는 몇백 년 전에 있었던 일들처럼 느껴지는 과거를 자신이 기억하고 있는 것이 신기했다. 갑자기 머릿속이 핑핑 돌고 배 속에서 고통이 느껴졌다. 시리는 신음 소리를 내며 몸을 동그랗게 말았다. 그러자 유니콘은 콧김을 내뿜으며 시리 옆으로 한 발짝 다가오더니 머리를 높이 들었다. 시리는 책에서 유니콘에 대해 뭐라고 기술되어 있었는지 떠올렸다.

"나한테는 와도 돼…… 와도 돼, 나는…….."

시리는 앉으려고 애쓰며 쉰 목소리로 말했다.

유니콘은 마치 경계하듯 콧김을 내뿜고는 꼬리를 흔들며 뒤로 물러났다. 하지만 곧 걸음을 멈추고 머리를 들고서 말발굽으로 땅을 차며 크게 히힝 하고 울었다.

"아니야! 쟝은 단 한 번 나한테 키스한 것뿐이야! 그리고 그건 아니라고! 돌아와!"

시리가 절망적으로 외쳤다.

에너지 소모가 컸던 탓인지 시야가 흐려지면서 시리는 바위 위로 쓰러졌다. 겨우 머리를 들었을 때 유니콘은 조금 더 가까이 다가와 있었다. 유니콘은 뭔가를 묻는 듯한 표정으로, 고개를 숙인 채 작게 콧김을 뿜으며 시리를 바라보고 있었다.

"날 무서워하지 마…… 그럴 필요 없어. 난…… 난 죽어가니까……."

시리가 들릴 듯 말 듯 속삭이자 유니콘은 머리를 흔들며 다시 한 번 히힝 소리를 냈다.

시리는 그대로 기절했다.

다시 정신이 들었을 때, 시리는 혼자였다. 온몸은 딱딱하게 굳어 아팠고, 배가 고프고, 심한 갈증이 느껴졌으며 혼자였다. 유니콘은 환영이고 꿈이었던 것이다. 그리고 꿈처럼 사라졌다. 시리는 이를 이해하고 받아들였지만, 그 유니콘이 정말 존재했던 것처럼, 시리 옆에 있었다가 시리를 버리고 간 것처럼 슬프고 서운했다. 마치 다른 이들이 시리를 버리고 간 것처럼.

시리는 일어나고 싶었지만 일어날 수 없었다. 얼굴을 바위에 기댔다. 옆구리로 천천히 손을 옮겨 단검의 칼자루를 만져보았다.

피는 액체야. 마실 수도 있어.

그때 말발굽 소리와 콧김 소리가 들려왔다.

"꿈이 아니었어. 돌아왔구나…… 정말 돌아온 거야?"

시리가 머리를 들며 속삭였다.

다시 시리 앞에 나타난 유니콘이 콧김을 내뿜었다. 시리는 자신에게 가까이 다가온 유니콘의 발굽을 보았다. 발굽은 젖어 있었고, 물이 떨어지고 있었다.

희망이 시리에게 힘을 주었다. 시리는 이것이 생시인지 꿈인지 확실하지 않았지만, 자신을 인도하는 유니콘의 뒤를 따랐다. 걷다 지친 시리는 네 발로 기기 시작했고 그마저도 어려워지자 포복하듯 땅을 기었다.

유니콘은 바위 사이에 모래가 깔린 얕은 지대로 시리를 인도했다. 시리는 마지막 남은 힘을 다해 기었다. 모래가 젖어 있었고 이는 시리에게 힘을 주었다.

유니콘은 모래가 움푹 들어간 곳에 멈춰 서서 콧김을 내뿜고는 말발굽으로 한 번, 두 번, 세 번 바닥을 파헤쳤다. 시리는 상황을 이해했다. 망설임 없이 가까이 다가가 유니콘을 돕기 시작했다. 손톱이 부러지는 것도 아랑곳없이 모래를 파내 옆으로 옮겼다. 그러는 와중에 울기도 한 것 같은데, 확실치는 않았다. 어느덧 움푹 파인 작은 구덩이에 진흙투성이의 물이 고이기 시작했다. 시리는 흙이 섞인 뿌연 물을 정신없이 들이켰고 고인 물은 순식간에 없어져버렸다. 시리는 단검을 꺼내 모래 바닥을 더 깊이 파고서 기다렸다. 입속에서는 모래가 씹혔고 몸은 덜덜 떨려왔지만, 물이 차오를 때까지 기다렸다. 서서히 물이 차올랐고 시리는 그 물을 마셨다. 천천히, 오랫동안.

세 번째로 구덩이를 팠을 때는 물이 약간 올라오기를 기다렸다가 모래가 없이, 진흙만 섞인 채로 네 모금을 마실 수 있었다. 그리고 나서야 유니콘이 생각났다.

"너도 목이 마르지, 작은 말아. 하지만 진흙이 섞여 있어. 말들은 흙탕물을 마시지 않아."

시리가 작은 목소리로 말했다. 그러자 유니콘이 히힝 하고 소리를 냈다.

시리는 다시 구덩이를 더 깊이 파고는 그 주위를 돌로 둘렀다.

"잠깐만 기다려, 작은 말아. 물이 차오를 때까지……."

'작은 말'은 콧김을 내뿜고 발길질을 하며 머리를 돌렸다.

"화내지 마. 자, 마셔."

유니콘은 조심스럽게 물이 고인 구덩이에 주둥이를 가져다 댔다.

"마셔, 작은 말아. 이건 꿈이 아니야. 이건 진짜 물이야."

시리는 이 작은 샘에서 떨어지고 싶지 않아 시간을 끌었다. 안 그래도 조금 전 물구덩이에 수건을 적셔 물을 빨아 마시는 방법을 발견한 터였다. 그렇게 물을 마시면 진흙과 모래를 거의 먹지 않아도 된다. 하지만 유니콘은 히힝 울더니 발을 구르고 멀리 달려가서는 돌아오기를 반복했다. 계속 이동하기를 요구하며 길을 가리켰던 것이다. 시리는 오랫동안 생각한 후에 유니콘의 뜻에 따르기로 했다. 유니콘이 옳았다. 가야만 했다. 산맥이 있는 방향으로, 이 사막을 나가야만 했다. 시리는 유니콘의 뒤를 따르며 주위를 유심히 살폈다. 샘의 위치를 기억 속에 정확히 새기려고 애를 썼다. 여기로 다시 돌아와야 할 때 길을 잃고 싶지 않았다.

그들은 함께 하루 종일 걸었다. 시리가 '작은 말'이라고 이름 붙인 유니콘이 앞장섰다. 이상한 말이었다. 작은 말은 굶주린 염소도 먹지 않을 거칠고 메마른 나뭇가지들을 씹어 먹었다. 돌기둥 사이를 지나는 개미 떼 무리를 만나자, 그 개미들도 먹었다. 시리는 처음엔 이상한 듯 바라보기만 하다가 자기도 잔치에 합류했다. 배가 고팠기 때문이었다.

개미들은 매우 신맛이 났지만, 덕분에 토할 것 같은 기분은 들지 않았다.

그뿐만 아니라 개미는 많았고, 굳어버린 턱을 움직일 기회도 제공했다. 유니콘은 개미를 통째로 훑어 먹었고, 시리는 배 부분만 먹으면서 딱딱한 키토산 부분은 뱉어냈다.

둘은 이동을 멈추지 않고 계속 걸었다. 유니콘은 누렇게 말라붙은 엉겅퀴들을 보고 맛있게 먹었다. 시리는 먹지 않았다. 작은 말이 모래 위에서 도마뱀 알을 발견하자 시리는 먹고, 유니콘은 바라보기만 했다. 둘은 계속해서 더 이동했다. 시리는 엉겅퀴들을 발견하고는 작은 말에게 알려주었다. 시간이 조금 지났을 때 작은 말이 손가락만 한 긴 꼬리가 달린 전갈을 바라보았다. 시리는 전갈을 밟아서 죽였다. 딱히 시리가 먹고 싶어 하지 않는다는 것을 안 유니콘은 전갈을 혼자서 먹었고, 얼마 후 또 다른 도마뱀의 둥지를 시리에게 가리켰다.

괜찮은 협력 작업이었다.

둘은 계속해서 이동했고, 산맥은 점점 더 가까워졌다.

깊은 밤이 다가오자 유니콘이 멈춰 섰다. 유니콘은 서서 잤다. 말들의 습성을 잘 알고 있는 시리였지만 그럼에도 처음에는 작은 말을 눕혀보려고 했다. 그러면 유니콘을 베고 잘 수도 있고, 체온을 나눌 수도 있으리라 생각했던 것이다. 하지만 소용없었다. 작은 말은 씩씩대며 옆으로 피하고는 거리를 유지했다. 고서들에 기록된 것과는 달리, 시리의 허벅지에 머리를 올릴 생각 따위는 전혀 없는 것 같았다. 무언가 이상했다. 책의 저자들이 유니콘과 처녀에 대해 꾸며댔을 가능성도 있겠지만 다른 가능성노 있었나. 이 유니콘은 어리고, 어린 동물들이 그렇듯 처녀가 뭔지 전혀 모르는 것 같기도 했다. 작은 말이 시리가 꾸었던 몇 번의 이상한 꿈들을 감지하고 심각하게 받아들였을 리는 없다. 꿈은 꿈일 뿐이니까.

　작은 말은 시리를 조금 실망시켰다. 이틀 낮밤을 끊임없이 가던 중, 작은 말이 물을 찾아내려고 했지만 물을 발견하지 못했다. 몇 번 멈춰 서서 머리를 젓고는 뿔로 어딘가를 가리키고, 바위 틈새를 찔러보고 말발굽으로 모래를 파헤치기도 했다. 발견한 것은 개미와 개미 알들, 그리고 번데기들뿐이었다. 도마뱀 둥지도 발견했다. 색깔이 화려한 뱀을 발견했을 때는 요령껏 밟아 죽이기도 했다. 하지만 물은 발견하지 못했다.

　시리는 유니콘이 산맥을 향해 똑바로 가고 있지 않다는 것도 알았다. 이 유니콘은 본래 사막에서 살고 있었던 게 아니었을 거라는 추측이 더 확실해졌다. 작은 말도 이 사막에서 길을 잃은 것이었다. 마치 시리처럼.

　둘이 잔뜩 발견한 개미들은 시큼한 물기를 머금고 있었지만, 시리는 점점 더 강렬하게 샘으로 돌아가는 것을 고민하고 있었다. 이대로 더 이동한 후에도 물을 발견하지 못한다면, 샘으로 돌아갈 힘이 남아 있지 않을 수도 있었다. 더위는 끔찍했고, 계속해서 이동하는 것은 힘에 부쳤다.

　시리가 이런 생각을 작은 말에게 설명하려고 마음을 먹었을 때, 작은 말이 갑자기 울부짖으며 꼬리를 휘젓고는 날카로운 바위 사이를 달려 내려갔다. 시리는 개미를 주워 먹으며 그 뒤를 따라갔다.

　큰 바위들 사이로 넓은 공간이 나 있었고, 거기엔 습기를 머금은 커다란 모래 구덩이가 있었다. 구덩이 한가운데가 움푹 들어간 것을 보고는 시리가 기뻐하며 외쳤다.

　"작은 말아! 넌 정말 똑똑해. 또 샘을 발견했구나. 저 구덩이에 분명 물이 있을 거야."

유니콘은 길게 히힝 하고 소리를 내더니 가벼운 발걸음으로 구덩이 주위를 돌았다. 시리는 가까이 다가갔다. 구덩이는 매우 커서 그 지름이 스무 발짝은 되는 것 같았다. 정확하게 선을 긋고 파기라도 한 것처럼 반듯한 동그라미 형태의 구덩이는 깔때기를 연상케 했다. 누군가 모래 위에 커다란 계란으로 자국을 낸 것만 같았다. 순간 시리는 이렇게 자로 잰 듯한 형태의 구덩이가 자연적으로 생겨날 수는 없다는 생각이 들었다. 하지만 이미 때는 늦었다.

구덩이 바닥에서 무언가 움직이더니 시리의 얼굴로 모래와 자갈의 소용돌이가 휘몰아쳤다. 시리는 놀라 쓰러졌다가 어느새 자신의 몸이 아래로 빨려 들어가는 것을 깨달았다. 분수처럼 내뿜는 회오리바람은 시리에게만 휘몰아치는 것이 아니라 구덩이 끝에서도 휘몰아치고 있었고, 파도처럼 넘실거리며 구덩이 바닥 쪽으로 허물어져 내려가고 있었다. 시리는 수영하듯 양손을 휘저으며 다리를 지탱할 만한 곳을 찾으려고 애썼다. 하지만 곧 미친 듯이 움직이는 것은 사태를 악화시킬 뿐이라는 것을, 모래를 더욱더 흘러내리게 할 뿐이라는 것을 깨달았다. 시리는 몸을 뻗어 등을 아래로 하고 누운 후, 발뒤꿈치로 차면서 팔을 쭉 뻗었다. 바닥의 모래가 움직이며 세차게 소용돌이쳤을 때 시리는 그 아래 뾰족뾰족한 가시가 달린, 반 송젠*은 족히 될 듯한 빨판이 달려 있는 갈색의 무언가가 몸을 구부리는 것을 보았다. 시리는 찢어질 듯한 비명을 질렀다.

그 순간 쏟아져 내리던 모래와 자갈들이 갑자기 잠잠해지더니 구덩이 반

---

* 송젠(Sążeń): 길이를 나타내는 폴란드의 옛 단위로 1송젠은 약 190센티미터.

대편이 무너져 내리기 시작했다. 작은 말은 뻣뻣하게 굳은 채 마치 악마에게라도 사로잡힌 듯 울부짖고 있었다. 유니콘 바로 밑의 모래가 쏟아져 내리고 있었던 것이다. 유니콘은 무너져 내리는 모래에서 몸을 빼내려 했지만 점점 더 빨리 바닥으로 빨려 들어가고 있었다. 작은 말은 절망적으로 울부짖으며 흘러내리는 모래를 앞발로 차면서 벗어나려고 했지만, 뒷발은 이미 모래에 갇힌 상태였다. 구덩이의 바닥까지 미끄러져 내려갔을 때, 모래 속에 숨어 있던 괴물의 끔찍한 집게가 작은 말을 움켜잡았다.

작은 말의 처절한 울부짖음에 시리는 분노에 찬 고함을 지르고는 단검을 꺼내 들고 구덩이 아래로 뛰어들었다. 그러나 구덩이 바닥에 닿자마자, 시리는 자신이 잘못 생각했다는 것을 깨달았다. 괴물은 모래 깊숙이 숨어 있던 터라 단도로 찔러봤자 모래층을 뚫고 괴물에게 닿을 리 만무했던 것이다. 더더구나 괴물의 끔찍한 빨판에 붙잡혀 모래 속으로 빨려 들어가고 있는 작은 말은 고통에 몸부림치며 앞발로 아무 데나 걷어차고 있었기 때문에 자칫하면 시리마저 그 말발굽에 짓이겨질 수도 있었다.

위쳐의 춤도 동작도 여기서는 아무 소용이 없었다. 하지만 한 가지, 간단한 마법의 주문이 남아 있었다. 시리는 힘을 불러들여 염력을 사용했다.

모래 구름이 하늘로 솟아오르며, 숨어 있던 괴물의 모습이 드러났다. 시리는 공포에 사로잡힌 채 비명을 질렀다. 이토록 징그러운 생물체는 실제로도, 어떤 그림에서도, 어떤 위쳐의 책에서도 본 적이 없었다. 이렇게 끔찍한 존재는 상상조차 해본 적이 없었다.

괴물은 더러운 회색이었고 마치 피를 잔뜩 빨아먹은 벼룩처럼 퉁퉁하고 거죽은 갈라져 있었다. 통 모양의 좁은 몸통은 뻣뻣한 털로 드문드문 덮여 있었고, 다리는 아예 없는 것 같았지만 대신 빨판은 몸통만큼이나 컸다.

몸을 숨겼던 모래가 없어지자 괴물은 유니콘을 내팽개치고는 갈라진 몸을 심하게 경련하며 바닥을 파기 시작했다. 깜짝 놀랄 만큼 바닥은 쉽게 파졌다. 발버둥을 치며 모래를 밀어내는 유니콘도 도움이 되었다. 시리는 복수심과 분노가 끓어올랐다. 시리는 모래 밑으로 사라지고 있는 괴물의 몸뚱이에 덤벼들어 동그랗게 만 괴물의 등에 단검을 찔러 넣었다. 뒤에서 공격해 들어간 시리는 물어뜯으려고 하는 빨판에서 몸을 멀리 피했다. 괴물은 몸통에서 꽤 멀리까지 빨판을 뻗을 수 있었다. 시리는 또다시 단검을 찔러 넣었다. 괴물은 놀라운 속도로 모래를 파고들어 갔다. 하지만 모래를 파고 들어간 것은 도망치기 위해서가 아니었다. 시리를 공격하기 위해서였다. 괴물이 두 차례 더 몸을 꿈틀거리자 모래 속으로 몸을 숨기는 데 성공했다. 몸을 숨긴 괴물이 자갈의 파도를 일으키자 순식간에 시리의 허벅지까지 모래가 뒤덮였다. 시리는 벌떡 일어나 뒤로 물러났지만, 도망칠 곳은 없었다. 끈끈한 모래 구덩이 안에서, 움직이면 움직일수록 점점 더 안쪽으로 빨려 들어갔다. 구덩이 안의 모래는 파도처럼 시리에게 밀려들었고, 그 모래 파도 안에서는 날카로운 가시가 달린 빨판들이 입을 벌린 채 덤벼들었다.

시리를 구한 것은 작은 말이었다. 작은 말은 구덩이 바닥으로 빨려 들어가면서도 모래로 뒤덮인 괴물을 걷어찬 것이었다. 세찬 발길질 아래로 괴물의 회색 등허리가 드러났다. 유니콘은 머리를 숙이고는 괴물의 머리와 갈라진 몸뚱이가 이어지는 마디 부분에 자신의 뿔을 박아 넣었다. 괴물의 집게가 다급히 모래를 헤집는 것을 본 시리는 지체 없이 달려들어 꿈틀거리는 몸뚱이에 깊숙이 단검을 찔러 넣었다. 그리고는 칼날을 집아 빼 다시 한 번, 그리고 또다시 한 번 칼날을 찔러 넣었다. 작은 말은 박혀 있던 뿔을 빼고 가속을 붙여 앞발로 괴물의 갈라진 몸뚱이를 걷어찼다.

짓밟힌 괴물은 더 이상 모래를 파고들지 않았다. 더는 움직임이 없었다. 괴물 주변의 모래가 녹색의 진액으로 축축해지고 있었다.

시리와 작은 말은 간신히 구덩이에서 빠져나왔다. 몇 걸음을 내딛자 시리는 완전히 힘이 빠져 숨을 몰아쉬며 모래 위에 쓰러졌다. 터질 듯이 뛰는 심장과 쏟아져 나오는 아드레날린에 몸이 떨렸다. 작은 말은 시리 주위를 천천히 돌았다. 유니콘의 발걸음은 매끄럽지 못했고, 허벅지의 상처에서 흘러내리는 피는 발목을 타고 발굽까지 내려와 피 묻은 발자국이 찍히고 있었다. 시리는 네 발로 엉금엉금 기어가다 구토를 했다. 가까스로 일어난 시리는 작은 말에게 다가갔지만, 작은 말은 자신을 만지도록 허락하지 않았다. 그러더니 자신의 뿔을 몇 번이고 모래에 문지르며 깨끗이 닦아냈다.

그 모습을 본 시리도 단검을 꺼내 칼날을 닦고, 여전히 가까운 곳에 있는 구덩이 쪽을 불안하게 바라봤다. 뿔을 다 닦아낸 유니콘은 히힝 소리를 내고는 천천히 시리에게 다가왔다.

"상처를 보여줘, 작은 말아."

작은 말은 낮게 콧김을 뿜더니 뿔이 달린 머리를 흔들었다.

"싫으면 할 수 없고. 걸을 수 있으면 이제 가자. 이곳엔 머물지 않는 게 좋겠어."

얼마 지나지 않아 길에는 또다시 널따란 모래언덕이 나타났다. 작은 구덩이들이 있는, 바위들 사이로 넓게 둔덕을 이룬 모래언덕이었다. 시리는 두려움을 느끼며 구덩이들을 살펴보았다. 어떤 구덩이들은 조금 전 목숨을 걸고 싸웠던 그 구덩이의 두 배나 되는 크기였다.

더는 모래언덕을 곧장 가로질러 갈 만큼 어리석지 않았다. 시리는 구덩이와 구덩이 사이를 구불구불 신중하게 지나가기로 마음먹었다. 이 구덩이들이 주의력이 부족한 희생물을 잡기 위한 덫이라는 것, 그리고 그 안에 있는 빨판을 가진 괴물들은 이 구덩이 안으로 떨어지는 희생물에게만 위험하다는 것을 확신했다. 조심하고 거리를 유지하기만 하면, 괴물들이 구덩이에서 나와 쫓아올지도 모른다는 두려움 없이 이 모래언덕을 지나갈 수 있었다. 구덩이 안으로 들어가지 않는 한, 이 괴물들은 위협이 되지 않는다고 확신했지만, 위험을 무릅쓸 생각은 없었다. 작은 말도 비슷한 생각인 듯했다. 콧김을 내뿜으며 구덩이에서 최대한 멀리 떨어진 곳으로 시리를 이끌었다. 시리와 작은 말은 큰 반원을 그리며 이 위험 지대와 거리를 두었고, 괴물이 숨어 있을 수 없는 딱딱한 바위와 돌이 가득한 길로만 가기로 했다.

길을 걸으며 시리는 구덩이에서 눈을 떼지 않았다. 그리고 몇 번이나 이 죽음의 덫에서 모래 분수가 뿜어져 나오는 것을 목격했다. 괴물들이 자신의 집을 더 깊게 파거나 새로 만들고 있는 것이었다. 어떤 구덩이들은 서로 너무 가깝게 있어서 한 괴물이 뿜어내는 자갈들이 다른 구덩이로 떨어져 바닥에 웅크리고 있는 괴물을 깨우기도 했다. 그러면 잠시 동안 모래와 자갈의 공격이 시작되었고 요란한 소리를 내며 우박처럼 소용돌이치곤 했다.

시리는 이 물도 없고 죽어 있는 사막에서, 모래 괴물들이 무엇을 사냥하는지 생각해보았다. 답은 금세 나왔다. 구덩이 한 곳에서 큰 포물선을 그리며 검은 물체가 튀어나와 시리와 유니콘 근처에 쿵 소리를 내며 떨어진 것이었다. 시리는 잠시 고민하다 모래밭 쪽으로 뛰어가 보았다. 구덩이에서 날아온 것은 토끼처럼 생긴 설치류의 사체였다. 적어도 털가죽은 그랬다. 사체는 완전히 쭈그러들었고, 마치 깃털처럼 바싹 말라 가벼웠으며, 속은 공처럼 비어 있었다. 사체 안에는 피가 한 방울도 없었다. 시리는 몸을 떨었다. 괴물들이 왜 사냥을 하는지, 그리고 뭘 먹고 사는지 알게 되었다.

유니콘이 경고하듯 거칠게 콧김을 내뿜었다. 시리는 머리를 들었다. 근처에는 구덩이도 없었고 모래는 평평했다. 하지만 그 순간 시리의 눈앞에서 그 평평한 모래 바닥이 들썩거리더니, 갑자기 시리 쪽으로 움직이기 시작했다. 시리는 들고 있던 설치류의 시체를 던져버리고 얼른 바위 위로 몸을 피했다.

모래언덕을 피해 가기로 한 결정은 잘한 선택이었다.

시리와 유니콘은 아무리 좁은 모래밭이라도 피했고 딱딱한 돌길 위로만 계속 걸었다.

유니콘은 천천히, 다리를 절룩거리며 걸었다. 다친 허벅지에서는 계속 피가 흐르고 있었다. 하지만 시리가 다가와서 상처를 볼 수 있도록 허락하지는 않았다.

모래언덕은 점점 좁아지고, 구불구불해졌다. 작고 고운 모래 대신 굵은 자갈들이 나타나기 시작했고 얼마 후에는 더 큰 조약돌들이 그 자리를 대신했다. 구덩이들을 보지 못한 지도 꽤 된 듯싶어, 이제 모래언덕 위를 가로질러 가기로 결정했다. 시리는 목마름과 배고픔으로 지쳐 있었지만, 더 빨리 움직이고 있었다. 희망이 있었기 때문이었다. 자갈이 깔린 모래 둔덕은 산쪽에서 흘러내려 오는 물이 모이는 곳이었다. 일종의 강을 이루는 곳이었고 지금 서 있는 곳은 강의 바닥이었다. 물론 물은 없었다. 하지만 강은 수원으로 향한다. 물을 흘려보낼 정도의 힘도, 수량도 없는 약한 수원일지도 모르지만, 갈증을 달래기에는 충분할 것이었다.

시리는 더 빨리 걷고 싶었지만, 속도를 늦추어야 했다. 작은 말이 천천히 걷고 있었기 때문이었다. 이제는 걷는 것도 힘들어 보였고, 휘청거리며 다리를 끌었다. 저녁이 오자 작은 말은 누웠다. 시리가 가까이 가도 일어나지 않았다. 그리고 시리가 상처를 살펴보도록 허락해주었다.

상처는 두 곳이었다. 허벅지 양쪽이 두 곳 다 심하게 부풀어 있었다. 상처들은 곪은 채로 계속 피가 나고 있었고, 피와 함께 지독한 냄새가 나는 끈끈한 고름도 섞여 있었다.

모래 괴물에게는 독이 있었던 것이다.

다음날은 상태가 더 악화되었다. 작은 말은 거의 걷지 못했다. 저녁에는 바위에 드러누워 일어나려고 하지 않았다. 시리가 작은 말 옆에 무릎을 꿇자 머리를 돌려 뿔로 상처를 만지며 히힝 하고 울었다. 그 울음소리에는 고통이 어려 있었다.

고름은 점점 더 많이 흘렀고 냄새는 더 끔찍해졌다. 시리는 단검을 꺼냈다. 작은 말은 신음하며 일어나려고 했지만 바위 위에 다시 쓰러지고 말았다.

"내가 어떻게 해야 할지 모르겠어. 정말 모르겠어…… 상처는 도려내야 할 텐데, 그리고 고름과 독을 짜내고…… 하지만 그런 건 해본 적이 없어. 그러다 더 악화될 수도 있어!"

시리는 단검을 바라보며 울먹거렸고, 작은 말은 머리를 들려고 노력하며 신음했다.

시리는 돌 위에 앉아 손으로 머리를 감쌌다.

"병을 고치는 법은 아무도 안 가르쳐줬어. 죽이는 법을 가르쳐주면서, 목숨을 구할 수 있다고들 했지. 그건 거짓말이었어, 작은 말아. 나에게 거짓말을 한 거야."

해가 지고 주위는 곧 어두워졌다. 유니콘은 누워 있었고 시리는 좋은 방법을 생각해내려고 애썼다. 엉겅퀴와 마른 강둑에서 자라고 있는 풀들을 모아왔지만 작은 말은 먹으려 하지 않았다. 힘없이 바닥에 기댄 머리를 이젠 들려고도 하지 않았고, 그저 두 눈을 껌뻑거릴 뿐이었다. 작은 말의 입에서는 거품이 나고 있었다.

"널 도울 수가 없어, 작은 말아. 도울 수 있는 방법이 아무것도 없어……."

마법 외에는. 시리는 목이 멘 소리로 중얼거리다가 문득 깨달았다. 나는 마법사다.

시리는 일어나 손을 뻗었다. 아무것도 느껴지지 않았다. 많은 마법의 에너지가 필요했지만 작은 흔적조차 감지되지 않았다. 시리는 당황했다. 물길은 어디에나 있지 않은가! 시리는 주변 이곳저곳을 빙빙 돌며 마법의 에너지를 찾았다. 하지만 아무것도 찾을 수 없었다.

"이 저주받은 사막아! 네 안에는 아무것도 없어! 물도, 마법도! 마법은 어디에나 있어야 하는 거야! 그것도 거짓말이었어! 모두들 나를 속인 거야, 모두들!"

시리는 주먹을 흔들며 고래고래 악을 썼다. 작은 말이 고통스러운 듯 히힝 신음했다.

마법은 어디에나 있다. 물에도, 땅에도, 공기에도…… 그리고 불에도.

시리는 화가 나서 자기 머리를 주먹으로 쳤다. 지금까지 생각조차 하지 못했다. 이 빌어먹을 사막에는 무언가 태울 만한 것도 없었으니까. 하지만 지금은 마른 엉겅퀴와 나뭇가지들이 있고, 작은 불꽃 정도라면 시리 안에 있는 힘만으로도 만들어낼 수 있었다.

시리는 나뭇가지를 더 모아 한데 쌓고는 그 위에 마른 엉겅퀴를 놓았다.

그러고는 조심스럽게 손을 뻗었다.

"아에니에!"

나뭇가지 사이로 불꽃이 반짝하고 빛나더니 이파리를 붙잡고 타들어가기 시작했다. 작은 불길이 위쪽으로 조금씩 타고 올라왔다. 시리는 나뭇가지들을 더 던져 넣었다.

이제 어떻게 하지? 살아나는 불꽃을 보며 시리는 생각했다. 불의 힘을 끌어내? 어떻게? 예니퍼 선생님은 불의 에너지는 쓰지 못하게 했다. 하지만 지금은 선택의 여지가 없어! 시간도 없고! 지금은 할 수밖에 없어! 나뭇가지와 엉겅퀴는 금방 다 타버릴 거야…… 불은 곧 꺼질 텐데. 불…… 얼마나 아름다운가, 얼마나 따뜻한가.

시리는 언제, 어떻게 그 일이 일어났는지 알 수 없었다. 갑자기 관자놀이에서 어떤 울림이 느껴졌다. 시리는 가슴을 움켜잡았다. 갈비뼈가 터질 것만 같았다. 아랫배와 사타구니, 젖꼭지에서 고통이 욱신거리다가 급작스럽게 무서운 쾌감으로 변했다. 시리는 일어났다. 아니, 일어난 것이 아니라 공중으로 떠올랐다.

어떤 힘이 녹아 있는 납처럼 시리 안으로 흘러들어 채우고 있었다. 별들이 호수 표면에 비친 것처럼 춤을 추고 있었다. 서쪽 하늘에서 반짝이던 '눈'이 밝게 빛나더니 폭발했다. 시리는 그 빛과 그 빛의 힘을 흡수했다.

"하엘, 아에니에!"

작은 말이 히힝 하는 소리를 내며 일어나려고 버둥거렸다. 시리의 팔은 의지와는 상관없이 저절로 올라가고, 손은 혼자서 손짓을 만들고, 입술은 저절로 주문을 외치고 있었다. 손에서는 빛줄기와 불줄기가 뿜어져 나왔고, 불덩이는 불꽃을 일으키며 타고 있었다.

시리의 손에서 나온 빛의 에너지는 유니콘의 허벅지에 닿더니 썩어 들어가는 상처 안으로 빨려 들어갔다.

"네 상처가 나았으면 좋겠어! 네가 건강해지길! 베스하엘, 아에니에!"

힘이 시리 안에서 폭발하며 설명할 수 없는 희열로 가득 채웠다. 불길이 위로 뻗어나가며 주변이 환하게 밝아졌다. 작은 말이 머리를 들고 히힝 소리를 내고는 자리에서 일어나 비틀거리며 몇 발짝을 내딛었다. 머리를 숙여 주둥이로 허벅지를 만져보고는 믿을 수 없다는 듯 콧김을 내뿜었다. 그러더니 길게 히힝 소리를 내며 세차게 바닥을 차고는 꼬리를 흔들며 불 주위를 힘차게 뛰기 시작했다.

"내가 널 고쳤어! 내가 치료한 거야! 난 마법사야! 불에서 힘을 얻는 데 성공했어! 나에게는 힘이 있어! 난 무엇이든 할 수 있어!"

시리는 자랑스럽게 소리쳤고, 활활 타오르는 불길이 소리를 내며 불꽃을 터트리고 있었다.

"이제 샘을 찾을 필요도 없어! 진흙물을 마실 필요도 없어! 나에겐 힘이 있어! 이 불 속에 있는 힘이 느껴져! 이 저주받은 사막에 비가 오게 만들겠어! 바위에서 물이 솟구쳐 나오도록! 이곳에 꽃이 피어나도록! 잔디도 콜라비도 자라나게 할 수 있어! 난 무엇이든 할 수 있어! 무엇이든!"

시리는 두 손을 높이 들며 주문을 외치고 기도를 올렸다. 시리는 이런 주문을 알지도 못했고 언제 그런 걸 배웠는지 아니, 과연 배운 적이 있긴 했는지 기억나지 않았다. 그러나 그런 건 아무 의미가 없었다. 불 속에서 힘을, 터질 듯한 에너지를 느꼈고, 그 불로 시리는 타오르고 있었다. 시리가 곧 불이었다. 시리는 자신을 관통하는 엄청난 힘에 몸을 떨었다.

밤하늘에 갑자기 번개가 지나갔다. 바위와 엉겅퀴들 사이로 바람이 불었다. 작은 말이 소리 높여 울어대고는 우뚝 멈춰 섰다. 불은 위로 치솟아 올랐다. 모아온 나뭇가지들은 이미 다 타버린 지 오래였고, 지금은 바위가 불타고 있었다. 시리에게는 아무 상관이 없었다. 힘을 느끼고 있었다. 시리에게 보이는 것은 오직 불뿐이었다. 들리는 것도 불이 타오르는 소리뿐이었다.

불꽃이 속삭였다. 넌 무엇이든 할 수 있어. 우리의 힘을 네가 가지고 있어, 넌 무엇이든 가능해. 이 세상이 너의 발아래 있어. 너는 위대해. 너의 힘은 대단해.

불꽃 가운데 누군가 있었다. 키가 큰 젊은 여자로, 곧게 뻗은 까만 머리를 하고 있었다. 여자는 미친 듯 잔인하게 웃었고, 불은 그 여자 주위에서 이글이글 타올랐다.

너는 위대해! 너를 해치려 했던 자들은, 누구를 상대하고 있는지 몰랐던 거야! 복수해! 그들이 대가를 치르도록 만들어! 모든 것들에 대해! 네 발치에서 공포로 떨게 만들어, 이빨을 부딪히며, 감히 너의 얼굴을 쳐다보지도 못하게 만들어! 그들이 자비를 구걸하도록! 하지만 어떤 자비도 베풀어주지 마! 복수해! 모든 이들에게, 모든 것들을 복수해! 복수!

검은 머리의 여자 뒤로는 불꽃과 연기가 피어올랐고, 연기 속에는 교수대와 기둥들, 처형대와 비계, 시체들의 산이 보였다. 저건 닐프가드인들의 시체야. 신트라를 함락시키고 약탈한 자들, 아이스트 왕과 칼란테 여왕, 나의 할머니를 죽인 자들, 사람들을 도시의 거리에서 학살했던 자들이지. 교수대에는 검은 갑옷을 입은 기사의 시체가 흔들리고 있었다. 교수대의 밧줄은 삐걱거리는 소리가 나고, 매달린 기사 주위에는 깃털이 달린 투구의 틈으로 기사의 눈을 쪼아 먹으려는 까마귀들이 몰려들고 있었다. 교수대의 행렬은 지평선까지 뻗어 있었다. 거기에는 케드웬에서 폴리 달베르그를 죽였던 이들, 그리고 타네드에서 시리를 쫓아왔던 스코이아텔들이 매달려 있었다. 높은 기둥에는 마법사 빌게포츠가 몸을 꿈틀거리고 있었고 그의 잘생긴, 누구나 혹할 만한 귀족적인 얼굴은 고통으로 일그러지고 검푸르게 변해 있었다. 그의 쇄골 사이로 피가 묻은 뾰족한 장대 끝이 튀어나와 있었다…… 타네드의 다른 마법사들도 땅에 무릎이 꿇린 채 팔은 뒤로 묶여 있었으며, 그들을 위한 뾰족한 장대들은 이미 준비되어 있었다.

장작더미가 쌓여 있는 기둥들은 지평선을 따라 뜨거운 연기로 자욱했다. 가장 가까운 기둥에는 쇠사슬에 묶여 있는 트리스 메리골드가, 이어서 마르가리타가, 넨네케 어머니가…… 쟝이…… 파비오가…….

아니, 아니, 아니! 이건 아니야!

맞아! 까만 머리의 여자가 소리쳤다. 모두에게 죽음을, 모두에게 복수해, 모두 무시해버려! 다들 너를 해치거나 널 해치고 싶어 했으니까! 언젠가 다시 너를 해치려고 할지도 몰라! 이들을 무시해! 왜냐하면 드디어 경멸의 시간이 왔으니! 경멸, 복수, 그리고 죽음! 이 세상 모두에게 죽음을! 죽음과 학살과 피를!

네 손의 피, 네 원피스에 피…….

그들은 널 배신한 거야! 속였다고! 해쳤어! 이젠 네게 힘이 있어, 복수해!

예니퍼의 입술은 잘려 있었고, 피를 쏟고 있었다. 팔다리에는 축축하고 더러운 감옥의 벽에 고정된 무거운 쇠사슬 족쇄가 채워져 있었다. 교수대 근처에 몰려든 사람들은 함성을 질렀고, 시인 단델라이온은 나무둥치에 머리가 붙들린 채, 그 위로는 사형집행인의 도끼날이 번득였다. 사형대 아래에서 사람들은 손수건을 펼쳐 피를 받으려고 했다. 사형대 전체가 흔들릴 만큼 단델라이온의 목덜미 위로 세차게 도끼를 내리쳤지만, 사람들의 함성 소리에 묻혔다.

너를 배신했어! 거짓말을 하고 속인 거야! 모두가! 넌 그들의 마리오네트 인형이었어, 장대에 매달린 허수아비! 너를 이용한 거야! 배고픔과 불타는 태양과 목마름, 고난과 외로움 속으로 너를 내몰았지! 경멸과 복수의 시간이 왔어! 너에겐 힘이 있어! 넌 위대해! 이 세상이 네 앞에서 떨도록 만들어! 이 세상 전체가 고대 혈통 앞에서 떨도록!

사형대 위로 위쳐들이 끌려 나왔다. 베스미어, 에스켈, 코엔, 램버트, 그리고 게롤트…… 게롤트는 비틀거렸고 온몸이 피로 뒤덮여 있었다.

"안 돼!"

시리 주위에는 온통 불로 가득했다. 불길 뒤에서 유니콘들이 사납게 울부짖는 소리가 들려왔다. 유니콘들이 빳빳이 서서 고개를 흔들며 앞발을 차고 있었다. 유니콘들의 갈기는 마치 전장의 깃발처럼 뾰족뾰족했고, 뿔은 길고 칼처럼 뾰족하고 날카로웠다. 유니콘들은 마치 기사들의 말처럼 커서, 시리의 작은 말보다 훨씬 더 거대했다. 어디서 나타난 것일까? 어디서 이렇게 많은 유니콘들이 왔을까? 불은 소리와 함께 높이 타올랐다. 검은 머리의 여자는 팔을 쳐들었다. 그 손에는 피가 묻어 있었다. 그녀의 머리카락이 불꽃과 함께 휘날렸다.

타올라, 타올라, 팔카!

"저리 가! 가버리라고! 난 너를 원하지 않아! 너의 힘도 원하지 않아!"

타버려라, 팔카!

"싫어!"

아니, 너는 원하고 있어! 갈망하고 있어! 네 안에서 갈망과 욕망이 불꽃처럼 타오르고 쾌감이 너를 꼼짝 못하게 하지! 이건 위대한 힘이야, 권력이지!

이 세상의 모든 희열 중 가장 경이롭지!

번개, 천둥, 바람, 불 주위를 미쳐 날뛰는 유니콘들의 울음소리와 말발굽 소리.

"이런 힘은 원하지 않아! 원하지 않아! 나는 거부해!"

시리는 불이 꺼진 것인지, 아니면 눈이 흐려진 것인지 알 수 없었다. 시리는 첫 번째 빗방울이 얼굴에 떨어지는 것을 느끼며 쓰러졌다.

그것에게서 삶을 빼앗아야 한다. 존재를 허락할 수 없다. 그것은 위험하다. 확인 바람.

반대한다. 그것은 자신을 위해 힘을 불러낸 것이 아니다. 이후아라쿠악스를 구하기 위해 부른 것이다. 그것에게는 공감 능력이 있다. 그것 덕분에 이후아라쿠악스가 다시 우리 가운데 돌아왔다.

하지만 그것에게는 힘이 있다. 만약 힘을 쓰려고 한다면…….

힘을 쓸 수 없을 것이다, 다시는. 거부했다. 힘을 거부했다. 완전히. 힘은 떠났다. 매우 이상하다.

그것을 이해할 수 없다.

그들은 원래 이해할 수 없다! 그것에게서 삶을 빼앗아. 너무 늦기 전에. 확인 바람.

반대한다. 여기서 떠나도록 하자. 그것은 놔둔다. 그것을 자기 운명에 맡긴다.

시리는 얼마나 오랫동안 바위 위에 누워 있었는지 알지 못했다. 몸을 떨며, 시리는 색깔이 변하는 하늘을 바라보았다. 검고 어두운 색깔과 차갑고 뜨거운 색깔이 번갈아 나타났다. 시리는 모래 구덩이에서 피가 빨린 채 던져진 설치류의 사체처럼 바싹 마르고 텅 비어 있었다.

아무 생각도 하지 않았다. 시리는 혼자였고 텅 비어 있었다. 자기 안에서 아무것도 느껴지지 않았다. 목마름도 배고픔도 피로도 공포도 없었다. 모든 것이 사라졌다. 더 견디려는 마음조차 남아 있지 않았다. 거대하고, 차갑고 소름 끼치는 공허함만 남아 있을 뿐이었다. 온 마음으로, 온몸의 세포 하나하나가 그 빈자리를 느꼈다.

허벅지 안쪽에서 피가 흐르고 있는 것이 느껴졌다. 상관없었다. 시리는 공허했다. 모든 것을 잃은 것이다.

하늘이 또다시 색깔을 바꾸었다. 시리는 움직이지 않았다. 공허 속에서 움직인다는 것이 무슨 의미가 있을까?

시리는 말발굽 소리가 주위를 둘러싸고 편자들이 달각거리며 울릴 때에도 움직이지 않았다. 커다란 외침과 부름에도, 흥분한 목소리와 말의 콧김에도 반응하지 않았다. 시리를 힘세고 단단한 손들이 잡았을 때도 움직이지 않았다. 어떤 이들에 의해 실려 가는 중에도 시리는 축 늘어져 있었다. 흔들어도 밀어도, 날카롭고 갑작스러운 질문에도 반응하지 않았다. 이해할 수도 없었고 이해하고 싶지도 않았다.

시리는 텅 비어 있었고 무엇도 상관하지 않았다. 얼굴에 물방울이 튀는 것이 느껴졌지만 상관하지 않았다. 누군가 입에 물병을 가져다 대고 물이 흘러들어 와도 상관하지 않았다.

아무것도 중요하지 않았다. 시리는 안장 위에 잊혀졌다. 사타구니가 쓸려서 아파왔다. 몸을 떨고 있었기 때문에 누군가 담요로 몸을 덮어주었다. 힘없이 축 늘어진 채로 이 손에서 저 손으로, 기수 앞에 짐짝처럼 끈으로 묶였지만 상관하지 않았다. 기수에게서 땀과 오줌 냄새가 났다. 그래도 상관없었다.

주위에 말 탄 기수들이 있었다. 그것도 많이. 시리는 아무 감정 없이 그들을 바라보았다. 시리는 공허했고, 모든 것을 잃었다. 이제 그 무엇도 의미가 없었다.

아무것도.

기수들을 지휘하는 기사의 투구에 맹금류의 깃털이 꽂혀 있었지만 그것도 이제 상관없었다.

화형대의 장작 아래 불이 붙고 불길이 죄수를 완전히 에워싸자, 죄수는 광장에 모인 기사들과 공작들, 마법사들과 궁정의 관리들에게 저주와 욕설을 퍼붓기 시작했고, 모두들 공포에 질렸다. 처음 넣은 장작은 이 악마 같은 죄수가 너무 빨리 죽지 않도록, 불의 괴로움을 충분히 느낄 수 있도록 젖은 장작들을 넣었는데, 곧 마른 장작을 넣어 고문을 중단하고 죽이라는 명령이 떨어졌다. 이 죄수는 악마에 쓰여 있는 것이 분명했는데, 온몸이 지글지글 타오르고 있는데도 불구하고 고통의 비명도 지르지 않은 채, 조금 전보다 더 심한 욕설과 저주를 퍼부을 뿐이었다. "내 피로부터 복수자가 나올 것이다. 나의 훼손된 옛 피로부터 민족과 세상을 멸망시킬 자가 태어난다! 그가 나의 고통을 복수하리라! 너희 모두에게 죽음과 너희의 후손들에게 복수를!" 악마 같은 죄수는 잿더미가 되기 전에 이렇게 외쳤다. 이렇게 팔가는 죽었다. 죄 없는 자들의 피를 흘리게 한 대가로 이런 벌을 받은 것이다.

로드릭 드 노벰버, 〈세계의 역사, 제2권〉

제 7 장

“저 애 좀 봐. 뙤약볕에 화상을 입고 몸은 상처투성에다가 먼지도 잔뜩 묻었어. 마치 스펀지처럼 계속 물을 마시고 있어. 무섭게 굶은 것 같아. 동쪽에서 왔다고. 코라스를 가로질러서. 뜨겁게 달궈진 파텔니아*를 가로질러 온 거야.”

“거짓말! 파텔니아에서는 아무도 살아남지 못해. 서쪽에서 왔겠지. 산에서, 수하크 통로를 타고 말이야. 코라스는 가장자리만 지나쳐 왔을 거야. 그것만으로도 충분해. 저 여자애는 발견되었을 때 이미 쓰러져 있었고 줄곧 누워만 있었어.”

“서쪽에는 사막이 몇 마일이나 계속되는데, 어디로 걸어왔다는 거야?”

“걸어온 게 아니라 말을 타고 왔어. 얼마나 멀리서 왔는지는 아무도 모르지만, 아이 옆에 말발굽 자국이 있었어. 수하크에서 낙마했던 거야, 그래서 저렇게 멍이 들었겠지.”

---

*파텔니아(Patelnia): 프라이팬의 한 종류.

"도대체 저 여자애가 왜 그렇게 닐프가드한테 중요한 거지? 통 모르겠네. 영주가 찾는다는 공고를 냈을 때, 난 무슨 지체 높은 귀족 아가씨라도 실종된 줄 알았어. 하지만 저런 여자애를? 쟨 그냥 누더기를 걸친 보통 여자애잖아, 게다가 벙어리고. 난 모르겠어, 스코블릭. 쟤가 정말 우리가 찾는 애인지……."

"쟤 맞아. 그리고 보통 애는 아니야. 보통 사람이라면 파텔니아에서 죽었겠지."

"거의 죽을 뻔했잖아. 사실 비가 와서 산 거야. 맙소사, 나이가 가장 많은 노인네도 파텔니아에 비가 내렸다는 이야기는 들어본 적이 없대. 코라스는 구름도 비껴가고…… 계곡에서 비가 올 때에도 그쪽엔 단 한 방울도 안 떨어진다고!"

"쟤 먹는 것 좀 봐. 일주일은 입에 아무것도 넣지 못한 것처럼…… 이봐, 너! 돼지기름을 그냥 퍼먹냐? 빵은 따로 먹고?"

"엘프 말로 물어봐. 아니면 닐프가드 말로 물어보든지. 사람 말은 못 알아듣는 것 같아. 저 아인 분명 엘프의 후손이야."

"그냥 바보일 뿐이야, 머리가 모자라다고. 내가 아침에 말에 실었을 때, 무슨 나무로 만든 꼭두각시를 싣는 줄 알았어."

"보는 눈들이 없군."

스코블릭이라고 불린 남자가 이를 드러냈다. 남자는 덩치가 큰 대머리였다.

"너희들이 현상금 사냥꾼이라니, 정말 한심하군. 어떻게 저 여자애를 못 알아볼 수 있어! 쟨 바보도 아니고 아무것도 모르는 게 아니야. 그냥 그런 척하는 거지. 저 계집은 이상하고 교활한 어린 새라고."

"그런데 도대체 왜 닐프가드에게 그렇게 중요한 건데? 상금을 걸고, 이곳저곳 초소를 세우고…… 도대체 왜지?"

"그건 나도 몰라. 하지만 저 아이에게 잘 물어보면…… 등에 채찍을 때리면서 말이지. 하! 지금 날 째려보는 거 봤어? 글쎄 다 알아듣는다니까, 지금 다 알아듣고 있어. 야! 계집! 난 스코플릭이고 추격자, 현상금 사냥꾼이라고 불리지. 그리고 이건 바로 채찍이야! 등짝이 소중하겠지? 그럼 한 번 말해봐!"

"그만! 조용히 해!"

어떤 반항도 용서하지 않을 듯한 날카로운 목소리가 두 번째 모닥불 쪽에서 명령조로 떨어졌다. 기사가 자기 부하들과 함께 앉아 있는 자리였다.

"현상금 사냥꾼들, 심심한가? 이제 일하러 나갈 시간이야! 말들을 준비시켜! 내 무기와 갑옷도 청소하고! 숲에 가서 나무라도 해와! 여자애는 가만 놔두고! 알겠나, 이 상것들아!"

기사의 목소리는 위협적이었다.

"알았습니다, 스위어스 님."

스코플릭이 우물쭈물 대꾸했고, 다른 동료들은 시선을 피했다.

"일을 해! 명령을 수행하라고!"

현상금 사냥꾼들은 분주히 움직이는 척하며 투덜거렸다.

"저 버러지들과 함께 일하게 되다니, 운도 없지. 영주님도 우리보다 저자를 먼저 만날 테고, 젠장맞을 기사 놈……."

사냥꾼 한 명이 중얼거렸다.

"중요한 자다, 이거지."

주위를 슬쩍 살핀 후 다른 사냥꾼이 대꾸했다.

"하지만 우리 현상금 사냥꾼들이 여자애를 발견한 건데…… 우리가 수하크 계곡까지 갔기 때문에 발견한 거라고."

"그렇지. 우리 덕이야. 하지만 저 높으신 기사 나리가 상금을 다 차지하고, 우리한테는 동전이나 던져주겠지. 플로렌 한 닢씩 말이야. 자, 상것들아, 현상금 사냥꾼들아, 가져라, 기사님의 은혜에 감사드리고……."

"입 닥쳐. 들으면 어쩌려고 그래?"

스코플릭이 씩씩거리며 속삭였다.

시리는 모닥불 옆에 혼자 남겨졌다. 기사와 부하들은 묻는 듯한 눈길로 시리를 바라보았지만 말을 걸지는 않았다.

기사는 나이가 꽤 있어 보였지만 기골이 장대한 남자로, 얼굴에 큰 흉터가 나 있었고 표정은 엄격했다. 달릴 때면 언제나 머리에 깃털이 달린 투구를 썼지만 그 깃털은 시리가 악몽에서 보았던, 그리고 타네드 섬에서 보았던 그 깃털과는 달랐다. 그는 신트라의 검은 기사가 아니었던 것이다. 하지만 그 역시 닐프가드의 기사였다. 명령을 내릴 때는 공용어로 유창하게 말했지만, 마치 엘프와 비슷한 악센트가 섞여 있었다. 기사가 거느린 시리와 비슷한 연령대의 일행들과 이야기를 나눌 때는 고어와 비슷하지만, 노래하는 것보다는 딱딱한 느낌의 말을 사용했다. 닐프가드어가 틀림없었다. 시리는 고어를 잘 알고 있어서 기사가 말하는 대부분의 단어를 이해할 수 있었다. 하지만 그걸 드러내지는 않았다. 첫 번째 숙영지는 파텔니아인지 코라스인지로 불리는 사막 끝에 있었는데, 닐프가드 기사와 그의 일행들은 시리에게 질문을 퍼부었다. 그때는 모든 게 상관없었을 뿐 아니라 반쯤 정신이 나가 있었고 너무 놀라 아무것도 대답하지 않았다. 며칠 말을 타고 달려 바위로 가득한 협곡을 지나 초록빛 계곡에 도착했을 때, 시리는 간신히 정신이 들어 주위를 둘러보고 느리게 반응을 보이기 시작했다. 하지만 질문에는 답을 하지 않았기 때문에 기사는 더 이상 시리에게 말을 걸지 않았다. 정확히 말하면 시리를 그다지 신경 쓰는 것 같지 않았다. 현상금 사냥꾼이라고 불리는 건달 같은 자들만 시리를 신경 쓰고 있었다. 이들 역시 시리에게 질문을 던졌고, 태도가 훨씬 더 공격적이었다.

깃털이 달린 투구를 쓴 닐프가드 기사가 현상금 사냥꾼들을 윽박지르는 것으로 보아, 이곳에서 누가 주인이고 누가 종인지 알 수 있었다.

시리는 머리가 모자란 벙어리인 척하고 있었지만 귀를 쫑긋 세우고 있었다. 그리고 서서히 자신의 상황을 이해했다. 닐프가드의 손아귀에 떨어진 것이다. 닐프가드는 시리를 찾아내고 말았다. 아마도 토르 라라의 이상한 텔레포트가 시리를 어디로 이동시켰는지 추적했을 것이다. 예니퍼도, 게롤트도 성공하지 못했지만 깃털 달린 투구를 쓴 기사와 현상금 사냥꾼들은 성공한 것이다.

타네드 섬에서 예니퍼와 게롤트는 어떻게 되었을까? 예니퍼는 어디 있을까? 시리는 무서운 의구심이 들었다. 현상금 사냥꾼들과 그들의 우두머리인 스코믈릭은 시골 사람들의 방식으로 인간 공용어를 대충 말했지만 닐프가드 악센트는 없었다. 현상금 사냥꾼은 일반인들이었지만 닐프가드 기사 밑에서 일하고 있었다. 게다가 현상금 사냥꾼들은 시리에게 걸려 있는 현상금을 받게 될 거라고 기뻐하고 있었다. 플로렌으로.

플로렌을 쓰는 나라, 그리고 사람들이 닐프가드 밑에서 일하는 나라는 먼 남쪽의 닐프가드령 지역, 황제가 임명한 영주들이 다스리는 곳들밖에 없었다.

다음날, 강둑에서 잠시 쉬어갈 때 시리는 어떻게 하면 도망칠 수 있을지

고민하기 시작했다. 마법을 사용해볼 수도 있었다. 시리는 가장 쉬운 주문, 간단한 염력부터 조심스럽게 시험해보았다. 하지만 시리의 두려움은 사실로 나타났다. 시리 안에 마법의 에너지라고는 단 한 톨도 남아 있지 않았다. 현명하지 못한 불놀이 이후, 마법의 능력이 시리를 완전히 떠난 것이었다.

시리는 다시 아무것도 상관없는 상태가 되었다. 스스로 안으로 들어가 갇힌 채 아무 감정도 느끼지 못했다. 오랫동안.

황야에서 푸른 기사가 길을 막아설 때까지.

"아이쿠, 아이쿠, 좋지 않은데. 저건 사르다 요새의 반하겐 사람들이야."

스코믈릭이 길을 막아선 기수들을 보며 중얼거렸다.

기수들은 가까이 다가왔다. 맨 앞에는 힘 좋은 회색 말 위에, 번쩍번쩍 빛나는 푸른 갑옷을 입은 덩치 큰 기사가 올라타 있었다. 그 뒤에는 갑옷을 입은 또 다른 기사가 있었고, 그 뒤로는 평범한 갈색 옷을 입은 두 명의 남자들이 따라오고 있었다. 하인인 것이 확실했다.

깃털 달린 투구를 쓴 닐프가드 기사가 그의 암말을 느긋한 속도로 유지시키며 이들을 맞았다. 닐프가드 기사의 하인은 칼자루를 만지며 안장 쪽으로 몸을 돌렸다.

"뒤로 가서 여자아이를 지키고 있어. 끼어들지 말고."

기사는 스코믈릭과 현상금 사냥꾼들에게 외쳤다.

"바보나 끼어들겠지. 닐프가드 나리들의 일에 끼어드는 바보는 아닙니다요."

기사의 하인이 사라지자마자 스코믈릭이 나직이 중얼거렸다.

"싸움이 일어나려나, 스코믈릭?"

"분명. 스위어스 가문과 반하겐 가문 사이에는 싸움과 피의 복수가 전해 내려오거든. 말에서 내려. 여자애를 지켜야 하니까. 이 애가 우리 돈줄이라 고. 운만 따라주면 우리가 상금을 모조리 차지할 수도 있다."

"반하겐 가문에서도 이 여자애를 찾는 게 분명해. 저 여자애가 누군지 눈 치챘다가는 우리들한테서 빼앗으려 할 텐데. 우린 네 명이고……."

"다섯 명이지. 저기 사르디에서 온 놈들 중 하나는 우리 집안사람이야. 이제 난리법석이 일어나면 우리가 돈을 가지게 될 거라고, 기사 나리들이 아니라."

스코믈릭이 이를 드러내며 웃었다.

푸른 갑옷을 입은 기사는 회색 말의 고삐를 잡아당겼다. 깃털 투구의 기 사는 그 맞은편에 섰다. 푸른 기사의 동행이 달려와 뒤에 멈춰 섰다. 그의 이상한 투구는 가리개에서 나온 두 줄의 가죽끈으로 장식되어 있었는데 마 치 튀어나온 바다표범의 이빨 같았다. 안장에 걸터앉은 바다표범 기사는 신 트라의 경비병들이 들고 다니던 굵은 봉과 비슷하게 생긴 무기를 들고 있었 는데, 나무 손잡이 부분은 훨씬 짧고 쇠 부분은 훨씬 길었다.

푸른 기사와 깃털 투구 기사는 몇 마디 말을 주고받았다. 시리에게 그 대 화는 들리지 않았지만, 두 기사가 말을 주고받는 어투로 보아, 친구들이 주 고받는 대화는 분명 아니었다. 푸른 기사가 갑자기 안장에서 몸을 일으키더 니 시리를 가리키며 화난 목소리로 언성을 높였다. 깃털 투구 기사 또한 화 난 어조로 답하며, 갑옷 소매 안의 팔을 흔들었다. 푸른 기사에게 물러나라 고 하는 듯했다. 시작은 그때부터였다.

푸른 기사가 회색 말을 박차로 걷어차며 앞으로 달려들었고 안장 옆에 걸 려 있던 도낏자루를 집어 들었다. 깃털 투구 기사도 암말에 박차를 가하며,

칼집에서 칼을 빼 들었다. 갑옷을 입은 기사들이 이 싸움을 시작하기 직전, 푸른 기사 쪽의 바다표범 기사가 굵은 봉을 꺼내 들고 말을 달렸다. 그러자 깃털 투구 기사의 하인도 칼을 꺼내 그에게 덤벼들었지만 바다표범 기사는 들고 있던 쇠 봉으로 하인의 가슴을 바로 가격했다. 기다란 쇠는 금속성 소음을 내며 하인의 목 가리개와 사슬 갑옷을 뚫고 들어갔고, 하인은 찢어질 듯한 비명을 지르며 말에서 떨어졌다. 하인은 쓰러지면서 손잡이까지 박혀 버린 쇠 봉을 양손으로 붙들고 있었다.

푸른 기사와 깃털 투구 기사는 무시무시한 소리를 내며 맞붙었다. 도끼가 더 위협적이었지만, 칼이 더 빨랐다. 푸른 기사는 어깨 부분을 맞고, 에나멜 칠이 된 어깨 덮개 일부가 옆으로 튕겨 나갔다. 푸른 기사는 안장 위에서 잠시 주춤했고, 붉은 액체가 푸른 갑옷 위에서 번들거렸다. 이 광경을 본 다른 사람들은 옆으로 물러났다. 닐프가드의 깃털 투구 기사는 만족한 듯 말을 돌려세웠지만 그 순간, 바다표범 기사가 양손에 칼을 들고서 깃털 투구 기사에게 달려들었다. 깃털 투구 기사는 황급히 말고삐를 잡아당겼다. 바다표범 기사는 다리로만 말을 부리고 있는 상태에서 재빨리 피했지만, 깃털 투구 기사는 바다표범 기사를 치는 데 성공했다. 바다표범 기사의 팔 덮개가 찌그러졌고, 금속 갑옷 안에서 피가 튀었다.

푸른 기사는 어느새 자세를 다잡고서 도끼를 휘두르며 고함을 지르고 있었다. 갑옷을 입은 두 기사는 말을 달리며 요란한 일격을 주고받은 후 거리를 두고 떨어졌다. 깃털 투구 기사에게 다시 바다표범 기사가 덤벼들었다. 말들이 충돌하고 칼들이 철컹철컹 소리를 내며 부딪쳤다. 바다표범 기사는 깃털 투구 기사를 공격해 팔 덮개와 방패를 망가트렸다. 깃털 투구 기사는 몸을 쭉 펴고서 바다표범 기사의 측면을 세차게 내리쳤다. 바다표범 기사의 몸이 안장 위에서 휘청거렸다. 깃털 투구 기사는 안장 위에 서서 온 힘을 다해 이미 구부러진 어깨 덮개와 얼굴가리개 사이를 내리쳤다. 넓은 칼의 칼날이 큰 소리를 내며 금속 갑옷을 갈랐다. 바다표범 기사는 몸을 긴장시킨 채 떨었다. 말들이 부딪치며 서로의 고삐를 물어뜯었다. 깃털 투구 기사는 바다표범 기사의 갑옷에 박힌 칼을 뽑았고, 바다표범 기사는 휘청거리더니 말발굽 아래로 쓰러졌다. 말발굽이 부서진 갑옷을 짓이기는 소리가 들렸다.

푸른 기사는 바닥에 쓰러진 바다표범 기사를 잠시 응시하고는 회색 말을 돌려세웠다. 그러고는 곧장 도끼를 쳐들고 깃털 투구 기사를 향해 달려들었다. 하지만 다친 팔로 말을 다루는 게 쉽지 않아 보였다. 깃털 투구 기사는 이를 알아채고 재빨리 오른쪽으로 말을 틀고는 안장을 딛고 일어나 마지막 일격을 가하려고 했다. 그러나 푸른 기사는 도끼로 일격을 막아내고 깃털 투구 기사의 손에서 칼을 쳐냈다. 말들은 또다시 부딪쳤다. 푸른 기사는 힘이 장사였다. 손에 쥔 육중한 도끼가 마치 갈대처럼 가볍게 위로 들렸고, 깃털 투구 기사의 갑옷에 내리친 일격이 너무나 센 나머지 깃털 투구 기사의 암말은 엉덩방아를 찧었다. 깃털 투구 기사의 몸이 휘청거렸지만, 안장 위에서 자세를 유지했다. 도끼가 또다시 내리쳐지기 직전, 기사는 고삐를 놓고 왼쪽 손을 틀어 가죽으로 된 고리에서 흔들거리는 육중한 철퇴를 빼 들고 푸른 기사의 투구를 세차게 내리쳤다. 이번엔 푸른 기사가 말 위에서 휘청거릴 차례였다. 금속 투구는 마치 종처럼 울렸다. 말들은 사납게 울며 서로를 물어뜯으려고 했다.

푸른 기사는 투구를 맞아 정신이 없어 보였지만, 도끼를 치켜들어 깃털 투구 기사의 가슴 쪽을 때렸다. 둘 다 말에서 떨어지지 않고 안장에서 버티고 있는 것만 해도 기적 같았다. 하지만 안장의 받침대 부분이 높이 올라와 있기 때문에 가능한 일이었다. 말을 덮고 있는 천 위로 피가 흐르고 있었고, 특히 회색 말의 몸을 타고 흐르는 피는 눈에 더 띄었다. 시리는 공포에 질린 채 두 사람의 대결을 바라보았다. 케어 모헨에서 싸우는 것을 배우긴 했지만, 저런 장사들과는 어떻게 싸워야 할지, 한 번이라도 저렇게 강한 일격을 막아내는 게 가능할지 알 수 없었다.

푸른 기사는 두 손으로 깃털 투구 기사의 가슴팍에 깊이 박혀 있는 도끼 자루를 잡아 상대방을 안장에서 떨어뜨리려고 했다. 그러자 깃털 투구 기사는 푸른 기사의 안면을 철퇴로 한 번, 두 번, 세 번 내리쳤다. 투구의 가리개 부분에서 피가 튀어나와 푸른색 갑옷과 회색 말의 목에 튀었다. 깃털 투구 기사는 자기 암말에 박차를 가했고, 말이 풀쩍 뛰어오르자 가슴에 꽂혀 있던 도끼날이 빠졌다. 안장에서 휘청거리던 푸른 기사는 손에서 도끼자루를 놓았다. 깃털 투구 기사는 왼손으로는 암말의 고삐를 잡고 철퇴를 오른손으로 바꿔 잡고는 푸른 기사의 머리를 그대로 내리쳤다. 푸른 기사의 갑옷은 마치 철 냄비처럼 소리를 내며 휘어졌고 검붉은 피가 투구 사이로 흘러내렸다. 깃털 투구 기사는 기회를 놓치지 않고 한 번 더 철퇴를 내리쳤고, 결국 푸른 기사는 회색 말의 발굽 아래로 떨어졌다. 회색 말은 주인을 밟지 않으려고 몸을 피했지만, 깃털 투구 기사의 암말은 마치 훈련이라도 받은 것처럼 쓰러진 적의 머리를 말굽으로 짓밟았다. 푸른 기사의 비명 소리로 보아 기사는 아직 살아 있었다. 깃털 투구 기사의 암말은 계속해서 푸른 기사를 짓밟는데 열중했고, 그 바람에 상처를 입은 깃털 투구 기사가 안장에서 버티지 못하고 결국 쿵 소리를 내며 떨어지고 말았다.

"자기들끼리 죽인 거야, 젠장."

시리를 붙잡고 있는 현상금 사냥꾼이 말했다.

"염병할 기사 나리들 같으니, 둘 다 죽어버려라, 그냥."

또 다른 현상금 사냥꾼이 침을 뱉으며 뇌까렸다.

푸른 기사의 하인들이 멀리서 상황을 지켜보고 있다가 말을 걷어차 달아나려고 했다.

"멈춰! 레미즈! 어디로 가나? 사르다로? 빨리 교수형이라도 당하고 싶은 거냐?"

스코믈릭이 소리를 질렀다. 그러자 하인들은 멈춰 섰고, 그중 한 명이 햇빛을 손으로 가리며 현상금 사냥꾼들을 바라봤다.

"뭐야, 스코믈릭, 자네인가?"

"나야! 이리 와봐, 레미즈! 걱정 말고! 기사들끼리 치고받은 건 우리랑 상관없으니까!"

시리는 갑자기 상관이 없는 것이 지겨워졌다. 시리는 자신을 붙잡고 있는 현상금 사냥꾼의 손아귀에서 날렵하게 빠져나와 푸른 기사의 회색 말을 붙들고 풀쩍 뛰어올랐다. 시리는 능숙하게 높은 안장 위로 올라탔다.

거의 성공할 뻔했다. 하지만 사르다에서 온 하인들은 여전히 말에 탄 상태였고, 지금까지 휴식을 취한 말을 타고 있었다. 하인들은 도망치는 시리를 금방 따라잡아 고삐를 낚아챘다. 시리는 말에서 뛰어내려 숲 쪽으로 도망쳤지만, 하인들은 다시 시리를 붙잡았다. 한 명은 달려들어 시리의 머리채를 붙잡아 질질 끌었다. 시리는 그의 손에 매달린 채 비명을 질렀다. 말을 탄 기수는 시리를 스코블릭의 발아래로 내던졌다. 채찍이 날카로운 소리를 내고, 시리는 비명을 지르며 손으로 머리를 가리고는 몸을 움츠렸다. 채찍이 다시 한 번 날아들어 시리의 손을 내리쳤다. 시리는 땅바닥을 구르며 피해보려고 애를 썼다. 그러자 스코믈릭이 시리를 발로 차고는 장화 발로 짓눌렀다.

"이 독사년이, 도망을 쳐?"

채찍이 휙 하고 공기를 갈랐고 시리는 또다시 비명을 질렀다. 하지만 스코믈릭은 매질을 멈추지 않았다.

"때리지 마!"

시리는 몸을 웅크린 채 소리쳤다.

"말도 하네, 이 염병할 것이! 입을 꿰맨 줄 알았는데! 내가 널 당장……."

"스코믈릭! 걜 죽일 거야, 뭐야? 죽이기엔 여자아이가 너무 비싸다고!"

동료 현상금 사냥꾼이 소리쳤다.

"젠장, 저 애가 일주일 전부터 닐프가드가 찾고 있는 앤가?"

레미즈가 말에서 내리며 말했다.

"그래, 저 계집애야."

"전 주둔군이 저 아이를 찾고 있어. 닐프가드에게는 상당히 중요하신 분이군! 어떤 솜씨 좋은 마법사가 이 근처에 있다고 점괘를 내놓았대. 사르다에서 그렇게들 말하더군. 어디서 찾았어?"

"파텔니아에서."

"그럴 수는 없어!"

"그럴 수도 있지."

스코믈릭이 얼굴을 찡그리며 화를 냈다.

"우리가 여자애를 찾아냈으니, 상은 우리 거야! 석상처럼 왜 그렇게 서 있나? 이 계집애를 내 몸에 묶어서 안장에 같이 올려줘! 여기서 빠져 나가자고, 모두들 정신 차려!"

"스위어스 님이…… 아직 숨을 쉬고 있는데…….”

현상금 사냥꾼 중 하나가 말했다.

"곧 숨이 끊어질 거야. 기사 나리는 지옥에나 가라고 해! 우린 아마릴로로 곧장 간다. 영주님에게 가는 거야. 이 계집애를 내놓고 상금을 받는 거지.”

"아마릴로로?”

레미즈는 뒷머리를 긁적거리며 좀 전에 싸움이 벌어졌던 들판을 바라보았다.

"거긴 교수대가 서슬 퍼렇게 세워져 있다고. 가서 영주에게 뭐라고 말하려고? 기사들은 죽었고, 너희만 멀쩡한데? 만약 이 모든 사실이 알려지면 영주는 너희들을 교수형에 처하라고 할 거야. 그리고 우린 묶어서 사르다로 보낼 거고. 그러면 반하겐 놈들이 우리 껍질을 벗기겠지. 너흰 아마릴로로 갈 수도 있지만, 난 숲으로 몸을 피하는 게…….”

"넌 내 매제잖아, 레미즈. 네가 개자식이긴 해도, 내 동생이랑 결혼했으니 우린 한 식구라고. 우리랑 같이 있으면 가죽이 벗겨질 일은 없어. 내가 말한 대로 아마릴로로 같이 가자고. 영주도 스위어스 집안과 반하겐 집안 사이에 분쟁이 있다는 건 알아. 한 놈이 다른 놈을 죽이고, 그 한 놈도 결국 죽고, 늘 있는 일이잖아. 우리가 뭘 어떻게 할 수 있겠어? 그리고 이 계집애는 말이지, 그 후에 우리가 발견한 거야. 우리, 현상금 사냥꾼들이. 너도 이제 우리랑 같이 현상금 사냥꾼이나 하자고, 레미즈. 우리가 출발할 때 총 몇 명이었는지 영주가 뭘 알겠어. 확인할 방법도 없다고.”

스코블릭이 복잡할 것 하나 없다는 표정으로 레미즈를 설득했다.

"무슨 말인지는 알겠는데…… 뭐 잊은 거 없어, 스코블릭?”

레미즈는 사르다에서 함께 온 다른 하인을 곁눈질하며 주저하듯 물었다.

스코믈릭은 천천히 돌아서더니 번개같이 칼을 꺼내 레미즈와 함께 있던 하인의 목에 찔러 넣었다. 하인은 숨을 삼키더니 땅으로 쓰러졌다.

"난 아무것도 까먹지 않는다고."

스코믈릭이 차갑게 말했다.

"자, 이제 우리만 남았어. 증인도 없고, 상을 나눠야 할 머릿수도 많지 않으니 얼마나 좋아? 얘들아, 말에 올라타! 아마릴로로 가자! 상금을 받으려면 갈 길이 멀어, 지체하지 말자고!"

검고 축축한 너도밤나무 숲을 벗어나자 보이는 것은 산 아래에 있는 시골 마을이었다. 열댓 채의 초가집이 작은 강을 끼고 낮은 울타리를 치고서 동그랗게 모여 있었다.

바람이 연기 냄새를 실어왔다. 시리는 안장 앞부분에 가죽끈으로 묶여 뻣뻣하게 굳은 손가락을 움직여보았다. 몸 전체가 뻣뻣했고, 엉덩이는 참을 수 없을 만큼 아팠고 오줌이 마려워 죽을 지경이었다. 동이 틀 때부터 지금껏 시리는 말 위에 있었다. 밤에는 양쪽에서 자고 있는 현상금 사냥꾼들의 손목에 팔을 묶어놓아 제대로 잘 수도 없었다. 조금이라도 움직이면 현상금 사냥꾼들은 욕설을 퍼부었고 때리겠다고 윽박을 질러댔다.

"마을이다." 한 명이 말했다.

"나도 보여." 스코믈릭이 대꾸했다.

일행은 산에서 내려왔다. 말발굽은 햇볕에 바싹 마른 잔디 위로 시끄러운 소리를 냈다. 곧 마을로 향하는 울퉁불퉁한 길에 들어섰다. 길은 말뚝 울타리가 있는 정문과 나무다리로 향하고 있었다.

스코믈릭은 말을 멈추고 안장 위에 섰다.

"이 마을은 뭐지? 여기선 머문 적이 없는데? 레미즈, 이 동네 좀 아나?"

"옛날에는 이 마을을 하얀 강 마을이라고 했어. 하지만 폭동이 일어나자 이 마을 사람 몇 명이 폭동에 가담했고, 그걸 빌미로 사르다의 반하겐 무리들이 마을에 불을 지르고 사람들을 죽이고 노예로 잡아갔지. 지금은 새로 온 닐프가드 이주민들만 여기 살아. 마을 이름은 글리스웬으로 바꿨고. 이곳 이주민들은 사납기로 유명해. 여기서는 묵지 말자. 더 가자고."

"말들을 쉬게 해주고 뭘 좀 먹여야 해. 난 창자에서 악단 하나가 통째로 들어 있는 것처럼 소리가 난다고. 이주민 따위가 젠장, 어쨌다는 거야? 영주님의 명령이라고 말하면 되지. 영주도 닐프가드인 아니야? 두고 봐, 그렇게 말하면 우리에게 깊숙이 절을 할 테니."

현상금 사냥꾼 중 하나가 말했다.

"퍽이나. 깊숙이 절을 하는 닐프가드인을 본 적이 있나? 레미즈, 이 글리스웬인가 뭔가 하는 마을에 여인숙 같은 건 있어?"

스코믈릭이 퉁명스럽게 대꾸하고는 레미즈에게 물었다.

"있어. 반하겐 무리들이 여인숙을 태우지는 않았거든."

스코믈릭은 안장 위에서 몸을 돌려 시리를 바라보았다.

"애도 풀어줘야겠군."

스코믈릭이 말했다.

"누가 알아보게 할 수는 없으니…… 망토 좀 줘봐, 그리고 머리엔 모자도…… 어이쿠! 너 어디 가려는 거야!"

"덤불에 좀 삼싼……."

"덤불이라고! 이 계집이! 길 쪽으로 붙어! 그리고 마을에 들어가면 단 한 마디도 말하지 마. 지금 네가 똑똑하다고 생각하면 잘못 생각한 거야. 한마디라도 하면, 목을 그어버리겠어. 내가 현상금을 못 받게 된다면, 다른 누구도 받지 못하게 만들어버릴 테니까.”

이들은 천천히 말을 몰았다. 말발굽 소리가 다리 위에서 울려 퍼졌다. 낮은 울타리 너머에서 창을 든 이주민들의 모습이 나타났다.

“마을 입구를 지키고 있군. 왜 저러지?”

레미즈가 중얼거렸다.

“이상하군. 입구를 지키고 있는 것도 그렇고 방앗간 쪽은 여기저기 무너져 있네. 마차로 지나가도 될 정도야.”

스코를릭이 안장 위에 서서 말했다.

일행은 더 가까이 다가가 말을 멈추었다.

“안녕들 하시오!”

스코를릭은 본인에게 딱히 어울리지 않는 쾌활한 말투로 인사를 건넸다.

“누구시오?”

키가 가장 큰 이주민이 물었다.

“이 친구야, 보시다시피 군인들 아니오? 우린 아마릴로의 영주님을 보필하고 있소.”

스코를릭이 안장에 기댄 채 거짓말을 했다.

이주민은 창 손잡이에서 손을 내려놓고는 스코를릭을 빤히 바라보았다.

“우리는, 영주님이 여기로 보내서 온 거요. 영주님과 동향 분들인 이곳 주민들이 어떻게 지내는지 보러온 거지. 영주님께서는 혹시 무슨 도움이 필요하지는 않은지 물으셨소.”

스코를릭은 거짓말을 계속했다.

“그럭저럭 지냅니다.”

이주민은 무뚝뚝하게 대꾸했다. 시리의 귀에는 공용어를 사용하는 이주민의 악센트가 깃털 투구 기사와 유사하다는 것을 알 수 있었지만, 말하는 방식은 스코플릭을 따라하는 것 같았다.

"이제 저희끼리 해결하는 데도 익숙해졌죠."

"그 얘기를 전해드리면 영주님이 좋아하시겠구만. 여인숙은 열려 있소? 목이 너무 말라서……."

"열려 있습니다. 별일이 없을 때까지는 열려 있을 테니까."

이주민이 우울하게 말했다.

"별일이라니? 무슨 일이 있는 거요?"

"그 여인숙은 곧 허물 예정이거든요. 곡식 저장 창고 짓는 데 목재가 필요하니까요. 지금은 여인숙이 있다고 해서 딱히 좋은 점이 없어요. 우리는 땀나게 일할 뿐이지 여인숙에는 전혀 가지 않거든요. 여인숙은 지나가는 사람들이나 이용하고, 그중에는 만나서 전혀 기쁘지 않은 자들이 태반입니다. 지금도 그런 자들이 거기 묵고 있고요."

"그게 누구요? 사르다 요새에서 온 사람들이요? 혹시 반하겐 집안 분들은 아니겠지?"

레미즈는 얼굴이 창백해졌다.

이주민은 눈살을 찌푸리더니 침을 뱉으려는 듯 입술을 움직였다.

"아니, 아닙니다. 공작의 군대라고 합니다. 니시르 분들이시죠."

"니시르라고? 어디서 온 거요? 누가 이끌고 왔소?"

스코플릭의 얼굴에 주름이 졌다.

"키가 크고, 머리가 까맣고, 메기처럼 수염이 난 나이가 있는 분입니다."

그러자 스코플릭이 반색하며 일행에게 몸을 돌려 말했다.

"잘됐네! 그런 놈이라면 한 명밖에 없지? 분명 우리 친구인 '날 믿어줘' 베르츠타일 거야, 기억나지? 여기서 니시르가 뭘 하고 있소?"

"니시르 분들은 티피로 간다고 합니다. 저희 마을에 묵는 영광을 베푸셨죠. 죄수를 한 명 데리고 있습니다. 시궁쥐 일파들 중 한 명을 잡았다고 하더군요."

이주민은 우울하게 설명했다. 그러자 레미즈가 코웃음을 쳤다.

"시궁쥐 일파? 닐프가드 황제가 아니고?"

이주민은 얼굴을 찡그리더니 창의 손잡이를 꽉 잡았다. 이주민과 함께 있던 마을 사람들이 뭔가를 숙덕거렸다.

"여인숙으로 가십시오, 군인 여러분."

이주민의 턱 근육이 씰룩거리고 있었다.

"그리고 지인이신 니시르 분들과 이야기를 나누십시오. 영주님을 보필하시는 분들이시니, 니시르 분들에게 왜 영주님의 명령처럼 바로 여기서 황소들로 꿰어버리지 않고 티피로 도둑을 데리고 가는지 좀 물어보세요. 그리고 니시르 분들에게 여기는 영주님의 영토이지 티피의 공작님 영토가 아니라고 말씀 좀 부탁드립니다. 우리는 황소도 준비되어 있고, 기둥도 뾰족하게 해놨으니까요. 만약 니시르 분들이 원하지 않으신다면, 저희가 필요한 준비는 하겠습니다. 얘기 좀 해주십시오."

"꼭 얘기하겠소. 그럼 이만 가보겠소, 친구들."

스코플릭은 일행에게 의미심장하게 윙크를 하며 말했다.

말을 타고 천천히 집 사이를 지났다. 마을은 마치 죽어 있는 것처럼 보였다. 살아 있는 사람이라곤 한 명도 보이지 않았다. 한 울타리 앞에 바싹 마른 돼지 한 마리가 울부짖고 있었고, 진흙탕에는 더러운 오리들이 물을 튀기고 있었다. 그때 일행 앞으로 커다란 검은 고양이가 지나갔다.

"퉤퉤, 검은 고양이다! 검은 고양이가 길을 가로질러 갔어! 젠장!"

레미즈는 안장에서 몸을 굽혀 침을 뱉고는 손가락으로 액운을 막는 표시를 했다.

"쥐를 먹다 목에나 걸려라!"

"무슨 일이야?" 스코플릭이 돌아보았다.

"고양이. 타르처럼 새까만 고양이라고. 길을 가로질러 갔어, 퉤퉤."

스코플릭이 주위를 돌아보았다.

"텅 빈 것 좀 봐. 하지만 사람들이 집에 있긴 있어. 앉아서 조심하고 있다고. 저 문 뒤에서는 창이 번쩍하는 걸 봤어."

"여자들을 지키는 거야. 니시르들이 마을에 왔잖아! 저 촌놈이 뭐라고 했는지 들었지? 니시르 놈들을 안 좋아하는 게 분명해."

쥐를 먹다 목에 걸리라고 말한 현상금 사냥꾼이 웃으며 말했다.

"당연하지. '날 믿어줘'랑 그 무리는 어떤 여자도 가만 놔두지 않으니까. 그놈들 언젠간 큰일 날 거야. 공작들은 이들을 '질서 유지자'라고 부르면서 질서를 지키고 돌보라고 돈을 주고 있어. 하지만 주민들은 '니시르'라는 말만 들어도 무서워서 발등에 오줌을 지릴 지경이지. 하지만 참는 것도 정도가 있는 거잖아. 이제 송아지 한 마리만 더 처먹고, 여자애 한 명만 어떻게 한다면, 그 주민들이 니시르 놈들을 삼지창에 꿰어버릴지도 몰라. 저기 마을 입구 앞에 서 있는 자들 얼굴 표정 봤어? 저들이 닐프가드 이주민들이야. 그 사람들과는 함부로 장난치지 않는 게 좋아. 히, 여인숙이 저긴가?"

일행은 말을 달렸다.

여인숙은 약간 밑으로 꺼진, 두툼한 이끼 지붕이 얹혀 있었다. 초가집들과 농장에서는 어느 정도 떨어져 있었지만, 나무 막대로 마을의 두 개의 길이 지나는 곳이라고 표시되어 있었다. 넓은 그늘을 드리우고 있는 커다란 나무 밑에는 목초지가 있었는데, 가축에게 풀을 먹이는 곳과 말에게 풀을 먹이는 곳이 따로 되어 있었다. 그곳에서 안장이 없는 말 대여섯 마리가 풀을 뜯고 있었고, 문 앞 계단 앞에는 가죽조끼를 입고 뾰족한 털모자를 쓴 두 명의 남자가 앉아 있었다. 두 명 모두 가슴 앞에 토기로 된 잔을 들고 있었는데, 이들 사이에는 씹다가 던진 뼈가 가득 들어 있는 그릇이 놓여 있었다.

"너흰 누구냐?"

스코믈릭과 말에서 내리는 일행을 보고 남자 중 하나가 외쳤다.

"여긴 무슨 볼일이지? 썩 꺼지는 게 좋을 거다! 이 여인숙은 법의 이름으로 현재 니시르가 사용 중이다!"

"소리 지르지 말라고! 니시르, 소리 지르지 말라니까."

스코믈릭이 시리를 안장에서 끌어내리며 말했다.

"그리고 문은 좀 넓게 열어줘, 우리가 들어가야 하니까. 너희 대장, 베르츠타가 내 친구라고."

"난 당신들을 모르는데!"

"넌 애송이잖아! '날 믿어줘' 베르츠타는 옛 동기라고. 이곳에 닐프가드가 오기 전부터 함께 일했지."

남자는 망설이더니 칼자루를 움켜쥔 손을 놓았다.

"뭐, 그렇다면야…… 들어가요. 나야 뭐 상관없으니까."

스코믈릭은 시리를 떠밀었고, 다른 현상금 사냥꾼은 시리의 옷깃을 잡았다. 일행은 여인숙 안으로 들어갔다.

여인숙 안은 어두침침하고 답답했으며, 연기와 무언가를 굽는 냄새로 가득했다. 여인숙은 거의 비어 있었다. 물고기 방광으로 만든 창을 통해 들어오는 희미한 빛줄기 속에, 식탁 하나만 차 있는 게 눈에 들어왔다. 식탁에는 남자 몇 명이 앉아 있었다. 불 옆에는 여인숙 주인이 기침을 하며 딸그락거리는 냄비를 옮기고 있었다.

"니시르 분들께 경배를!" 스코믈릭이 큰 소리로 외쳤다.

"우리는 아무에게나 경배를 받지는 않는데."

창가에 앉은 남자 중 한 명이 바닥에 침을 뱉으며 쏘아붙이자, 옆에 있던 남자가 손으로 막으며 말했다.

"잠깐, 거기 스코믈릭 아니야? 스코믈릭이랑 현상금 사냥꾼 패거리. 어서 와! 어서 오라고!"

스코믈릭은 얼굴이 밝아져서는 식탁 쪽으로 움직이다가 천장을 받치고 있는 기둥을 보고 멈춰 섰다. 기둥 아래 스툴에는 금발 머리의 바싹 마른 젊은 청년이 이상한 자세로 몸을 빼고 앉아 있었다. 시리는 청년의 이상한 자세가, 손이 뒤로 꺾인 채 묶여 있고 목은 가죽끈으로 기둥에 묶여 있기 때문이라는 걸 알 수 있었다.

"이런 염병할 일이! 이것 좀 봐, 스코믈릭! 카일레이야!"

시리의 옷깃을 붙잡고 있던 현상금 사냥꾼이 소리쳤다.

"카일레이라고? 시궁쥐 카일레이? 설마!"

스코믈릭이 머리를 저었다.

앉아 있던 니시르 일행 중, 머리를 뾰족하게 다듬은 뚱뚱한 남자가 껄껄 웃었다.

"설마가 사람 잡지. 카일레이 맞아. 바로 그 카일레이지. 아침 일찍 일어난 보람이 있었지. 카일레이를 넘겨주면 우린 황제의 동전으로 플로렌 반

꾸러미는 받을 거라고."

뚱뚱한 남자는 숟가락을 핥으며 말했다.

"카일레이를 잡다니, 대단하군. 아까 닐프가드 이주민이 한 말이 맞네."

스코믈릭이 얼굴을 찡그렸다.

"카일레이는 현상금이 30플로렌이라고, 젠장! 상당한 가격인데…… 티피의 루츠 공이 돈을 주나?"

레미즈가 한숨을 쉬며 물었다.

"그렇지. 티피의 루츠 공, 우리 나리시지. 시궁쥐들이 루츠 공작의 하인들을 길거리에서 터는 바람에 루츠 공은 머리끝까지 화가 나서 30플로렌이나 상금을 걸었지. 우리가 바로 이 상금을 받는 거야, 스코믈릭. 정말이라니까. 하, 저 화내는 얼굴 좀 봐! 우리가 시궁쥐들을 잡은 게 마음에 안 드나보네. 영주님은 시궁쥐를 모조리 잡아오라고 하긴 했지만."

수염과 머리카락이 새카만 다른 니시르가 말했다.

"사냥꾼 스코믈릭도 뭔가 잡은 것 같은데. 베르츠타, 보여? 계집앤가 본데."

머리를 뾰족하게 세운 뚱뚱한 남자가 숟가락으로 시리를 가리키며 말했다.

"보여. 아니, 스코믈릭, 요즘 사정이 얼마나 안 좋길래, 애들을 사냥해서 돈을 벌고 그래? 몸값이 괜찮은 모양이지? 저 꼬맹이는 뭐야?"

베르츠타가 이를 드러내며 웃었다.

"당신네 일이나 신경 써."

"왜 그렇게 신경을 곤두세우지? 저 애 혹시 스코믈릭 딸 아냐?"

머리를 세운 남자가 키득거리며 비아냥댔다.

"딸이라고? 무슨 소리야. 딸을 만들려면 그게 있어야지."

검은 수염 베르츠타의 말에 니시르들은 배를 움켜쥔 채 박장대소했다.

"제멋대로 웃어봐! 이 양머리들! 베르츠타, 내가 하고 싶은 말은 한 가지야. 일요일이 지나기 전에, 당신들과 당신네 시궁쥐가 더 유명해질지, 아니면 나와 내가 잡은 계집애가 더 유명해질지 두고 보자고. 그리고 누가 더 많은 현상금을 주는지 두고 보자고. 당신네 공작일지 아니면 아마릴로의 황제의 영주일지!"

스코믈릭이 버럭 고함을 지르며 화를 냈다.

"하, 잘난 척하시는군."

베르츠타가 무시하듯 대꾸하고는 수프를 후루룩거리며 먹는 데에 전념했다.

"아마릴로 영주와 너의 황제가 주는 것까지 다 합쳐보라고. 그리고 잘난 척 좀 그만해. 닐프가드가 일주일 전부터 길에 먼지가 가득할 정도로 어떤 여자아이를 쫓고 있는 건 나도 알고 있어. 그 여자애를 데려가면 상금을 받는 것도 알아. 하지만 난 상관없어. 난 영주와 닐프가드인들을 위해서는 일하지 않아. 그들은 침이나 뱉어주면 돼. 난 루츠 공작 밑에서 일하고, 다른 건 알 바 아니니까."

"당신네 공작은 닐프가드의 손에 입을 맞추고, 닐프가드의 신발을 핥는 놈이야. 그러니 넌 그럴 필요가 없겠지. 말은 쉽다고."

스코믈릭이 지지 않고 쏘아붙였다.

"너무 잘난 척하지 말라니까. 자네를 탓하려는 게 아니라고, 날 믿어줘. 닐프가드가 혈안이 되어 찾는 여자아이를 자네가 잡은 건 잘된 일이야. 그리고 그 닐프가드인들 대신 자네가 상금을 받는 것도 잘된 일이고. 영주님 밑에서 일한다고? 사실 주인은 자기가 고르는 게 아니라, 주인들이 우리를 고르는 거잖아? 자, 이리 와서 여기 앉아. 이렇게 만나게 되었으니 술이나 함께 마시자고."

베르츠타가 달래듯 말했다.

"알았어, 안 될 거 뭐 있나. 하지만 먼저 노끈 같은 것 좀 줘봐. 여자애를 당신네 시궁쥐 옆에 묶어놔야겠어, 괜찮지?"

스코믈릭의 말에 니시르들은 웃음을 터뜨렸다.

"저것 좀 보라고, 국경 지대의 공포라니까!"

머리를 세운 뚱뚱한 남자가 낄낄거렸다.

"닐프가드의 군대들! 여자애를 묶어. 스코믈릭, 꽉 묶으라고. 쇠사슬도 가져가. 당신의 중요한 포로가 줄을 끊고 도망치기 전에 당신 얼굴을 한 대 갈길지도 모르니까. 아이쿠, 무서워라, 보기만 해도 소름이 끼치네."

스코믈릭의 부하들조차 웃음을 참지 못하고 있었다. 스코믈릭은 얼굴이 빨개진 채로 허리띠를 꼬면서 식탁으로 다가갔다.

"그냥, 쟤가 도망칠까봐……."

"신경 쓰지 마. 얘기를 하고 싶으면, 이리 와 앉아. 그리고 같이 먹자고. 그리고 여자애는 정 걱정되면 천장에 매달든지. 젠장, 내가 무슨 상관이야. 하지만 너무 웃기잖아, 스코믈릭. 자네와 자네의 영주님에게는 중요한 포로일지 모르지만 내가 보기에는 불쌍하고 겁에 질린 아이일 뿐이야. 묶어놓으려고? 날 믿어줘, 저 여자애는 혼자 일어서지도 못해. 어딜 도망가겠어? 뭘 두려워하는 거야?"

베르츠타가 빵을 쪼개며 말했다.

"내가 뭘 두려워하는지 말해주지. 여긴 닐프가드의 이주지야. 저 이주민들은 우리를 빵과 소금으로 환영하지는 않았지. 그리고 당신네 시궁쥐에 대해서는 뭐라고 말했는지 알아? 이미 꼬챙이가 준비되어 있다고 했어. 사실이 그래. 영주님의 명령에 따르면, 도둑들은 체포 즉시 그 자리에서 처형하라고 했으니까. 만약 그들에게 저 포로를 넘기지 않으면, 당신들에게 꼬챙이를 들이댈지도 몰라."

스코믈릭이 입술을 깨물며 대꾸했다.

"에이, 무슨. 까마귀가 들으면 놀라겠군. 우리한테는 오지 말라고 해, 가만 두지 않을 테니까."

머리를 세운 뚱뚱한 남자가 말했다.

"시궁쥐를 여기 마을 사람들에게 줄 수는 없어. 시궁쥐는 우리 거야. 그리고 티피까지 가야 한다고. 루츠 공작이 이미 영주와 모든 얘기를 다 해놨어. 그러니까 말을 더 해봤자 헛수고야. 앉으라고."

베르츠타가 손짓을 하며 덧붙였다.

현상금 사냥꾼들은 칼집을 옆으로 돌려놓고는 니시르들의 식탁에 끼어 앉아 여인숙 주인에게 고함을 지르며 하나같이 스코믈릭을 가리키면서 돈을 낼 거라고 소리쳤다. 스코믈릭은 스툴 하나를 발로 차 기둥 쪽으로 보내고는 시리를 거칠게 떠밀어 묶여 있는 남자애의 무릎으로 쓰러트렸다.

"거기 있어. 그리고 꼼짝도 하지 말라고. 안 그랬다간 널 개처럼 패줄 테니."

스코믈릭이 소리쳤다.

"이 쓰레기. 이 개만도 못한 자식……."

카일레이라고 불리는 청년이 스코믈릭을 노려보며 말했다.

시리는 카일레이의 일그러진 입술에서 쏟아져 나온 단어 중 대부분을 알아듣지 못했지만, 스코믈릭의 얼굴 표정이 변하는 것으로 보아 상낭히 모욕적인 욕이라는 것을 짐작할 수 있었다. 스코믈릭은 화가 치밀어 오르는지 굳은 표정으로 묶여 있는 카일레이의 얼굴을 세게 치더니 긴 금발 머리를 붙잡고 기둥에 내리찍었다.

"어이! 거기 무슨 일이야?"

베르츠타가 식탁 뒤에서 몸을 일으키며 외쳤다.

"이 미친 시궁쥐의 이빨을 모조리 뽑아주겠어! 엉덩이에서는 다리를 뽑아버리겠어! 두 다리 다!"

스코믈릭이 고래고래 악을 썼다.

"거기서 난리 치지 말고 이리 와."

베르츠타는 잔에 든 맥주를 마시고 수염을 닦았다.

"당신네 포로는 때리든지 말든지 자네 마음이지만, 우리 포로는 놔두라고. 그리고 너, 카일레이! 영웅인 척하지 말고, 닥치고 있어. 거기 얌전히 앉아서 루츠 공작님이 시내에 이미 세워놨다는 처형대나 생각하고 있으라고. 처형대에서 널 어떻게 할지는 이미 다 정해져 있다고 하니까, 날 믿어줘. 고문 방법만 팔뚝으로 세 개는 될 만큼 길다고. 이미 도시 절반이 네가 어디까지 견딜 수 있을지 내기를 하고 있거든. 그러니 힘을 좀 아껴두라고, 시궁쥐. 나도 돈을 걸었으니까 너무 실망시키지 마. 최소한 카스트레이션까지는 버텨야지."

카일레이는 침을 뱉고는 목에 묶인 가죽끈이 허락하는 한 머리를 돌렸다. 스코믈릭은 허리띠를 풀어 무서운 눈길로 웅크리고 있는 시리를 바라보더니, 욕설을 내뱉고는 식탁에 앉은 무리들에게로 돌아갔다. 왜냐하면 여인숙 주인이 들고 온 술 주전자에는 이미 거품 자국밖에 남아 있지 않았기 때문이었다.

"카일레이를 도대체 어떻게 잡았어?"

스코믈릭은 여인숙 주인에게 술을 더 주문하고 싶다는 손짓을 하며 물었다.

"그것도 산 채로. 아니 나머지 시궁쥐들이 저 자식만 남겨놓고 갔다니, 믿기가 힘든데."

그러자 베르츠타가 코를 파고 있던 일행을 쏘아보며 말했다.

"사실을 말하자면, 재수가 좋았지. 혼자 있었어. 무리를 떠나 자기 여자친구를 만나러 밤에 노바 쿠즈니차까지 간 거야. 마을 이장이 우리가 멀리 있지 않다는 걸 알고 신호를 준 거지. 새벽에 우리가 덮쳤고 지푸라기 위에서 잡았지. 찍 소리도 못했어."

"그리고 그 여자애는 다 같이 갖고 놀았지."

머리를 세운 뚱뚱한 남자가 낄낄거렸다.

"만약 카일레이가 그날 밤 만족시켜주지 못했더라도, 나쁘지 않았을 거야. 우리가 동이 틀 때까지 열심히 노력했거든. 나중에 여자애는 팔다리도 움직이지 못했으니까."

"내 생각에, 당신네들은 정말 한심해. 굉장한 돈을 날려버린 거라고, 얼간이들 같으니. 여자애에게 달려드는 대신 쇠를 달궈서 시궁쥐에게 다른 무리들이 어디 있냐고 물었어야지. 그러면 모두 잡을 수도 있었잖아. 기젤러랑 리프, 기젤러에게는 사르다의 반하겐이 20플로렌을 이미 일 년 전에 걸어놨다고. 그리고 그 여자애, 걔 이름이 뭐였지…… 미스텔인가 뭔가, 여하튼 그 여자애는 영주의 조카를 드루이에서 턴 이후에 현상금이 더 붙었을 거야."

스코믈릭이 비꼬듯 말하자 베르츠타가 얼굴을 찡그리며 대꾸했다.

"스코믈릭 자네야말로 태어나길 머리가 나쁘게 태어났든지, 아니면 고생을 너무 많이 해서 판단력이 흐려진 거 아닌가. 우린 여섯 명이야. 우리 여섯 명으로 시궁쥐 전체를 잡는다고? 그리고 현상금은 어디 도망가지 않아.

루츠 공작이 카일레이의 발바닥을 감옥에서 실컷 지질 거고 시간은 많아, 날 믿어줘. 카일레이는 어차피 다 불게 될 거야. 그들이 숨어 있는 장소며 본거지며 죄다 불겠지. 그때 다 같이 모아서 치게 되면, 시궁쥐 전체를 쉽게 잡을 수 있을 거라고."

"그렇겠지. 시궁쥐들이 가만히 앉아서 기다리고 있겠지. 그들은 카일레이가 잡혔다는 걸 금방 알게 될 거고, 그럼 다른 은신처로 옮길 거라고. 아니야, 베르츠타. 진실을 마주할 시간이야. 이번엔 판단을 잘못한 거야. 현상금 대신 여자애 따위에 욕심을 내다니. 당신들은 항상 그래. 내가 알기로는 머릿속에 항상 그 생각밖에 없다니까."

"그 생각뿐이라고?"

베르츠타가 식탁에서 벌떡 일어났다.

"그렇게 잘나셨으면 직접 부하들을 데려가서 영웅적으로 시궁쥐들을 잡아보라고! 하지만 몸조심 해. 닐프가드의 앞잡이들, 잘 들어. 시궁쥐들을 잡는 건, 어린 여자애를 잡는 것과는 많이 다르거든!"

니시르들과 현상금 사냥꾼들은 서로 소리를 지르며 욕설을 주고받기 시작했다. 여인숙 주인은 머리를 세운 뚱뚱한 남자의 손에서 얼른 빈 잔을 빼앗아 맥주를 전달하고, 스코믈릭을 향해서도 맥주를 내밀었다. 맥주는 싸움을 진정시키고, 목을 시원하게 해주었으며 성질을 가라앉게 했다.

"먹을 걸 가져와! 키에우바사*가 들어간 계란 스크램블과 콩 요리, 빵과 치즈를 가져오라고!"

뚱뚱한 남자가 여인숙 주인에게 외쳤다.

---

* 키에우바사(Kiełbasa): 폴란드의 전통 소시지.

"그리고 맥주도!"

"뭘 그렇게 눈을 부라리는 거야, 스코믈릭? 우리는 오늘 돈을 벌었다고! 카일레이의 말도 팔고, 주머니도 팔고, 보석이랑 칼, 안장과 털외투까지 모두 난쟁이에게 팔았어!"

"카일레이 여자 친구의 빨간 구두도 팔았지! 목걸이도!"

"하하, 그러니까 건배할 거리도 생긴 거지! 신나는군!"

"그런데 왜 당신네가 신나? 우리한테 건배할 거리가 생긴 거지, 당신네는 아니야. 당신들은 그쪽의 중요한 포로인지 뭔지 코나 닦아주면 돼! 하하, 저런 포로라니!"

"이 개자식들이!"

"하하! 그냥 농담한 거야!"

"화해의 건배! 우리가 낼게!"

"계란 스크램블 어디 갔어, 주인장! 염병할! 빨리!"

"맥주도 가져와!"

스툴에서 몸을 웅크리고 앉아 있던 시리가 고개를 들었을 때, 금발의 헝클어진 머리카락 밑에서 빛나는 카일레이의 무서운 초록빛 눈동자가 자신을 보고 있었다. 시리는 소름이 돋았다. 카일레이의 외모는 준수했지만 매우, 매우 화가 나 있는 얼굴이었다. 시리는 자기보다 나이도 별로 많지 않은 이 청년이 무엇이든지 할 수 있는 인물이라는 것을 깨달았다.

"신들이 나에게 널 보냈나봐."

시궁쥐 카일레이가 초록빛 눈으로 시리를 꿰뚫듯 응시한 재 속삭였다.

"신들을 믿지 않았던 그 순간에, 바로 너를 보내주다니. 돌아보지 마, 바보야. 넌 나를 도와줘야 해. 잘 들어, 젠장……."

시리는 잔뜩 몸을 웅크리고는 머리를 푹 숙였다.

"들어봐. 조금 있다가 이쪽으로 여인숙 주인장이 오면 불러. 내 말 들으라고, 젠장……."

카일레이가 씩씩거리며 그야말로 시궁쥐처럼 이빨을 빛냈다.

"싫어. 날 때릴 거야……." 시리가 속삭였다.

그러자 카일레이의 입술이 일그러졌다. 시리는 비로소 스코플릭의 채찍이 지금 자신이 가장 두려워할 일은 아니라는 것을 깨달았다. 스코플릭은 덩치가 크고, 카일레이는 작은데다가 묶여 있었지만, 시리는 본능적으로 누구를 더 두려워해야 하는지 알 수 있었다.

"만약 날 도와주면, 나도 널 도와주지. 난 혼자가 아니야. 내 친구들은 절대로 날 버려두지 않아. 알겠어? 하지만 내 친구들이 이곳에 들이닥친다 해도 난 여기 기둥에 묶여 꼼짝도 못해. 저놈들이 나를 죽이고 말 거야. 잘 들어, 젠장. 네가 어떻게 해야 할지 내가 말하지……."

카일레이가 낮은 목소리로 속삭이자 시리는 머리를 더 낮게 숙였다. 시리의 입술이 떨리고 있었다.

현상금 사냥꾼과 니시르들은 마치 멧돼지처럼 쩝쩝거리며 계란 스크램블을 먹어 치웠다. 여인숙 주인은 쇠솥에 든 무언가를 휘저은 후, 맥주 주전자와 커다란 호밀 빵 덩어리를 가져왔다.

"배가 고파요!"

시리는 시키는 대로 새된 목소리로 외쳤다. 얼굴은 창백했다. 여인숙 주인은 멈추더니 시리를 다정하게 쳐다보고는 음식을 먹고 있는 일행을 돌아보았다.

"여자애에게 먹을 것을 좀 줘도 될까요?"

"저리 꺼져!"

스코플릭이 얼굴이 빨개져서는 계란 스크램블을 뱉어내며 소리쳤다.

"그 여자애에게서 떨어져! 안 그랬다간 내가 다리를 뽑아버리고 말 테니까! 저리 꺼지라고! 그리고 계집애 넌, 조용히 앉아 있어. 안 그러면 내가……."

"에이, 스코플릭, 왜 이래? 미친 거야, 뭐야? 얘들아, 이분 좀 봐라. 자기는 남의 돈으로 처먹으면서 여자애 음식 값은 아깝다고 하시네. 여자애에게 먹을 것을 주시오, 주인장 양반. 내가 돈을 낼 테니, 음식을 줄지 안 줄지는 내 마음이오. 싫은 사람은 한 판 붙든지."

베르츠타가 양파가 올려진 빵을 우걱우걱 삼키고는 끼어들었다. 그러자 스코플릭의 얼굴은 더욱더 붉어졌지만 아무 말도 하지 않았다. 베르츠타가 말을 이었다.

"그러고 보니 저 시궁쥐도 뭔가 먹여야겠는데. 가다가 쓰러지지 않게. 그랬다간 공작님이 우리 껍질을 벗겨버릴 테니까. 여자애 보고 시궁쥐를 먹이라고 해! 저기 뭔가 먹을 걸 좀 가져다줘! 스코플릭, 왜 그래? 뭐가 마음에 안 들어?"

"저 여자애는 조심해야 해. 이상한 새란 말이지. 그냥 보통 여자애라면 닐프가드가 이렇게 난리를 치진 않을 거야. 영주님도 상금을 걸진 않았을 거라고."

스코플릭이 시리를 고갯짓으로 가리켰다.

"보통 여자앤지 아닌지는 금방 알 수 있지. 다리 사이를 보면 될 거 아닌가? 얘들아, 어때? 잠깐 여자애를 헛간으로 데려가 볼까?"

머리를 세운 뚱뚱한 남자가 낄낄거렸다.

"손끝 하나 건들 생각하지 마! 절대 허락하지 않을 테니까!"

스코믈릭이 꽥 소리를 질렀다.

"오! 우리가 당신 허락을 얻어야 하나?"

"내 포로고, 내 일이야. 멀쩡한 채로 데려가야 한다고! 아마릴로의 영주님이⋯⋯."

"영주님이고 뭐고 간에, 지금 우리 돈으로 먹고 마시는 주제에 우리더러 재미도 보지 말라는 건가? 에이, 스코믈릭, 너무 짜게 굴지 말고! 일도 다 잘될 거고, 포로도 괜찮을 거야! 멀쩡한 채로 데려가게 해준다니까! 여자는 물고기 방광이 아니니 짜낸다고 터지진 않아!"

니시르들은 웃음을 터뜨렸다. 스코믈릭의 동료들도 웃어댔다. 시리는 몸을 떨며 얼굴이 창백해진 채로 머리를 들었다. 카일레이가 비웃듯 웃고 있었다. 그가 낮게 속삭였다.

"이제 알겠어? 술을 더 마시면 널 데려갈 거야. 가서 너한테 무슨 짓이든 할 거라고. 우린 같은 운명이야. 그러니까 내가 시키는 대로 해. 내가 잘되면, 너도 잘되는 거야."

"먹을 것이 다 되었습니다! 아가씨, 이리 와요!"

여인숙 주인이 외쳤다. 닐프가드의 억양은 없었다.

"칼."

시리가 여인숙 주인에게 그릇을 넘겨받으며 속삭였다.

"뭐라고?"

"칼, 빨리요."

"양이 적으면 더 가져가요!"

여인숙 주인은 잔치를 벌이고 있는 패거리들을 힐끗 보며 부자연스럽게 시리의 그릇에 잡곡을 더 덜어주며 외쳤다. 그러고는 기어들어 가는 목소리로 속삭였다.

"제발, 저리 가."

"칼."

"저리 가라니까. 자꾸 이러면 저 사람들을 부르겠어. 안 돼, 여인숙을 태워버릴지도 몰라."

"칼."

"안 돼. 미안하다, 아가야. 하지만 안 돼. 안 된다, 제발, 저리 가거라."

"이 여인숙에서는 아무도 살아서 못 나가요. 칼, 빨리. 그리고 시작되면, 도망쳐요."

시리는 떨리는 목소리로 카일레이의 말을 되풀이했다.

"그릇을 똑바로 잡아야지, 이 바보야!"

여인숙 주인은 소리를 지르고는 자기 몸으로 시리를 가리도록 몸을 돌렸다. 얼굴은 창백하게 질리고 이빨을 맞부딪치고 있었다.

"프라이팬에 더 가까이 오라니까, 글쎄!"

시리는 여인숙 주인이 허리에 찔러주는 부엌칼의 차가운 감촉을 느꼈다.

"아주 잘했어. 날 가릴 수 있도록 앉아. 내 무릎에 그릇을 올려놓고. 왼손으로는 숟가락을 잡고, 오른손으로는 칼을 잡아. 그리고 줄을 잘라. 거기 말고, 이 바보야. 팔꿈치 위, 기둥 쪽. 조심해, 보고 있으니까."

카일레이가 다급히 속삭였다. 시리는 입안이 바싹 마르는 것을 느꼈다. 머리가 그릇에 담겨질 만큼 푹 숙였다.

"날 먹이고, 넌 혼자 먹어."

시리를 바라보는 카일레이의 초록색 눈은 마치 최면을 거는 듯했다.

"그리고 줄을 잘라, 계속. 결단력 있게, 꼬마. 내가 잘되면, 너도 잘되는 거야."

정말이야, 시리는 끈을 자르며 생각했다. 칼은 쇠와 양파 냄새가 났고, 칼날은 수없이 써서 가운데가 움푹 파여 있었다. 카일레이의 말이 맞아. 저 악당들이 나를 어디로 끌고 가는지 내가 어떻게 알겠어? 그 닐프가드의 영주가 나에게서 무엇을 원하는지 어떻게 알겠냐고? 어쩌면 아마릴로에서 더 나쁜 놈이 날 기다리고 있을지도 모르고, 고문용 바퀴나 나사, 빨판, 시뻘겋게 달군 쇠…… 도살장에 끌려가는 양처럼 그냥 끌려갈 수는 없어. 위험을 무릅쓰는 것이 나아.

그 순간 느닷없이 쿵 소리가 나면서 창문과 창틀, 나무를 도끼로 자를 때 쓰는 나무 받침이 모두 식탁 위로 떨어졌다. 엉망이 된 식탁 뒤로는 짧은 금발 머리의 젊은 여자가 빨간색 조끼를 입고 무릎까지 오는 길고 번쩍거리는 부츠를 신고 나타났다. 여자는 칼을 꺼내 들었다. 니시르 중 가장 동작이 느려 미처 피하지 못한 사람이 의자와 함께 뒤로 나가떨어졌다. 그와 동시에 그의 갈라진 목에서는 피가 뿜어져 나왔다. 젊은 여자는 날렵하게 식탁을 타고 내려오더니 창문으로 뛰어 들어오는, 자수가 놓인 짧은 코트를 입은 남자에게 자리를 내주었다.

"시궁쥐들이다!"

베르츠타가 고함을 지르고는 허리띠에 꽂아둔 칼을 뽑으려고 애썼다.

머리를 세운 뚱뚱한 남자는 무기를 꺼내 바닥에 무릎을 대고 앉아 있는 젊은 여자에게 달려들었지만, 여자는 무릎을 꿇고 있었음에도 불구하고 날렵하게 몸을 피했다. 그리고 짧은 코트를 입은 남자는 큰 동작으로 니시르의 관자놀이를 찔렀다. 뚱뚱한 남자는 빈 곡식 자루처럼 힘없이 바닥에 쓰러졌다.

그때 누군가 발로 차서 여인숙 문을 열었고, 여인숙에는 두 명의 다른 시궁쥐들이 등장했다. 첫 번째는 머리가 까맣고 키가 컸으며 커다란 단추가 달린 윗옷을 입고 주홍빛 머리끈을 이마에 하고 있었다. 이 첫 번째 시궁쥐가 빠른 칼 놀림으로 두 명의 현상금 사냥꾼을 반대편 모퉁이까지 몰아붙이고, 베르츠타와 맞붙었다. 두 번째 시궁쥐는 어깨가 넓은 금발이었는데, 크게 칼을 휘둘러 스코플릭의 매제인 레미즈를 베었다. 다른 패거리들은 부엌 문을 향해 도망치기 시작했다. 하지만 시궁쥐들은 이미 그쪽에서도 들어오고 있었다. 뒤쪽에서 흑발의 여자가 당황스러울 정도로 알록달록한 색색의 복장을 하고서 뛰어 들어왔다. 재빨리 단도로 현상금 사냥꾼 중 한 명을 찌르고는 칼을 빙빙 돌려 두 번째 놈을 쫓아냈다. 그리고는 여인숙 주인이 자신이 누구인지 밝히기도 전에 해치워버리고 말았다.

여인숙은 비명 소리와 칼이 부딪치는 소리들로 가득했다. 시리는 기둥 뒤에 숨어 있었다.

"미슬! 기젤러! 리프! 이쪽으로!"

카일레이는 팔을 묶어둔 줄은 거의 끊었지만, 목에 감겨 있는 가죽끈은 아직 끊지 못했다.

하지만 시궁쥐들은 싸우느라 바빴다. 카일레이의 고함을 들은 것은 스코플릭뿐이었다. 스코플릭은 카일레이를 기둥에 박아버릴 요량으로 찌르려고 했다. 그 순간 시리가 번개처럼, 그리고 반사적으로 반응했다. 마치 고스벨렌에서 와이번과의 싸움에서처럼, 타네드에서처럼, 케어 모렌에서 배운 모든 움직임들이 시리 자신도 인지하지 못하는 사이에 저절로 나왔다. 시리는 기둥 뒤에서 튀어나와 빙글 한 번 돌고는 스코플릭에게 덤벼들어 세게 허벅지를 쳤다. 덩치가 큰 스코믈릭을 쓰러뜨리기엔 시리의 체구가 너무 작았지만, 스코믈릭의 리듬을 깨트리는 데는 성공했다. 그리고 시리에게 주의를 돌리도록 만드는 데도.

"이 미친 계집이!"

스코믈릭은 자세를 잡고서 칼을 휘둘렀다. 시리의 몸은 또다시 최소한의 움직임으로 피했고, 스코믈릭은 자신이 휘두르는 칼의 속도를 감당 못하고 넘어질 뻔했다. 욕설을 퍼부으며 다시 한 번 힘을 모아 시리를 향해 칼을 내리쳤다. 시리는 날렵하게 풀쩍 뛰어올라 왼쪽 다리로 능숙하게 착지하고는 반대편으로 돌았다. 스코믈릭은 또다시 칼을 내리쳤지만, 시리에게는 조금도 닿지 않았다.

바로 그때 둘의 싸움에 끼어들려고 하려던 베르츠타가 피를 뿌리며 쓰러졌다. 스코믈릭은 물러나서 주위를 살펴보았다. 주위에 있는 것은 시체들과 사방에서 칼을 빼 들고 달려드는 시궁쥐들뿐이었다.

주홍빛 머리끈을 한 검은 머리가 카일레이를 풀어주며 차갑게 말했다.

"보니까 저자가 저 여자애를 엄청 해치우고 싶어 하는데. 왜 그런지는 모르겠지만. 그리고 어떻게 지금까지 해치우지 않았는지 그것도 모르겠어. 하지만 저자에게 기회를 줄까? 저렇게 원하는데."

"여자애에게도 기회를 줘야지, 기젤러. 싸움은 공평해야 하니까. 여자아이에게 쇠붙이를 줘, 불꽃."

어깨가 넓은 금발의 시궁쥐가 말했다.

시리는 손에 칼자루가 쥐어졌다. 시리에게는 무거운 칼이었다.

스코믈릭은 화가 나서 씩씩거리며 시리에게 덤벼들었고 칼을 사정없이 휘둘렀다. 하지만 속도는 느렸다. 시리는 빠르게 몸을 돌려 옆으로 피할 수 있었다. 자기에게 쏟아지는 칼을 방어하려고도 하지 않았다. 칼은 몸을 피하는데 균형을 맞추는 역할을 해줄 뿐이었다.

"장난이 아닌데! 곡예사 같아!"

짧은 머리의 시궁쥐가 웃었다.

"빠른데. 엘프처럼 빠르군. 거기, 돼지 아저씨! 차라리 우리 중 누구와 싸우는 게 어때? 쟤랑은 안 되겠는데?"

시리에게 칼을 준, 색색의 옷을 입은 시궁쥐가 말했다.

스코플릭은 물러나 주위를 살펴보는 척하더니 예상치 못하게 달려들어 앞이 휘어진 단검으로 시리를 위협했다. 시리는 짧게 페인트 동작으로 단검을 피하고 빙글 돌았다. 잠시 동안 시리의 눈앞에 스코플릭의 목, 맥박이 뛰고 있는 부풀어 오른 동맥이 보였다. 시리는 지금 자신이 있는 자리에서는 공격을 피할 수도 없고, 방어할 수도 없다는 것을 알았다. 그렇지만 어디를, 어떻게 공격해야 하는지도 알았다. 하지만 공격하지 않았다.

"충분해."

시리의 어깨 위로 손이 느껴졌다. 색색의 옷을 입은 여자가 시리를 밀쳐내고는 동시에 두 명의 다른 시궁쥐, 짧은 코트를 입은 시궁쥐와 머리가 짧은 시궁쥐가 스코플릭을 칼로 위협하며 구석으로 몰아가고 있었다.

"노는 건 이제 그만."

색색의 옷을 입은 여자는 시리를 자기 쪽으로 돌려세웠다.

"시간이 너무 많이 걸려. 네 잘못이야, 아가씨. 죽일 수도 있었는데, 죽이지 않았어. 내 생각에, 넌 그렇게 오래는 못 살겠어."

시리는 아몬드 모양을 한 커다란 검은 눈을 바라보며 몸을 떨었다. 미소를 짓느라 드러난 이빨이 너무나 작아서, 미소가 무서워 보였다. 이것은 인간의 눈도, 인간의 치아도 아니었다. 색색의 옷을 입은 여자는 엘프였다.

"도망칠 시간이야. 시간이 너무 지체됐어! 미슬, 저자를 처리해."

주황색 머리끈을 한, 아마도 우두머리인 것 같은 기젤러가 단호하게 말했다. 금발 머리를 짧게 깎은 여자가 가까이 다가와 칼을 들었다.

"살려줘! 목숨만 살려달라고! 난 아이들이 있어…… 아직 어린……."

스코블릭이 무릎을 꿇고 소리쳤다. 여자는 날카롭게 허벅지 부분을 베었다. 피가 흰 벽에 부정형의 붉은 핏자국을 남겼다.

"어린 애들은 질색이야."

짧은 머리의 여자가 손가락으로 재빠르게 칼날의 피를 털어내며 말했다.

"꾸물거리지 마, 미슬. 말을 타! 이제 떠나야 해! 여긴 닐프가드의 이주민 마을이야! 친구란 하나도 없어!"

주황색 머리끈을 한 남자가 재촉했다. 시궁쥐들은 순식간에 여인숙을 빠져나갔다. 시리는 어떻게 해야 할지 알 수 없었지만, 고민할 시간이 없었다. 머리가 짧은 미슬이 시리를 문 쪽으로 밀었던 것이다.

여인숙 앞에는 깨진 잔과 먹다 버린 뼈다귀 사이로 입구를 지키던 니시르들의 시체가 있었다. 마을에서는 창으로 무장한 주민들이 뛰어오다가 마당으로 나오는 시궁쥐들의 모습을 보고는 자신들의 집으로 흩어졌다.

"말 탈 줄 알아?"

미슬의 물음에 시리는 고개를 끄덕였다.

"그럼 달려, 아무거나 잡고 올라타! 우린 모두 현상금이 걸려 있고, 여긴 닐프가드 마을이야! 다들 도망갔다고 생각하면 오산이야. 벌써 활과 창을 잡았을 거라고! 올라타! 기젤러 뒤를 따라가! 길 한가운데로! 집들과는 멀리 떨어져서 가!"

시리는 낮은 울타리를 뛰어넘고는 현상금 사냥꾼들의 말 중 하나를 골라 잡고, 안장으로 뛰어올라 지금까지 손에서 놓지 않았던 칼집으로 말의 엉덩이를 쳤다. 시리는 말을 빠르게 달려, 카일레이와 이스크라라는 이름의 색색의 옷을 입은 엘프를 지나쳤다. 그리고 방앗간 방향으로 시궁쥐들을 따라갔다. 그때 석궁을 든 닐프가드 이주민이 기젤러의 등을 겨냥하며 집에서 튀어나오는 것을 보았다.

"저자를 쳐! 없애버려!"

뒤에서 고함 소리가 들려왔다.

시리는 몸을 굽히며 고삐를 잡아당기고 발꿈치로 눌러 달리는 말의 방향을 바꾸며 칼을 뽑아 들었다. 그 순간 석궁을 든 사람의 공포로 일그러진 얼굴이 보였다. 시리가 들었던 칼을 잠시 주저하는 동안 석궁을 든 사람 바로 옆까지 다가가게 되었다. 석궁이 당겨지는 소리가 시리의 귀에 영원처럼 들려왔다. 석궁에 맞은 말은 울부짖으며 갑자기 멈춰 섰다. 시리는 안장에서 뛰어내려 날렵하게 몸을 웅크리며 착지했다. 달려오던 이스크라가 거칠게 말을 당겨 세우고는 석궁을 든 남자의 뒷머리를 세차게 내리쳤다. 남자는 무릎을 꿇고 쓰러지더니 앞으로 고꾸라진 채로 얼굴을 웅덩이에 처박으며 흙탕물을 튀겼다. 석궁에 맞은 말은 울부짖으며 집들 사이로 요란한 말발굽 소리를 내면서 사라졌다.

"이 천치야! 젠장, 이 멍청한 녀석!"

이스크라가 무서운 속도로 시리 옆을 지나가며 시리에게 외쳤다.

"뛰어 올라타!"

카일레이가 시리 근처로 달려오며 외쳤다. 시리는 달려가며 카일레이가 뻗은 손을 잡았다. 속도가 너무 빨라서 어깨 관절이 빠질 지경이었지만, 금발의 카일레이 등 뒤로 올라타는 데 성공했다. 둘은 이스크라를 앞질러 달렸다. 이스크라는 방향을 틀어 석궁을 든 또 다른 사람을 쫓아가고 있었다. 남자는 들고 있던 석궁을 버리고 헛간 안으로 사라졌다. 하지만 이스크라는 금세 남자를 발견했다. 시리는 고개를 돌렸다. 칼을 맞은 남자가 짐승 같은 비명을 질렀다.

짧은 금발의 미슬이 안장만 얹은 빈 말 한 필을 끌고 카일레이와 시리를 따라잡았다. 뭐라고 소리를 질렀지만 들리지는 않았다. 하지만 시리는 곧 미슬의 외침을 이해했다. 시리는 카일레이의 등을 놓고 속도를 늦추지 않은 채 땅으로 뛰어내려 안장을 얹은 말을 향해 뛰었다. 그러다가 위험하게도 건물에 가까이 다가갔다. 미슬은 고삐를 던져주며 주위를 둘러보고 경고하듯 소리를 질렀다. 시리는 돼지우리에서 나온 체격이 단단한 남자의 창을 간신히 피했다.

그 후 일어난 일은, 오랫동안 꿈에 등장해 시리를 괴롭혔다. 시리는 모든 움직임을 다 기억할 수 있었다. 창날을 피할 수 있었던 시리의 반 회전은 이상적인 자세였다. 반면에 창을 든 남자는 앞으로 몸을 너무 숙이는 바람에 다시 몸을 피할 수도, 창을 잡은 두 손으로 몸을 방어할 수도 없었다. 시리는 반대편으로 반 회전하며 그대로 내리쳤다. 며칠 동안 면도를 하지 않은 남자의 턱이 비명을 지르려고 벌어졌다. 남자의 모자가 벗겨지자 정수리 부분이 휑하니 들어났다. 남자는 대머리가 진행 중이었다. 그리고 지금까지 본 모든 것이 분수처럼 솟구치는 피에 가려졌다.

말은 울부짖으며 몸부림을 쳤고, 시리는 풀썩 무릎이 꺾였다. 상처 입은 남자는 비명을 지르며 건초와 거름이 쌓인 곳으로 비틀비틀 걸음을 옮겼고, 마치 커다란 돼지처럼 피를 흘렸다. 시리는 위가 목까지 치밀어 올라오는 느낌이 들었다.

바로 옆에 이스크라의 말이 와 있었다. 이스크라는 발을 구르고 있는 말의 고삐를 잡고는 시리를 일으켜 세웠다.

"안장에 올라타! 빨리!" 이스크라가 외쳤다.

시리는 치밀어 오르는 구역질을 참고 안장에 올라탔다. 들고 있는 칼에는 피가 묻어 있었다. 시리는 최대한 멀리 칼을 던져버리고 싶은 마음을 간신히 참았다.

집들 사이에서 미슬이 두 사람을 쫓고 있었다. 한 명은 울타리를 넘어 도망치는 데 성공했지만, 두 번째 사람은 칼을 맞고는 머리를 양손으로 감싼 채 무릎을 꿇고 쓰러졌다.

시리와 이스크라는 계속 말을 달렸지만, 곧 말을 멈춰 세울 수밖에 없었다. 방앗간 쪽에서 기젤러가 다른 시궁쥐들과 함께 되돌아오고 있었기 때문이었다. 그 뒤에는 무장한 이주민들이 서로 용기를 북돋기 위해 함성을 지르며 쫓아오고 있었다.

"우리 뒤로, 미슬! 강으로!"

기젤러가 달리며 고함을 질렀다. 미슬은 옆으로 고삐를 잡아당겨 말의 방향을 바꾸고 낮은 울타리를 뛰어넘고서 기젤러의 뒤를 따라 달려갔다. 시리 역시 말갈기에 얼굴을 묻고 그 뒤를 따랐다. 바로 옆에서 이스크라가 달리고 있었다. 말의 속도 때문에 이스크라의 아름다운 흑발이 바람에 날려, 섬세하게 세공된 귀걸이가 달린, 작고 위가 뾰족한 엘프의 귀가 보였다.

미슬에게 상처를 입은 남자는 여전히 길 한가운데 무릎을 꿇고 앉아 피가 흐르는 머리를 부여잡고 있었다. 이스크라는 말을 달려 남자에게로 향하더니 있는 힘껏 칼로 내리쳤다. 남자는 비명을 질렀다. 시리는, 남자의 잘린 손가락이 마치 장작 부스러기처럼 튀어 올라 통통한 흰 벌레처럼 떨어지는 것을 보았다.

시리는 구토가 올라오는 것을 가까스로 참았다.

울타리 옆 움푹 들어간 곳에서 미슬과 카일레이가 시리와 이스크라를 기다리고 있었고, 나머지 시궁쥐들은 이미 멀리 달아난 상태였다. 네 명은 고삐를 바짝 쥐고 달렸다. 강이 나타나자 말의 머리 위까지 출렁거리는 강을 건넜다. 몸을 굽히고 뺨을 말갈기에 묻고는 모래밭을 지나 루피너스로 보랏빛이 된 들판을 달렸다. 가장 좋은 말을 가진 이스크라가 맨 앞에서 달리고 있었다.

일행은 숲으로, 너도밤나무 둥치 사이의 축축한 그늘로 들어섰다. 기젤러와 나머지 일행을 여기서 따라잡았지만, 속도를 줄이는 건 잠시뿐이었다. 숲을 지나 황무지로 들어서자 다시 속도를 냈다. 시리와 카일레이는 뒤쪽으로 처지게 되었다. 현상금 사냥꾼들의 말은 시궁쥐들의 아름다운 순종 말들과는 도저히 속도를 맞출 수 없었기 때문이었다. 시리는 더구나 문제가 있었는데, 말이 너무 커서 안장 발판에 발이 닿지 않았고 달리는 도중에는 길이를 조절할 수도 없었던 것이다. 안장을 얹지 않고도 말을 잘 탔지만, 안장 없이는 말을 오래 탈 수 없다는 것을 알고 있었다.

다행히 기젤러가 몇 분 후 속도를 줄이고 시리와 카일레이가 따라오도록 선두 그룹을 멈춰 세웠다. 시리는 속도를 줄이지 않았다. 안장의 높이를 조절할 수는 없었다. 등자의 가죽끈에 구멍이 뚫려 있지 않았던 것이다. 시리는 달려가면서 오른쪽 다리를 이동해 귀족 부인처럼 앉았다.

미슬은 시리가 말을 탄 모습을 보더니 웃음을 터뜨렸다.

"기젤러, 보여? 곡예사일 뿐만 아니라 서커스 단원이라고! 카일레이, 저 아이를 도대체 어디서 데려온 거야?"

이스크라가 아직도 더 달리고 싶어 하는 자신의 아름다운 밤색 말의 속도를 늦추며 시리의 얼룩진 회색 말 옆으로 가까이 달려왔다. 시리의 말은 히힝 소리를 내며 뒤로 물러나 머리를 떨궜다. 시리는 고삐를 잡고 안장 위에서 몸을 굽혔다.

"너, 아직까지 어떻게 살아 있는지 알기는 하는 거냐? 이 천치야!"

엘프 이스크라는 이마에서 머리카락을 쓸어내며 소리를 질렀다.

"네가 자비롭게 목숨을 살려준 농부가 너무 빨리 석궁을 당겨서, 네가 아니라 말을 맞춘 거야. 안 그랬으면 네 등에 꽂힐 뻔했지! 도대체 칼은 뭐하러 들고 다녀!"

"애를 놔둬, 이스크라."

미슬이 땀에 젖은 말의 목을 닦아주며 말했다.

"기젤러, 속도를 줄여야겠어. 이러다 말이 죽겠는데. 이제 쫓아오는 사람도 없잖아."

"벨데를 최대한 빨리 건너가려고. 강을 건넌 다음에 쉬자. 카일레이, 네 말은 어때?"

기젤러가 물었다.

"아직 견딜 수 있어. 경주에는 못 나가겠지만, 힘은 아직 좋아."

"그럼 달리자."

"잠깐, 그럼 이 코흘리개는?" 이스크라가 말했다.

기젤리는 주위를 둘러보고, 이마에 맨 주황색 머리끈을 매만지고는 시리에게 시선을 고정했다. 기젤러의 얼굴과 표정은 카일레이를 연상케 했다. 일그러진 입술, 조그맣게 뜬 눈, 마른 체구, 앞으로 튀어나온 턱. 하지만 금발의 카일레이보다는 나이가 좀 더 들어 보였다. 뺨의 푸르스름한 자국이, 이미 면도를 하는 나이임을 알려주고 있었다.

"그렇군. 넌 이제 어떻게 하는 게 좋을까, 애야?"

기젤러의 짧은 물음에 시리는 고개를 떨궜다.

"이 아이가 날 도와줬어. 얘가 없었더라면, 그 미친 현상금 사냥꾼 놈이 날 기둥에 꽂아버렸을 거야."

카일레이가 말했다.

"마을에서 보니까 도망치는 법을 알더라고. 한 명 해치우기도 했고. 아마 죽었을 거야. 여긴 닐프가드의 이주민 구역이야. 이주민의 손에 붙잡혔다 간 쟤도 죽을 거야. 놔두고 갈 수는 없어."

미슬이 거들었다.

이스크라가 화난 듯 씩씩거렸지만 기젤러는 손을 저으며 말했다.

"벨다로 간다, 우리랑 같이. 일단 거기 가서 다시 생각해보자. 말 위에 똑바로 앉아. 못 쫓아오면, 그냥 놔두고 간다. 알았지?"

시리는 열심히 고개를 끄덕였다.

"야, 말 좀 해봐. 넌 정체가 뭐야? 어디서 온 거니? 이름은 뭐야? 왜 현상금 사냥꾼 무리랑 같이 있었던 거지?"

시리는 고개를 숙였다. 말을 달리는 중에도 얘기를 꾸며낼 시간은 충분히 있었다. 시리는 몇 가지 버전을 준비했다. 하지만 시궁쥐들의 우두머리인 기젤러는 어떤 얘기도 믿어줄 것 같지 않았다.

"그래. 우리랑 몇 시간이나 같이 달렸고, 같이 밥도 먹었잖아. 하지만 아직 네 목소리를 들을 영광이 없었네. 넌 말을 못하니?"

기젤러가 추궁했다.

모닥불이 타올랐고 한때 농부의 오두막이었던 폐가를 황금색 빛으로 채웠다. 마치 기젤러의 명령이라도 받은 듯, 불은 질문을 받은 시리의 얼굴을 환히 비췄고 거짓말을 하거나 지어내는 것이 더더욱 어렵게 느껴졌다. 이들에게 사실대로 말할 수는 없잖아. 시리는 절망적인 생각이 들었다. 애들은 산적이야. 도둑이라고. 현상금 사냥꾼들이 돈 몇 푼에 날 넘기려고 했던 걸 들으면, 자기들이 그 현상금을 타려고 할지도 몰라. 게다가 사실이라는 게 너무 비현실적이라 말해도 믿지 않을 거야.

"닐프가드 이주민들이 사는 곳에서 우리가 널 데리고 나온 거라고."

기젤러가 재촉했다.

"널 여기, 우리 은신처로 데려왔어. 먹을 것도 줬고. 우리 모닥불 앞에 앉아 있고. 그러니까, 이제 네가 누구인지 말해줘."

"애 좀 가만히 내버려둬."

갑자기 미슬이 끼어들었다. 미슬은 기젤러를 보며 말을 이었다.

"지금 네 모습을 보면 니시르가 생각난다고. 아니면 현상금 사냥꾼이나 닐프가드의 나쁜 놈들이 연상돼. 그리고 나도 막 심문을 당하는 느낌이야. 감옥의 고문용 의자에 묶여서 말이야."

"미슬 말이 맞아."

자수가 놓인 짧은 코트를 입은 남자아이가 미슬을 거들었다. 시리는 남자애의 말하는 억양을 듣고는 몸을 떨었다.

"여자애가 말하고 싶지 않은 거 같아, 자기가 누구인지. 그럴 권리는 있는 거잖아. 나도 너희들과 처음 합류했을 때, 빌로 밀이 없었지. 그땐 내가 닐프가드 놈 중 하나라는 걸 말하고 싶지 않았어."

"웃기지 마, 리프."

기젤러가 손을 휘저었다.

"너랑은 이야기가 달라. 그리고 너, 미슬, 과장하지 말라고. 이건 심문이 아니야. 난 그냥 이 여자애가 누구인지, 어디서 왔는지 말해줬으면 하는 것뿐이라고. 그 얘길 들어야 집으로 어떻게 가는지 가르쳐줄 거 아니야. 그걸 모르면 우리도……."

"그건 모르지. 집이 과연 있을지도 의문이야. 내 생각엔 아마 없을 것 같은데. 아마 길에 혼자 있었기 때문에 현상금 사냥꾼들이 이 아이를 잡았을 거야. 그 비겁자들은 원래 그렇게들 하잖아. 만약 이 여자애를 혼자 뒀다가는, 산속에서 헤매다가 결국 살아남지 못할 거야. 늑대에게 갈가리 찢기거나 굶어 죽겠지."

미슬이 시리를 흘끗 보며 말했다.

"그럼 우리가 이 녀석을 어떻게 하면 좋겠어? 근처 마을에 떨굴까?"

어깨가 넓은 청년이 막대기로 모닥불을 휘저으며 나직이 물었다.

"좋은 생각이군, 아세. 농부들이 어떤지 몰라서 하는 소리야? 지금은 일손이 필요한 시기지. 여자애에게 가축을 돌보라고 시키고는 도망치지 못하게 다리를 하나 부러뜨려놓겠지. 밤이 되면 아무에게도 속하지 않은, 다른 말로 하면, 모두에게 속하는 공동 소유물이 될 거야. 먹을 것과 잠자리에 대한 보답으로 뭘 어떻게 갚아야 할지 뻔하잖아? 그러다 더러운 돼지우리에서 누군가의 아이를 낳다 죽을지도 몰라."

미슬이 냉소적인 목소리로 말했다.

"여자애에게 말과 칼을 남겨주면 되지 않을까. 그러면 농민들 한테 붙잡혀서 다리가 부러지지도 않을 거고 아이를 낳게 되지도 않을 거야. 너희 아까 미슬이 해치운 그 현상금 사냥꾼이랑 애가 어떻게 춤을 추는지 봤지? 그 사냥꾼은 계속 허공만 찔러댔다고. 이 아이가 움직이는 모습은…… 하, 사실 이름이나 어디서 왔는지가 궁금한 게 아니라, 도대체 그런 기술을 어디서 배웠는지 그게 제일 궁금하네."

기젤러가 시리를 바라보며 천천히 말했다.

"기술이 목숨을 살려주진 않아."

지금껏 칼을 가느라 바빴던 이스크라가 갑자기 입을 열었다.

"얘가 할 수 있는 건 춤추는 것뿐이야. 살아남으려면 죽일 줄 알아야 하는데, 그건 못해."

"이제 할 수 있을 거야. 마을에서 그 농부의 목을 땄을 때, 하늘로 피가 반송젠은 솟구쳐 올랐다고."

카일레이가 이를 드러내며 말했다.

"그리고 그 꼴을 보고는 거의 기절할 뻔했지."

이스크라가 코웃음을 치자 미슬이 끼어들었다.

"아직 애잖아. 난 얘가 누군지, 어디서 그런 기술을 배웠는지 알 것 같아. 이런 애들을 본 적이 있어. 서커스단의 춤추는 광대나 곡예사일 거야."

미슬의 말에 이스크라가 콧김을 내뿜으며 대꾸했다.

"아니 언제부터 우리가 광대나 곡예사를 상관하게 된 거야? 젠장, 12시가 다 됐고, 졸려 죽겠어. 쓸데없는 얘기들은 그만해. 내일 아침 일찍 쿠즈니차로 가려면 지금 잠을 자고 쉬어야 해. 거기 마을 이장이 카일레이를 니시르들에게 넘긴 거 기억들 하지? 그 마을 전체가 핏빛으로 물드는 걸 봐야만 한다고. 여자애? 말도 있고, 칼도 있어. 말도, 칼도 지기기 노력해서 얻은 거야. 여자애에게 먹을 거랑 돈을 좀 주자고. 카일레이를 구한 건 사실이니까. 그리고 자기가 가고 싶은 곳으로 가라고 해. 자기 목숨은 자기가 지키면서······.”

“알았어.”

시리가 입술을 깨문 채 일어나며 말했다.

갑자기 조용해졌다. 타닥타닥하는 모닥불 소리만 들렸다. 시궁쥐들이 시리를 흥미로운 듯 바라보며 다음 말을 기다리고 있었다.

“알았어. 나도 너희들 필요 없어. 도움을 달라고 한 적도 없고······ 그리고 너네랑 같이 있고 싶지 않아. 그러니까 곧 떠날게.”

시리는 자신의 목소리를 낯설게 느끼며 말했다.

“말을 못하는 건 아니었네. 자존심을 세울 줄도 알고.”

기젤러가 조금은 수그러든 목소리로 말했다.

“쟤 눈 좀 봐. 머리를 꼿꼿이 세운 것 좀 봐! 맹금류라고! 새끼 매야!”

이스크라가 코웃음을 쳤다.

“떠나고 싶다고? 그럼 어디로 갈 건데? 물어도 되는 거라면.”

카일레이가 말했다.

“그게 너희랑 무슨 상관이야?”

시리가 소리쳤다. 눈은 초록빛으로 타오르고 있었다.

“내가 너희한테 어디로 가냐고 물어봤어? 나랑은 상관없다고! 그리고 나도 너희에게 상관없잖아! 난 너희들 필요 없어! 나 혼자······ 나 혼자 잘할 수 있다고! 혼자!”

“혼자?”

미슬이 알 수 없는 웃음을 지으며 되물었다. 시리는 입을 닫고 고개를 떨어뜨렸다. 시궁쥐들도 아무 말이 없었다. 마침내 기젤러가 입을 열었다.

“지금은 밤이야. 밤에는 말을 타고 달리지 않아. 혼자 다니는 것도 아니고. 혼자 다니는 사람은 죽을 수밖에 없어. 저기, 말 근처에 담요와 털가죽이 있어. 아무거나 골라. 산속의 밤은 추우니까. 뭘 그렇게 초록색 눈으로 노려봐? 잘 곳은 알아서 만들어. 쉬어야 하니까."

시리는 잠시 생각에 잠겨 있다가 기젤러의 말을 듣기로 했다. 담요와 털가죽을 끌고 돌아왔을 때 시궁쥐들은 모닥불 옆에 앉아 있지 않았다. 반원을 그리며 서 있었고 붉은빛의 불길이 눈에서 반사되고 있었다.

"우리는 국경의 시궁쥐들이다."

기젤러가 자랑스럽게 말했다.

"우리는 몇 마일 밖에서도 사냥감 냄새를 맡을 수 있지. 우린 덫을 두려워하지 않아. 그리고 우리가 물어뜯을 수 없는 건 이 세상에 없어. 우린 시궁쥐들이야. 너도 이리 와."

시리는 지젤러의 말에 따랐다.

"넌 아무것도 없어. 그러니까 이거라도 받아."

기젤러는 시리에게 은으로 된 허리띠를 주었다.

"넌 아무도 없고 아무것도 없어."

미슬이 미소를 지으며 시리의 어깨에 초록빛 새틴으로 만든 튜닉을 걸쳐주었고, 시리의 손에는 헴스티치로 만든 블라우스를 쥐어주었다.

"넌 아무것도 없지. 넌 혼자야."

카일레이의 선물은 손잡이에 보석이 박힌 단도였다.

"넌 아무도 없어."

시리는 아세에게서 장식이 있는 펜던트를 받았다.

"넌 가까운 사람이 없어. 넌 가까운 사람이 하나도 없고……."

닐프가드 억양으로 리프가 부드러운 가죽 장갑을 쥐어주며 말했다.

"넌 어디서나 이방인일 거야."

이스크라가 무덤덤하게 말하며 시리의 머리에 공작 깃이 달린 베레모를 씌워주었다.

"넌 어디서나 이방인이고 어디서나 다를 거야. 너의 이름을 뭐라고 불러줄까, 새끼 매 아가씨?"

시리는 이스크라의 눈을 똑바로 바라보며 말했다.

"그발흐차."

이스크라는 큰 소리로 웃었다.

"말을 하기 시작하니까 여러 가지 말을 하네. 이 매 새끼가! 좋아. 네 이름은 옛 인류의 이름이야. 네가 고른 이름이지. 팔카."

팔카.

시리는 잠들 수 없었다. 말들은 컴컴한 어둠 속에서 발을 구르며 콧김을 내뿜었고 바람 소리가 윙윙 몰아쳤다. 하늘은 별빛으로 환했다. 돌만 가득했던 사막에서 시리의 길잡이가 되어줬던 '눈'이 밝게 빛나고 있었다. '눈'은 서쪽을 가리켰다. 하지만 시리는, 이것이 제대로 된 방향이라는 확신이 서지 않았다. 그 무엇도 확신이 서지 않았다.

며칠 만에 안전한 기분이 들었지만, 시리는 잠들지 못했다. 이미 시리는 혼자가 아니었다. 나뭇가지로 만든 침상은 시궁쥐 무리로부터 조금 떨어진 곳에 만들어놓았다. 시궁쥐들은 폐가가 된 농가의, 모닥불로 데워진 진흙으로 된 바닥 근처에서 자고 있었다. 시리는 그들로부터 멀리 떨어져 있었지만, 그들이 가까이 있다는 걸 느꼈다. 혼자가 아니었다.

그때 작은 발소리가 들렸다.

"걱정하지 마. 말하지 않을 테니까."

카일레이였다. 금발의 시궁쥐가 무릎을 꿇고 시리 위에 몸을 숙이며 속삭였다.

"넌 닐프가드가 찾고 있다는 것 말이야. 아마릴로의 영주가 너에게 건 현상금도 말하지 않을 거야. 네가 내 목숨을 구했어. 그 은혜를 갚을게. 좋은 걸로 말이야, 자."

카일레이는 시리 옆에 조심스럽게 천천히 누웠다. 시리는 일어나려고 했지만 카일레이는 시리를 조용히, 하지만 힘으로 눌렀다. 그리고 시리의 손가락을 입술 위에 올렸다. 그럴 필요는 없었다. 시리는 공포로 온몸이 마비되었고, 꽉 졸린 목에서는 비명을 지르려고 해도 목소리가 나오지 않았다. 하지만 비명을 지를 생각은 없었다. 조용하고 컴컴한 것이 나았다. 차라리 그게 나았다. 시리를 둘러싼 것은 공포와 치욕이었다.

시리는 신음 소리를 냈다.

"조용히."

카일레이는 천천히 시리의 윗옷의 끈을 풀며 속삭였다. 부드러운 손놀림으로 윗옷을 어깨 아래로 내리고, 아래쪽 부분은 허벅지 위까지 걷어 올렸다.

"무서워할 거 없어. 얼마나 좋은지 알게 될 거야."

시리는 바싹 마른, 딱딱하고 거칠거칠한 손의 감촉에 온몸을 떨었다. 꼼짝없이, 온몸이 뻣뻣이 굳어, 제어할 수 없는 공포와 온몸을 휩싸는 혐오감, 관자놀이와 뺨이 날아오르는 수치심에 짓눌려 있을 뿐이었다. 카일레이는 왼쪽 팔을 시리의 머리 아래로 받치고 시리를 자기 쪽으로 끌어당기며 시리가 윗옷을 아래로 끌어내리려 꽉 잡은 손을 풀려고 애쓰고 있었다. 시리는 온몸을 떨었다.

캄캄한 가운데 갑자기 누군가 움직이는 듯한 소리가 났다. 몸에 충격이 느껴지며 발로 차는 소리가 났다.

"미친 거 아니야, 미슬?"

카일레이가 몸을 일으키며 소리쳤다.

"저 아이를 가만 놔둬, 이 돼지 새끼야."

"저리 꺼져. 가서 자라고."

"그 앨 가만히 놔두라고 말했어."

"내가 뭘 어쨌다고 이러는 거야? 얘가 비명을 질렀어? 도망을 갔어? 그냥 잘 자라고 껴안아줬을 뿐이야. 방해하지 마."

"꺼져, 안 그러면 찔러버리겠어."

시리는 금속 칼집에서 나오는 단검 소리를 들었다.

"농담하는 거 아니야. 남자애들 있는 데로 가. 빨리."

미슬의 모습이 어둠 속에서 보였다. 카일레이는 중얼거리며 욕을 했다. 하지만 아무 말 없이 일어나 자리를 떠났다.

시리는 뺨을 타고 흘러내리는 눈물을 느꼈다. 눈물은 귀 옆으로, 머리카락으로 벌레처럼 줄줄 흘러내렸다. 미슬은 시리 옆에 누워 다정하게 털가죽을 시리에게 덮어주었다. 하지만 찢어진 시리의 윗옷은 그대로 놔뒀다. 시리는 다시 몸을 떨기 시작했다.

"조용히 해, 팔카. 이제 괜찮아."

미슬은 따뜻했다. 송진과 재의 냄새가 났다. 미슬의 손은 카일레이의 손보다는 작고 섬세하고 더 부드러웠다. 하지만 미슬의 감촉은 시리를 다시 긴장하게 만들었다. 다시 한 번 몸 전체가 공포와 혐오로 가득 차고, 숨을 쉴 수가 없었다. 미슬은 시리 옆에 달라붙어 시리를 보호하듯 안으며 달래는 말을 속삭였지만, 그러는 동시에 미슬의 작은 손은 끊임없이 차분하고 확실하게, 자기가 가야 할 길과 목적을 알고 있는 따뜻한 달팽이처럼 움직였다. 시리는 혐오와 공포의 고리가 벌어지며 열리는 것을, 스스로가 그 압박으로부터 벗어나며 아래로 아래로, 깊숙이, 점점 더 깊숙이, 포기와 복종의 바닥으로 내려가는 것을 느꼈다. 구역질이 나고 치욕적인, 그리고 쾌감이 섞인 복종이었다.

시리의 비명은 먹먹하고 절망적이었다. 미슬의 숨이 목을 뜨겁게 하고, 부드럽고 축축한 입술은 어깨와 쇄골을 지나 점점 더 아래로 내려왔다. 시리는 다시 신음 소리를 냈다.

"작은 매야, 조용히 해. 이제 넌 혼자가 아니야. 이제는 아니야."

미슬은 속삭이며 조심스럽게 시리의 머리 밑에 자신의 팔을 집어넣었다.

시리는 새벽녘에 일어났다. 미슬을 깨우지 않으려고 털가죽 아래에서 천천히 빠져나왔다. 미슬은 입술을 조금 벌리고 팔로 눈을 가린 채 자고 있었다. 팔에는 소름이 돋아 있었다. 시리는 미슬에게 털가죽을 덮어주었다. 그리고 잠시 망설이다 몸을 숙여, 미슬의 짧은 머리카락에 입을 맞추었다. 미슬은 잠꼬대라도 하듯 뭐라고 중얼거렸다. 시리는 뺨에서 눈물을 닦았다.

이제는 혼자가 아니었다.

다른 시궁쥐들도 자고 있었다. 시끄럽게 코를 고는 이도 있었고, 들으란 듯이 방귀를 뀌는 이도 있었다. 이스크라는 기젤러의 가슴 위에 손을 얹고 있었다. 풍성한 머리카락은 엉망으로 흩어져 있었다. 말들은 콧김을 내뿜으며 발을 굴렀고, 딱따구리들은 소나무 둥치를 쪼고 있었다.

시리는 강으로 달려갔다. 오랫동안 냉기에 몸을 떨며 몸을 씻었다. 손을 움직이며, 이제 다시는 씻을 수 없는 어떤 것을 씻어내듯 몸을 씻었다. 뺨에서 눈물이 흘러내렸다.

팔카.

물은 거품을 일으키며 바위를 지나 멀리, 안개 속으로 흘러갔다.

모든 것이 멀리 흘러갔다. 안개 속으로.

모든 것이.

이들은 버려진 이들이었다. 전쟁과 불행과 무시가 만들어낸 이상한 무리였다. 전쟁과 불행과 무시는 이들을 하나로 뭉쳐 어떤 강변에 데려다 놓은 것 같았다. 마치 홍수가 난 강이 강 하류에 검은 나뭇조각을 실어다 놓듯이.

카일레이는 약탈당한 성의 연기와 불과 핏속에서, 양부모와 형제들의 시체 사이에서 정신이 들었다. 시체로 가득한 성의 중정을 헤매다가 리프를 만났다. 리프는 에미르 황제가 에빙의 반란군들을 진압하기 위해 보낸 토벌대의 군인이었다. 이들은 성을 이틀 동안 봉쇄하고 함락시킨 후 약탈했다. 성이 함락되자 동료들은 부상당한 리프를 버리고 갔다. 살아 있었음에도. 하지만 부상병을 돌보는 일 따위는 닐프가드 토벌부대와 상관이 없었다.

카일레이는 처음에 리프를 죽여버릴 생각이었다. 하지만 카일레이는 혼자이고 싶지 않았다. 그리고 리프와 카일레이는 열여섯 살 동갑이었다.

이들은 함께 상처를 극복했다. 함께 사람들을 죽이고, 세금 징수원들을 약탈하고, 술집에서 맥주를 마시고, 나중에는 훔친 말을 타고 마을을 달리며 훔친 돈을 뿌리고 배가 터지게 웃곤 했다.

니시르와 닐프가드의 군대를 함께 피해 다니기도 했다.

기젤러는 군대의 탈영병이었다. 아마도 그 군대는 에빙의 반란군들과 함께했던 게소 영주의 군대였을 확률이 크다. 기젤러는 군대가 어디로 가는지 잘 알지 못했다. 왜냐하면 그때는 완전히 취해 있었기 때문이었다. 정신이 들었을 때 부대의 선임자에게 몽둥이로 얻어맞고, 기젤러는 도망쳤다. 처음에는 혼자서 돌아다녔지만, 닐프가드인들이 봉기군들을 진압하기 시작하자 숲에는 다른 탈영병들과 난민이 모이기 시작했다. 이들은 금방 무리를 이루었다. 기젤러는 이런 무리 중 하나에 합류했다.

무리는 약탈을 하고 마을을 불태웠으며, 대상과 행렬을 습격하고, 닐프가드 기사단이 쫓아오면 도망가다가 해산되기 일쑤였다. 이렇게 도망치는 중에 무리는 숲의 엘프들을 만나게 되었다. 보이지 않는 죽음, 어디서 날아오는지도 모르는 회색 화살들, 그 화살 중 하나가 기젤러의 어깨를 관통해 나무에 박혔다. 아침에 그 화살을 뽑아주고 상처를 치료해준 것이 아에니에베디엔이었다.

기젤러는, 엘프들이 왜 아에니에베디엔을 추방했는지, 도대체 무슨 잘못으로 죽음과도 같은 형벌을 받게 되었는지 알지 못했다. 자유로운 엘프들에게 사형은, 누구의 것도 아닌 땅에 혼자 있게 하는 것이었다. 홀로 남겨진 엘프는 죽을 수밖에 없었다. 만약 동반자를 찾지 못하면 말이다.

아에니에베디엔은 동반자를 찾았다. 대략 번역하면 '불의 아이'쯤 되는 엘프의 이름은 기젤러에게 너무 어렵고 시적이라고 생각되었다. 기젤러는 엘프를 이스크라 즉 '불꽃'이라고 불렀다.

미슬은 북쪽 마에흐트의 투른 성의 귀족 집안에서 태어났다. 미슬의 아버지는 루디게르 공의 봉신으로 저항군에 들어갔다가 싸움에서 패하고 흔적 없이 실종되었다. 투른 성의 사람들이 게메라의 악명 높은 평화유지군이 정벌을 온다는 소식을 듣고 몸을 피했을 때, 미슬의 가족들도 함께 피하다가 공포에 질린 군중 사이에서 가족을 잃어버렸다. 어렸을 때부터 마차로만 다니던, 예쁘게 차려 입은 섬세한 아가씨는 도망치는 군중들의 발걸음을 도저히 따라잡을 수 없었다. 사흘 동안 혼자서 헤매다닌 끝에 미슬은 '사람 사냥꾼들'에게 잡혔다. 열일곱 살 아래의 처녀는 값을 높게 쳐줬다. 만약 손대지 않은 상태라면 더더욱. 사람 사냥꾼들은 미슬이 손을 타지 않은 상태인지 확인하고는 미슬을 건드리지 않았다. 그것을 확인당한 후 미슬은 밤새도록 울었다.

벨다 강 계곡에서 사람 사냥꾼들은 닐프가드 약탈자들의 공격을 당했다. 남자 사냥꾼들과 노예는 모두 죽임을 당했고, 여자들만 남겨졌다. 여자들은 왜 자기들을 살려두었는지 알 수 없었다. 그러나 곧 알게 되었다.

미슬은 살아남은 단 한 명이었다. 옷이 벗겨진 채 멍투성이로 더러움과 진흙이 가득한 구덩이에 던져 넣어졌던 미슬을 꺼내준 것은 시골 대장장이의 아들 아세였다. 아세는 약탈자들이 자신의 아버지와 어머니, 동생들에게 한 짓을, 그가 대마 밭에 숨어서 그저 지켜볼 수밖에 없었던 고통을 복수하기 위해 사흘 동안 닐프가드의 약탈자들을 추격하고 있는 중이었다.

그들 모두는 라마스, 수확의 축제 때 게소의 한 시골 마을에서 만났다. 전쟁과 가난이 벨다 상류 지역까지는 아직 손을 뻗치지 않았다. 시골 사람들은 떠들썩한 놀이와 전통적인 춤으로 수확의 달이 시작되었음을 축하했다.

군중들 사이에서 서로를 오랫동안 찾을 필요는 없었다. 다른 이들과는 너무나 달랐으니까. 그들 사이에 통하는 것은 아주 많았다. 색이 화려하고 환상적인 옷들에 대한 애정, 훔친 반짝이는 것들에 대한 사랑, 아름다운 말들, 춤출 때도 떼놓지 않는 칼, 거만함과 자만심, 자기 자신에 대한 확신, 조롱하는 듯한 잔임함과 폭력성. 그리고 경멸.

경멸의 시간이 낳은 아이들이었다. 다른 이들에 대한 마음도 경멸이 전부였다. 이들에게 중요한 것은 힘뿐이었다. 무기를 다루는 능숙한 기술은 곧 길에서 익혔다. 확신. 빠른 말과 날카로운 칼.

그리고 동지들. 친구들. 무리들. 혼자 떨어진 자는 죽을 수밖에 없다. 배고픔으로, 칼로, 화살로, 농부들의 창에 찔려서, 올가미에 걸려서, 화재를 당해서 혼자인 자는 죽는다. 칼에 찔려서, 뭉개져서, 발에 밟혀서, 이 손에서 저 손으로 넘겨지는 장난감처럼 더럽혀져서.

이들은 수확의 축제에서 만났다. 검은 머리의 막대기 같은 우울한 기젤러. 마르고 긴 금발의 무서운 눈빛을 가진 카일레이, 닐프가드 억양으로 말하는 리프, 키가 크고 지푸라기 같은 머리를 솔처럼 짧게 자른 미슬, 아몬드 모양의 커다란 검은 눈에 엘프의 작은 이빨이 난, 바람처럼 춤을 추고 재빠르게 사람들을 해치우는 이스크라. 밝은 금발의, 고불고불한 털이 나고 어깨가 당당한 아세.

기젤러가 우두머리가 되었다. 그리고 자기들을 시궁쥐들이라 부르기 시작했다. 누군가 그들을 그렇게 불렀는데, 마음에 들었던 것이다.

훔치고 사람들을 죽이고, 그 잔인함은 곧 곳곳에서 회자되었다.

처음에 닐프가드의 영주들은 이들을 중요하게 생각하지 않았다. 다른 도적 무리처럼 화가 난 농민들에게 잡히거나, 훔친 물건들이 늘어나면 그 안에서 생긴 욕심이 도적들의 의리를 깨트리고, 자기들 스스로 괴멸하리라 생각했다. 다른 도석 무리들은 그랬으니까. 하시만 시궁쥐들은 그렇지 않았다. 시궁쥐들은, 경멸의 시간이 낳은 아이들은 부를 경멸했다. 습격하고 훔치고 죽이는 것은 유희를 위해서였고, 군대의 수송 행렬에서 훔친 말들과 가축, 곡식과 가축의 먹이, 소금과 타르, 옷감은 시골 마을에 나누어주었다. 자기들이 제일 좋아하는 무기와 옷과 장식품을 만들어주는 재단사나 기술자들에게는 금과 은을 한 주먹씩 쥐어주었다. 이런 대가를 받은 이들은, 시궁쥐들을 먹여주고 재워주고 숨겨주며, 니시르와 닐프가드의 위협에도 이들의 은신처와 행적을 발설하지 않았다.

영주들은 엄청난 상금을 내걸기 시작했다. 그리고 처음에는 닐프가드의 황금에 유혹당한 이들이 있었다. 하지만 밀고자들의 집은 밤중에 화재가 났고, 화재를 피해 도망친 이들은 연기 속, 유령들의 번뜩이는 칼을 맞고 죽어갔다. 시궁쥐들은 시궁쥐 식으로 공격했던 것이다. 조용히, 예상치 못하도록, 잔인하게. 시궁쥐들은 죽이는 것을 좋아했다.

영주들은 다른 도둑 패거리들에게 통했던 방법을 써보았다. 몇 번이나 시궁쥐 무리들 사이에 배신자를 심으려고 했던 것이다. 하지만 성공하지 못했다. 시궁쥐들은 아무도 받아들이지 않았다. 경멸의 시간을 통해 만들어진, 형제와 같은 여섯 명은 낯선 이들을 원하지 않았다. 낯선 이는 무시했다.

곡예사 같은, 회색 머리의, 말이 없는, 과거를 알 수 없는 소녀가 등장하기 전까지는.

과거 그들의 모습과 같다는 것만 빼고, 시궁쥐들은 이 소녀에 대해 아무것도 알 수 없었다. 그들처럼 외롭고, 경멸의 시간이 모든 것을 앗아갔으며, 그로 인해 고통받고 있다는 것만 빼놓고는.

그리고 경멸의 시간 속에 혼자 있는 자들은 죽을 수밖에 없었다.

기젤러, 카일레이, 리프, 이스크라, 미슬, 아세와 팔카.

아마릴로의 영주는 시궁쥐 일곱이 몰려다닌다는 말을 듣고 의아함을 감출 수 없었다.

"일곱이라고? 여섯 명이 아니라 일곱 명? 확실한가?"

아마릴로의 영주가 의아해하며 믿을 수 없다는 듯 병사를 바라보았다.

"확실합니다. 저도 놈들처럼 팔팔했으면 좋겠습니다."

학살에서 겨우 살아남은 병사 한 명이 잘 들리지 않는 목소리로 말했다.

병사의 꼴은 말이 아니었다. 머리와 얼굴 반쪽은 피에 젖은 더러운 붕대로 감겨 있었다. 영주도 전장에 한두 번 나가본 것은 아니어서, 이 병사가 위에서부터 내리치는 칼에 맞았다는 것을 알 수 있었다. 왼쪽에서 칼끝으로, 훈련이 많이 필요하고 속도를 가해야 하는 일격이었다. 투구로도, 철로 만들어진 가리개로도 가려지지 않는 오른쪽 귀와 뺨을 겨냥한 것이었다.

"말해봐."

"벨다 강기슭을 투른 방향으로 가고 있을 때였습니다. 남쪽으로 향하는 에버트센 님의 수송 편을 지키라는 명령이 있었습니다. 저희가 강을 건너려고 했을 때, 무너진 다리 위에서 공격을 받았습니다. 마차 하나가 엎어져 저희는 그 마차를 끌기 위해 말들을 다른 마차에서 끌어냈습니다. 나머지 마차들은 가고 있었고, 저는 회계 관리자 한 명, 병사 다섯 명과 함께 뒤에 남았습니다. 바로 그때 놈들이 저희에게 덤벼들었습니다. 회계 관리자는 죽기 전에 시궁쥐들이라고 외쳤는데, 그때는 이미 저희 목 뒤에…… 그리고 맨 마지막 사람까지…… 제가 그걸 봤을 때……."

"네가 그걸 봤을 땐 말에 박차를 가했겠지. 하지만 너무 늦었을 테고."

"저를 쫓아와 공격했습니다. 바로 그 일곱 번째 시궁쥐가요. 처음엔 못 봤습니다. 여자애, 어린아이였습니다. 시궁쥐들이 그 아이를 뒤에 남겨뒀다고 생각했죠. 어린데다가 경험이 없을 테니까……."

병사는 고개를 숙인 채 말끝을 흐렸다.

그때 영주의 손님으로 와 있던 자가 앉아 있던 어둠 속에서 몸을 일으켰다.

"여자애라고? 어떻게 생겼나?"

손님이 물었다.

"다른 시궁쥐들과 똑같아요. 얼굴에 화장을 하고 엘프처럼 입술을 빨갛게 칠하고, 앵무새처럼 색깔이 화려했어요. 번쩍번쩍 빛나는 장식품을 하고, 벨벳과 양단 옷을 입고, 머리에는 깃을 꽂고……."

"머리는 밝은 회색이었나?"

"아마도요. 그 애를 봤을 땐 제가 말을 달리면서, 동료들을 위해 저 여자애 하나는 해치워야지, 피에는 피로 갚아주겠다고 생각하면서…… 오른쪽에서 따라잡았습니다, 제대로 치려고요. 하지만 어떻게 했는지는 저도 모르겠습니다. 제가 잘못 쳤나 봅니다. 무슨 유령이나 환영을 친 것처럼…… 그 악마 같은 계집애가 어떻게 했는지는…… 제가 치려고 했는데 그 애가…… 바로 제 얼굴에…… 영주님, 저는 소든에서도 싸웠고, 알데스버그에서도 살아남았습니다. 그런데 겨우 계집애한테서 평생 남을 흉터를 얼굴에……."

"살아 있다는 것만 해도 감사하게 여기게. 그리고 다리 위에서 발견되지 않은 걸 감사하게 여기고. 이젠 영웅이 될 수 있을 테니. 만약 싸우지도 않고, 얼굴에 기념품 하나 달지 않고 나에게 와서 수송물자와 말을 잃어버린 얘기를 했다면, 교수대에 매달려 발버둥을 치고 있었을 테니까! 알았으니 가봐! 치료소로 가라고!"

병사가 방을 나가자 영주는 손님 쪽으로 몸을 돌렸다.

"보시다시피 검시관님, 여기 일도 만만치 않습니다. 잠잠한 날이 없고 할 일이 산더미입니다. 수도에서는 여기 지방이 비눗방울이나 불고 있고, 맥주나 마시고, 창녀들이나 건드리고, 뇌물이나 받는다고 생각하시겠죠. 수도에 돈 한 푼, 사람 한 명 더 올려 보내는 것쯤 명령만 하면 된다고 생각하시면서요. 내놔라, 해라, 찾아내라, 준비해라, 내일 아침에 착수하라 등등. 하지만 여기도 이곳 문제 때문에 머리가 터질 지경입니다. 시궁쥐들이 난리라고요. 물론 시궁쥐는 최악의 예지만, 다른 것도……."

"알았소, 알았다고. 무슨 문제가 있는지 나도 잘 알겠소. 하지만 그런 말을 해봤자 소용없다고. 떨어진 명령을 취소하는 일은 절대 없을 테니 기대도 하지 마시오. 시궁쥐든 도둑이든 수색은 계속되어야 하오. 모든 가능한 수단을 총동원해서 취소 명령이 떨어질 때까지 수색하시오. 황제의 명령이오."

스테판 스켈렌이 입술을 빼물며 단호하게 말했다.

"삼 주 전부터 찾고 있습니다. 하지만 누구를 찾는지, 뭘 찾는지, 귀신인지 짚 더미에 떨어진 바늘인지조차 알 수 없잖습니까? 그래서야 어떻게 찾을 수가 있겠습니까? 괜히 제 부하들만 흔적도 없이 잃고 말았습니다. 분명 반란군이나 도적들을 만난 거겠죠. 한 번만 더 말씀드리지만, 아직까지 그 여자애를 찾지 못했다는 건, 이미 찾을 수 없다는 겁니다. 여기 있었다 하더라도. 혹시……."

영주의 얼굴이 일그러지더니 잠시 말을 끊고 생각에 잠겼다가 스테판 스켈렌 검시관을 바라보았다.

"그 여자애가…… 시궁쥐들과 같이 다닌다는 그 일곱 번째 여자아이가 혹시……."

올빼미 스켈렌은 말도 안 된다는 듯, 최선을 다해 확신에 찬 태도로 손을 흔들었다.

"아니, 영주님. 너무 쉬운 해답을 찾지는 맙시다. 쫓겨난 하프엘프인지 양단을 입은 도둑인지 그건 모르겠지만, 분명한 건 우리가 찾는 그 여자애는 아니라는 거요. 절대 아니지. 수색을 계속하시오. 명령이오."

검시관의 말을 묵묵히 듣고 있던 영주는 혼잣말을 중얼거리며 창문을 바라보았다. 에미르 황제의 검시관인 올빼미 스켈렌은 무덤덤하고 사무적인 목소리로 덧붙였다.

"그리고 그 시궁쥐인가 뭔가 하는 도둑 패거리는 어떻게든 해보시오, 영주님. 지방에도 질서가 있어야지. 일을 하란 말이오. 반드시 잡아서 교수형에 처하도록 하시오."

"말은 쉽지요. 어쨌거나 제가 할 수 있는 건 뭐든지 하겠습니다. 황제께 전해주십시오. 하지만 저는 아무래도 그 일곱 번째 시궁쥐 여자아이를 산 채로 잡아서 확인을 해보는 게……."

영주가 중얼거렸다.

"아니. 예외 없이 모두 다 교수형에 처하시오. 일곱 명 전부. 더 이상 아무 얘기도 듣고 싶지 않소. 단 한마디도."

올빼미 스켈렌은 자신의 목소리에서 아무것도 드러나지 않도록 철저히 자제했다.

〈2 │ 경멸의 시간 끝〉